Ein Mann aus dem Norden

Arnold Bennett

Writat

Diese Ausgabe erschien im Jahr 2023

ISBN: 9789359250991

Herausgegeben von
Writat
E-Mail: info@writat.com

Inhalt

KAPITEL I ....- 1 -

KAPITEL II ....- 2 -

KAPITEL III ....- 5 -

KAPITEL IV ....- 9 -

KAPITEL V ....- 13 -

KAPITEL VI ....- 20 -

KAPITEL VII ....- 25 -

KAPITEL VIII ....- 33 -

KAPITEL IX ....- 39 -

KAPITEL X ....- 48 -

KAPITEL XI ....- 52 -

KAPITEL XII ....- 56 -

KAPITEL XIII ....- 63 -

KAPITEL XIV ....- 68 -

KAPITEL XV ....- 74 -

KAPITEL XVI ....- 79 -

KAPITEL XVII ....- 87 -

KAPITEL XVIII ....- 94 -

KAPITEL XIX ....- 96 -

KAPITEL XX ....- 106 -

KAPITEL XXI ....- 109 -

KAPITEL XXII ....- 114 -

KAPITEL XXIII ....- 117 -

KAPITEL XXIV ....- 120 -

KAPITEL XXV ....- 124 -

KAPITEL XXVI ....- 128 -

KAPITEL XXVII ....- 134 -

KAPITEL XXVIII ....- 139 -

KAPITEL XXIX ....- 143 -

KAPITEL XXX ....- 147 -

KAPITEL XXXI ....- 150 -

KAPITEL XXXII ....- 152 -

KAPITEL I

Im Norden des Landes wächst eine bestimmte Art von Jugendlichen heran, von denen man sagen kann, dass sie als Londoner geboren wurden. Die Metropole und alles, was zu ihr gehört, was von ihr herabkommt, was in sie hineingeht, übt auf ihn eine überwältigende Faszination aus. Lange bevor die Schulzeit zu Ende ist , lernt er, mit trauriger Freude zu beobachten, wie der Londoner Zug aus dem Bahnhof ausfährt. Er steht an der heißen Lokomotive und beneidet den Heizer selbst. Als er neugierig in die Kutschen blickt, wundert er sich, dass Männer und Frauen, die in ein paar Stunden die Straßen Piccadilly and the Strand entlangschreiten werden, mit so viel scheinbarer Ruhe über die unmittelbare Zukunft nachdenken können; Einige von ihnen haben sogar die Dreistigkeit, gelangweilt auszusehen. Es fällt ihm schwer, sich nicht in den Wagen des Wachmanns zu stürzen, der an ihm vorbeigleitet. Und erst als die letzte Kutsche nur noch ein winziges Stück entfernt ist, wendet er sich ab, nickt geistesabwesend dem Fahrkartenverkäufer zu, der ihn gut kennt, und geht nach Hause, um einen vagen Ehrgeiz zu hegen und von der Stadt zu träumen.

London ist der Ort, an dem Zeitungen herausgegeben, Bücher geschrieben und Theaterstücke aufgeführt werden. Und dieser Jugendliche, der jetzt in einem Büro sitzt, liest alle Zeitungen. Er weiß genau, wann ein neues Werk eines berühmten Autors erscheinen sollte, und wartet ungeduldig auf die Rezensionen. Er kann Ihnen ohne weiteres sagen, wie die Stücke auf den Spielplänen der zwanzig wichtigsten West-End-Theater heißen, welche Qualität sie haben und wie lange sie voraussichtlich laufen werden; und bei der Inszenierung eines neuen Stücks bescheren ihm die Artikel der Theaterkritiker Empfindungen, die fast so lebendig sind wie die des eifrigsten Premierendarstellers bei der Aufführung selbst.

Früher oder später, vielleicht auf beschwerlichen Wegen, erreicht er das Ziel seines Wunsches. London nimmt ihn auf – auf Bewährung; und so wie seine Stärke ist, so erniedrigt sie sich. Lass ihn mutig und entschlossen sein, und sie wird eine Ehrerbietung erweisen, aber ihre Ferse ist nur allzu bereit, den Feigling und Zögernden zu zermalmen; und ihre Opfer stehen, wenn sie einmal unter den Füßen sind, nicht oft wieder auf.

KAPITEL II

Das antike Vierrad, kopflastig mit Gepäck, schwankte unsicher an Tattersall's vorbei und in die Raphael Street. Mit einem lauten Knall stieß Richard das Fenster herunter, was auf ein seltsames neues Machtgefühl hindeutete; Doch bevor das Taxi zum Stillstand kam , hatte er sich gefasst und schaffte es, mit beträchtlichem Anstand auszusteigen. Als sich die Tür auf sein zweites Klingeln öffnete, drang ein schwacher, säuerlicher Geruch aus dem Haus, und er erinnerte sich an die freundlichen, weiblichen Warnungen, die er in Bursley zum Thema Londoner Unterkünfte erhalten hatte. Der Anblick der Wirtin beruhigte ihn jedoch; Sie war eine zierliche alte Frau in lächerlich kurzen Röcken, mit einem gelben, faltigen Gesicht, grauen Augen und einem warmen, wohlwollenden Lächeln, das siegte. Als sie Richard begrüßte, errötete sie wie ein Mädchen und machte einen kleinen altmodischen Knicks. Richard reichte ihm die Hand, und nachdem sie ihre Hand an einer sauberen Schürze abgewischt hatte, nahm sie sie schüchtern.

„Ich hoffe, wir kommen gut miteinander klar, Sir", sagte sie und sah ihrem neuen Untermieter direkt in die Augen.

„Das werden wir sicher", antwortete Richard aufrichtig.

Sie ging vor ihm die schmale, schmale Treppe hinauf, die voller überraschender Wendungen war.

„Sie werden diese Treppe zunächst etwas umständlich finden", entschuldigte sie sich . „Ich habe oft darüber nachgedacht, ein Stückchen schönen Teppich darauf zu legen, aber was nützt das? Das wäre in einer Woche erledigt. Nun, hier ist Ihr Zimmer, Sir, vorne im ersten Stock, mit zwei schönen französischen Fenstern, wissen Sie? , und einen schönen Balkon. Nun zum Aufräumen eines Morgens, Sir. Wenn Sie gleich nach dem Aufstehen einen Spaziergang machen, soll meine Tochter das Bett machen und Staub wischen, und Sie kommen herein und Ich finde alles schön und direkt zum Frühstück.

„Sehr gut", stimmte Richard zu.

„So verabrede ich mich im Allgemeinen mit meinen jungen Männern. Ich möchte, dass sie ihr Frühstück in einem schönen, aufgeräumten Raum einnehmen, verstehen Sie, Sir. Was haben Sie nun zum Tee, Sir? Ein bisschen schönes Brot und Butter ... "

Als sie gegangen war, besichtigte Richard förmlich sein Quartier: ein langer, eher niedriger Raum, dessen Länge durch die beiden Fenster verkürzt wurde, auf die Mrs. Rowbotham besonders stolz war; zwischen den Fenstern ein

Tisch mit einer verblichenen grünen Decke und gegenüber ein kleines Bett; hinter der Tür ein kunstvoll versteckter Waschtisch; Der senfgelb gestrichene Kaminsims trug verschiedene gedrungene Steingutfiguren und wurde von einem länglichen Spiegel mit einem Rahmen aus Rosenholz gekrönt. über dem Spiegel ein beleuchteter Text: „Vertrauen in Jesus", und über dem Text ein mit der Decke kollidierendes Oleograph mit dem Titel „Nach der Schlacht von Culloden". Die Wände waren mit einem Muster aus riesigen rosa Rosen verziert; und hier und da hingen, die Rosen verbergend, Fotografien von Personen in Sonntagskleidung und handgemalte Landschaften in Öl, die Brücken, Bäume, Wasser und weiße Segel in der Ferne zeigten. Aber die Einrichtung des Zimmers bereitete Richard kein Unbehagen; In wenigen Augenblicken hatte er im Geiste arrangiert, wie er den Ort bewohnbar machen könnte, und von da an sah er nur noch, was sein sollte und würde.

Der Tee wurde von einem Mädchen gebracht, dessen Gesicht verriet, dass sie Mrs. Rowbothams Tochter sei. Bei ihrem Anblick zwinkerte Richard heimlich; er hatte in Büchern über die Töchter von Wirtinnen gelesen, aber dieses hier strafte Bücher Lügen; Sie war jung, sie war schön und Richard hätte ihre Unschuld geschworen. Mit einem Anflug von Kühnheit, der ihn selbst überraschte, erkundigte er sich nach ihrem Namen.

„Lily, Sir", sagte sie und errötete wie ihre Mutter.

Er schnitt das neue, schwere Brot, schenkte sich mit der Unbeholfenheit eines Menschen, der an solche Arbeit nicht gewöhnt ist, eine Tasse Tee ein, und nachdem er Platz auf dem Tablett geschaffen hatte, legte er die Abendzeitung an die Zuckerdose und begann zu essen und zu lesen. Draußen standen zwei Klavierorgeln, Kinder schrien und ein Mann stieß einen monotonen, unverständlichen Schrei aus. Es wurde dunkel; Mrs. Rowbotham kam mit einer Lampe herein und räumte den Tisch ab; Richard schaute durch das Fenster und keiner sagte etwas. Dann setzte er sich. Da es seine erste Nacht in London war, hatte er beschlossen, sie ruhig *zu Hause zu verbringen* . Die Klavierorgeln und die Kinder waren immer noch schrill. Für einen Moment überkam ihn ein eigenartiges Gefühl der Isolation, und der Straßenlärm schien nachzulassen. Dann ging er wieder ans Fenster und bemerkte, dass die Kinder ganz anmutig tanzten; Ihm kam der Gedanke, dass es sich um Ballettkinder handeln könnte. Er nahm die Zeitung und untersuchte die Kinowerbung, zunächst untätig, dann aber eingehend.

Mit einem langen Seufzer nahm er Hut und Stock und ging ganz langsam die Treppe hinunter. Mrs. Rowbotham hörte, wie er am Riegel der Haustür herumfummelte.

„Gehen Sie aus, Sir?"

„Nur für einen Spaziergang", sagte Richard lässig.

„Vielleicht gebe ich dir besser einen Hausschlüssel?"

"Danke."

Einen weiteren Moment später befand er sich in den köstlichen Straßen in Richtung Osten.

KAPITEL III

Obwohl er London erst einmal und dann nur für ein paar Stunden besucht hatte, war ihm die Topographie der Stadt nicht unbekannt, da er sie häufig anhand von Karten und einer alten Kopie von Kellys Verzeichnis studiert hatte.

Er ging langsam die Park Side entlang und durch Piccadilly und erkannte, als er an ihnen vorbeikam, die französische Botschaft, Hyde Park Corner, Apsley House, Park Lane und Devonshire House. Als er den gemischten Glanz und Glamour von Piccadilly bei Nacht in sich aufnahm – die fernen Sterne, die hohen düsteren Bäume, die weiten, schillernden Innenräume von Clubs, die gewundenen, flackernden Verkehrslinien, die strahlenden Gesichter von Frauen in Hansoms – Er lachte das Lachen luxuriöser Kontemplation, überaus glücklich. Endlich, endlich war er in sein Erbe gekommen. London akzeptierte ihn. Er gehörte ihr; sie gehört ihm; und nichts sollte sie trennen. Ein Hungertod in London wäre schon ein Segen. Aber er hatte nicht die Absicht zu verhungern! Voller großer Entschlossenheit richtete er seinen Rücken auf, und in diesem Moment spritzte ihm ein von einem Busrad aufgewirbelter Schlammklumpen warm und körnig auf die Wange. Er wischte es liebkosend mit einem Lächeln ab.

Obwohl es Samstagabend war und die meisten Geschäfte geschlossen waren, warf ein Geschäft, in dem Uhren und Schmuckstücke aus „anglo-spanischem" Gold, prächtig anzusehen und mit grünem Plüsch gepolstert, zu verlockenden Preisen verkauft wurden, immer noch ein strahlendes Licht auf die Stadt Gehweg, und Richard überquerte die Straße, um die Waren zu inspizieren. Er wandte sich ab, ging aber wieder zurück und betrat den Laden. Ein Assistent erkundigte sich höflich nach seinen Wünschen.

„Ich möchte einen dieser Jäger haben, die Sie am 29.6. im Fenster haben", sagte Richard mit einer Schroffheit, die unfreiwillig gewesen sein muss.

„Ja, Sir. Hier ist einer. Wir garantieren, dass die Werke dem besten englischen Hebel ebenbürtig sind."

"Ich nehme es." Er legte das Geld hin.

„Danke. Kann ich Ihnen noch etwas zeigen?"

„Nichts, danke", noch schroffer.

„Wir haben einige ausgezeichnete Ketten…"

„Nichts anderes, danke." Und er ging hinaus und steckte seinen Einkauf in die Tasche. Dort lag bereits eine absolut zuverlässige Golduhr, die er jahrelang getragen hatte.

Am Piccadilly Circus blieb er stehen, überquerte dann die Straße und ging die Coventry Street entlang zum Leicester Square. Die riesige Fassade des Osmanischen Varietétheaters mit ihren Reihen erleuchteter Fenster und sich gegen den Himmel abhebenden Halbmonden erhob sich vor ihm, und ihre Pracht war berauschend. Es ist nicht übertrieben zu sagen, dass das Osmanische Reich eine stärkere Faszination für Richard ausübte als jeder andere Ort in London. Das British Museum, die Fleet Street und das Lyceum waren magische Namen, aber magischer als beide war der Name des Osmanischen Reiches. Das Osmanische Reich war in den seltenen Fällen, in denen es in Bursley erwähnt wurde , ein Synonym für alle glitzernden Laster der Metropole. Es stank in der Nase der Londoner Delegierten, die kamen, um auf den jährlichen Treffen der örtlichen Gesellschaft zur Unterdrückung von Lastern zu sprechen. Aber wie oft hatte Richard, der schläfrig in der Kapelle war, die Strapazen einer langen Predigt gemildert, indem er von einem osmanischen Ballett träumte – einem dieser üppigen Schauspiele, ganz aus Beinen und weißen Armen, die von Zeit zu Zeit in der Londoner Tageszeitung so kunstvoll beschrieben wurden Papiere.

Die messingvergitterten Schwingtüren des Grand Circle-Eingangs wurden ihm gleichzeitig von zwei menschlichen Automaten geöffnet, die genau gleich in langen, halbmilitärischen Mänteln gekleidet waren, einem sehr großen Mann und einem verkümmerten Jungen. Er ging mit der Gepflogenheit voran, die er beherrschen konnte, und nachdem er ein Ticket genommen und einen reich verzierten Korridor durchquert hatte, stieß er auf ein weiteres Paar Schwingtüren; Sie öffneten sich, und ein Mädchen wurde ohnmächtig, gefolgt von einem Mann, der vehement auf Französisch mit ihr redete. Im selben Moment drang ein Hauch entfernter Musik an Richards Ohr. Als er eine breite, dick gestapelte Treppe hinaufstieg, wurde die Musik lauter und man hörte Händeklatschen. Oben an der Treppe hing ein Vorhang aus blauem Samt; Mit Mühe schob er die steifen, schweren Falten beiseite und betrat den Zuschauerraum.

Der Rauch von tausend Zigaretten hüllte die entlegensten Teile des großen Innenraums in einen dünnen bläulichen Dunst, der sich auflöste, als er in den Strahlen eines Kristallkronleuchters die gewölbte Decke erreichte. Weit vorne und etwas unterhalb der Kreisebene lag eine Reihe von Rampenlichtern, die von der Silhouette des Kopfes des Schaffners unterbrochen wurden. Eine winzige, einsame Gestalt in Rot und Gelb stand in der Mitte der riesigen Bühne; es küsste dem Publikum mit einer ironischen, opernhaften Geste die Hände; Plötzlich stolperte es rückwärts und blieb bei jedem dritten Schritt stehen, um sich zu verbeugen. Der Applaus verstummte, und der Vorhang fiel langsam.

Die breite, halbkreisförmige Promenade, die die Sitzplätze des großen Kreises flankierte, war mit einer gut gekleideten, wohlgenährten

Menschenmenge gefüllt. Die Männer unterhielten und lachten meist in kleinen Gruppen, während sie die Frauen bewegten, indem sie leicht und schnell zwischen diesen Gruppen hin und her gingen und sie bewegten: einige mit geschminkten Wangen, fettigen zinnoberroten Lippen und riesigen, flüssigen Augen; andere, deren Gesichter frei von Kosmetika waren und unter dem elektrischen Licht blass wirkten; aber alle mit einem eigenartigen, übertriebenen Schwung des Körpers aus den Hüften, und alle betrachteten sich verstohlen in den Spiegeln, die an jeder leuchtenden Wand reichlich vorhanden waren.

Richard stand abseits an einer Säule. In seiner Nähe unterhielten sich zwei Männer in Abendkleidung in einem Tonfall, der das allgemeine Gemurmel und das hohe, durchdringende Klirren des Glases von der Bar hinter der Promenade gerade noch übertönte.

„Und was hat sie dann gesagt?" fragte einer der beiden lächelnd. Richard lauschte angestrengt.

„Nun, *sie hat mir* gesagt ", sagte die andere mit verträumter Stimme, während sie geistesabwesend an seiner Uhrenkette herumfingerte und auf den großen Diamanten in seinem Hemd hinunterblickte, „ *sie* sagte *mir* , dass sie sagte, sie würde es für ihn tun." wenn er nicht ausgestiegen wäre. Aber ich glaube ihr nicht. Weißt du natürlich ... Da ist Lottie ..."

Plötzlich begann die Band zu spielen und nach ein paar krachenden Takten öffnete sich der Vorhang für das Ballett. Der üppige *Coup d'oeil*, der sich ihm bot, löste einen lauten Applaus auf dem Boden des Hauses und in den oberen Rängen aus, aber zu Richards Überraschung schien niemand in seiner Nähe Interesse an der Unterhaltung zu zeigen. Die beiden Männer redeten immer noch mit dem Rücken zur Bühne, die Frauen suchten weiterhin einen Weg zwischen den Gruppen, und aus der Bar ertönte unvermindert Stimmengemurmel und Glasklirren.

Richard wandte seinen benommenen Blick nie von der Bühne. Das bewegende Schauspiel entfaltete sich wie eine Vision vor ihm und weckte neue Empfindungen, das Zittern seltsamer Wünsche. Er stand unter einem Zauber, und als sich schließlich der Vorhang zu dem monotonen Trommelwirbel senkte, erwachte er und stellte fest, dass mehrere Leute ihn neugierig beobachteten. Leicht errötend ging er zu einer entfernten Ecke der Promenade. An einem der kleinen Tische saß eine Frau allein. Sie hielt den Kopf schräg und ihre lachenden, glänzenden Augen funkelten Richard einladend an. Ohne es wirklich zu beabsichtigen, zögerte er vor ihr, und sie twitterte einen Satz, der auf *chéri endete* .

Er wandte sich abrupt ab. Am liebsten wäre er geblieben und hätte etwas Kluges gesagt, aber seine Zunge verweigerte ihren Dienst, und seine Beine bewegten sich von selbst.

Um Mitternacht befand er sich im Piccadilly Circus und wollte nicht nach Hause gehen. Er schlenderte gemächlich zurück zum Leicester Square. Die Front des Osmanischen Reiches lag im Dunkeln und der Platz war fast menschenleer.

KAPITEL IV

Er ging nach Hause zur Raphael Street. Das Haus war tot, bis auf ein blasses Licht in seinem eigenen Zimmer. Am oberen Ende der kahlen, knarrenden Treppe tastete er einen Moment lang nach der Klinke seiner Tür, und aus einem oberen Stockwerk drang das regelmäßige Geräusch zweier deutlicher Schnarchgeräusche herab . Er schloss leise die Tür, verriegelte sie und blickte sich gespannt im Raum um. Der Geruch der auslaufenden Lampe zwang ihn, beide Fenster zu entriegeln. Er löschte die Lampe aus, zündete ein paar Kerzen auf dem Kaminsims an, stellte einen Stuhl an den Kamin und setzte sich, um einen Apfel zu essen. Ihm kam der Gedanke: „Das ist mein Zuhause – für wie lange?"

Und dann:

„Warum zum Teufel habe ich diesem Mädchen nichts gesagt?"

Zwischen den Kerzen auf dem Kaminsims hing ein Foto seiner Schwester, das er vor dem Ausgehen dort hingelegt hatte. Er betrachtete es mit einem halben Lächeln und murmelte mehrmals hörbar:

Chéri nichts gesagt ?"

Die Frau auf dem Foto schien zwischen dreißig und vierzig Jahre alt zu sein. Sie war blond, hatte ein sanftes, ernstes Gesicht und viel gewelltes Haar. Die Stirn war breit, glatt und weiß, die Wangenknochen hervorstehend und der Mund etwas groß. Die Augen waren von sehr hellem Grau; Sie begegneten dem Blick des Zuschauers mit einem seltsam schüchternen Trotz, als wollten sie sagen: „Ich bin schwach, aber ich kann zumindest kämpfen, bis ich falle." Unter den Augen – das Porträt war die Arbeit eines Amateurs und daher nicht durch Retusche jeglicher Textur beraubt worden – waren ein paar Krähenfüße zu erkennen.

So weit Richards Erinnerung zurückreicht, hatten er und Mary zusammen und allein in dem kleinen Roten Haus gelebt, das eine halbe Meile außerhalb von Bursley in Richtung Turnhill an der Manchester Road lag . Früher war es ländlich gelegen, seine roten Wände waren mit kriechenden Pflanzen bewachsen, und der kahle Fleck dahinter war ein Garten gewesen; Aber die allmähliche Entwicklung eines Kohle produzierenden Bezirks hatte die Felder mit glatten, bergigen Haufen grauen Mülls bedeckt und jeden Baum in der Nachbarschaft verkümmert oder getötet . Das Haus war untergraben und hatte trotz eiserner Klammern die meisten seiner Rechtecke verloren, während die Miete auf fünfzehn Pfund pro Jahr gesunken war.

Mary war sehr viel älter als ihr Bruder, und sie erschien ihm immer genau wie die reife Frau auf dem Foto. Von seinen Eltern wusste er nichts außer dem, was Mary ihm erzählt hatte, was wenig und vage war, denn sie hielt das Thema aufmerksam auf Distanz.

Sie und Richard hatten ihren Lebensunterhalt durch eine Reihe von Berufen verdient: Sie unterrichtete Klavier, kassierte Mieten und übte die Kunst der Hutmacherei aus. Sie hatten wenige Freunde. Die gesellschaftlichen Kreise von Bursley konzentrierten sich auf die Kirchen und Kapellen; und obwohl Maria das Heiligtum der Wesleyaner mit einiger Regelmäßigkeit besuchte, interessierte sie sich kaum für Gebetstreffen, Klassentreffen, Basare und alle anderen kleineren religiösen Aktivitäten und vernachlässigte so Gelegenheiten zum Geschlechtsverkehr, die sich als angenehm erwiesen hätten. Sie hatte Richard in die Sonntagsschule geschickt; Aber als er im Alter von vierzehn Jahren protestierte, die Sonntagsschule sei „furchtbarer Mist", antwortete sie ruhig: „Dann geh doch nicht hin." und von diesem Tag an war sein Platz in der Klasse leer. Bald darauf deutete der Junge vorsichtig an, dass die Kapelle zur gleichen Kategorie gehörte wie die Sonntagsschule, aber der Hinweis verfehlte seine Wirkung.

Die Damen der Stadt kamen manchmal vorbei, meist aus geschäftlichen Gründen, und tranken Nachmittagstee. Einmal kam die Frau des Pfarrers herein, die für ihre drei jüngsten Töchter gegen eine geringe Gebühr Musikunterricht für ihre drei jüngsten Töchter erhalten wollte, und traf Richard bei einem Buch auf dem Kaminvorleger.

"Ah!" sagte sie. „Genau wie sein Vater, nicht wahr, Miss Larch?" Mary gab keine Antwort.

Das Haus war voller Bücher. Richard kannte sie alle vom Sehen, aber bis zu seinem sechzehnten Lebensjahr las er nur eine Handvoll ausgewählter Bände, die sich jahrelang bewährt hatten. Oft spekulierte er müßig über den Inhalt einiger der anderen, zum Beispiel der „ Horatii- Oper": Hatte das etwas mit Theatern zu tun? hat sich nie die Mühe gemacht, sie zu untersuchen. Mary las viel, hauptsächlich Bücher und Zeitschriften, die Richard aus der Freien Bibliothek für sie geholt hatte.

Als er etwa siebzehn war, kam es zu einer Veränderung. Er war sich dunkel und wie instinktiv bewusst, dass das Leben seiner Schwester in den frühen Tagen nicht ohne Romantik gewesen war. Sicherlich gab es etwas Verborgenes zwischen ihr und William Vernon, dem Wissenschaftslehrer am Institut, denn sie waren immer sehr bemüht, einander aus dem Weg zu gehen. Er fragte sich manchmal, ob Mr. Vernon in irgendeiner Weise mit der Melancholie zusammenhing, die in Marys Verhalten selbst in ihren hellsten Momenten nie ganz fehlte . An einem Sonntagabend – Richard hatte den Haushalt geführt – war Mary, die spät aus der Kapelle kam, ihm beim Öffnen der Tür die Arme um den Hals, zog sein Gesicht zu ihrem herab und küsste ihn immer wieder hysterisch.

„Dicky, Dick", flüsterte sie, lachte und weinte gleichzeitig, „etwas ist passiert. Ich bin fast eine alte Frau, aber etwas ist passiert!"

„Ich weiß", sagte Richard und löste sich hastig aus ihrer Umarmung. „Sie werden Mr. Vernon heiraten."

„Aber woher weißt du das?"

„Oh! Ich habe es nur vermutet."

„Es macht dir nichts aus, Dick, oder?"

"Ich denke!" Aus Angst, seine Gefühle könnten zu deutlich zum Ausdruck kommen, bat er unvermittelt um Abendessen.

Mary gab ihre verschiedenen Berufe auf, die Hochzeit fand statt und William Vernon zog bei ihnen ein. Zu diesem Zeitpunkt begann Richard, sich intensiver mit der Lektüre zu befassen und fasste den klaren Plan, nach London zu gehen.

Er konnte nicht umhin, William zu respektieren und zu mögen. Das Leben des Ehepaares kam ihm idyllisch vor; Die zärtlichen, verstohlenen Zuneigungsbekundungen, die ständig zwischen Mary und ihrem ruhigen Mann mittleren Alters wechselten, berührten ihn zutiefst, und beim Gedanken an die fünfzehn unwiederbringlichen Jahre, in denen dieses Liebespaar durch ein lächerliches Missverständnis getrennt worden war, wurden seine Augen nicht ganz ganz so trocken, wie es sich ein Jugendlicher nur wünschen kann. Aber bei all dem fühlte er sich unwohl. Er fühlte sich als Eindringling in die heilige Privatsphäre; Wenn Mann und Frau beim Essen die Hände um die Tischecke legten, schaute er auf seinen Teller; Wenn sie ohne erkennbare Provokation glücklich lächelten, tat er so, als würde er die Tatsache nicht bemerken. Sie brauchten ihn nicht. Ihre Herzen waren voller Güte für jedes Lebewesen, aber unbewusst standen sie abseits. Er war in sich selbst versunken und verbrachte einen Großteil seiner Zeit damit, entweder allein zu gehen oder sich in einer Wohnung namens Arbeitszimmer zu verstecken.

Er bestellte Zeitschriften, deren Namen Mr. Holt, der Hauptbuchhändler in Bursley , nicht kannte, und nach den Zeitschriften kamen Gedichtbände und Romane, die in mystisch gestalteten Umschlägen verpackt und in einem Stil gedruckt waren, den Mr. Holt, wenn auch insgeheim, beeindruckte , als exzentrisch niedergelegt. Mr. Holts Laden erfüllte die Funktion eines Clubs für die Würdenträger der Stadt; und da er dafür sorgte, dass diese esoterische Literatur gut auf der Theke ausgestellt war, bis sie verlangt wurde, verbreitete sich bald der Ruf des jungen Mannes als *großer Leser* , und Richard begann zu

erkennen, dass er als eine Kuriosität galt, für die Bursley sich nicht zu
schämen brauchte. Sein Selbstwertgefühl, das durch eine Reihe
oberflächlicher Erfolge in der Schule bereits in die Höhe getrieben worden
war, steigerte sich, obwohl er klug genug war, einen Großteil davon für sich
zu behalten.

Eines Abends, nachdem Mary und ihr Mann sich eine Weile ruhig
unterhalten hatten, kam Richard ins Wohnzimmer.

„Ich möchte kein Abendessen", sagte er, „ich gehe ein bisschen spazieren."

„Sollen wir es ihm sagen?" fragte Mary lächelnd, nachdem er den Raum
verlassen hatte.

„Erfreuen Sie sich selbst", sagte William, ebenfalls lächelnd.

„Er redet viel davon, nach London zu gehen. Ich hoffe, er wird erst – nach
April – gehen; ich glaube, das würde mich verärgern."

„Du brauchst dir keine Sorgen zu machen, denke ich, meine Liebe",
antwortete William. „Er redet darüber, aber er ist noch nicht weg."

Mr. Vernon war mit Richard nicht ganz zufrieden. Da er mit den besten
Leuten der Stadt in Kontakt stand, hatte er für ihn eine Stelle als
Stenographen und Sachbearbeiter in einer Anwaltskanzlei verschafft und
unter vier Augen erfahren, dass der junge Mann zwar klug genug war, er aber
kaum die Fortschritte machte, die er hätte machen können erwartet. Ihm
fehlte die „Bewerbung". William führte diesen Mangel auf die übermäßige
Lektüre von Versen und obskuren Romanen zurück.

Der April kam, und wie Mr. Vernon es vorhergesagt hatte, blieb Richard
immer noch in Bursley . Aber der ältere Mann war jetzt zu sehr in eine andere
Angelegenheit vertieft, um sich überhaupt für Richards Bewegungen zu
interessieren – eine Angelegenheit, bei der Richard selbst eine schüchterne
Besorgnis zeigte. Eine Stunde folgte einer bangen Stunde, und schließlich
hörte man in der Nacht den leisen, unruhigen Schrei eines Kindes. Dann
Stille. Alles, was Richard jemals sah, war ein Sarg und darin ein totes Kind zu
Füßen einer toten Frau.

Fünfzehn Monate später war er in London.

KAPITEL V

Herr Curpet von der Firma Curpet and Smythe, dessen Name schwarz und weiß auf die dunkelgrüne Tür gemalt war, hatte ihm gesagt, dass die Bürozeiten von neun Uhr dreißig bis sechs seien. Die Uhr des Gerichtsgebäudes schlug Viertel vor zehn. Er zögerte einen Moment und ergriff dann die Klinke; aber die Tür war fest, und er stieg die beiden Doppeltreppen aus Eisen in den Innenhof hinab.

New Serjeant's Court war ein großes, modernes Gebäude aus sehr rotem Backstein mit Terrakotta-Fassaden, acht Stockwerke hoch; aber trotz seiner Farbfehler und seiner übermäßigen Höhe verliehen ihm die großen Wandflächen und die gemäßigte Verzierung eine Würde und Anmut, die ausreichte, um es von anderen Gebäuden in der Gegend zu unterscheiden. In der Mitte des Hofes befand sich ein ovaler Fleck brauner Erde mit einigen Bäumen, deren hellblättrige Wipfel dem Sonnenlicht entgegen kämpften und bis zur Mitte des dritten Stockwerks reichten . Um diese Plantage herum verlief eine makellose Straße aus Holzblöcken, flankiert von einem ebenso makellosen Asphaltfußweg. Der Hof verfügte über eigene Laternenpfähle, die aus antikem Eisen gefertigt waren.

Männer und Jungen, ernst und unbewusst von der Last des kommenden Tages bedrückt, tauchten ständig aus der Dunkelheit des langen Tunneleingangs auf und verschwanden in der einen oder anderen der zwölf Türen. Plötzlich fuhren eine Kutsche und ein Gespann vor und hielten Richard gegenüber. Ein großer Mann von etwa fünfzig Jahren mit einem klugen rot-blauen Gesicht sprang wachsam heraus, gefolgt von einem aufmerksamen Angestellten, der einen blauen Sack trug. Es kam Richard so vor, als kannte er die Gesichtszüge des großen Mannes von Porträts her, und als er dem Paar die Treppe von Nr. 2 hinauf folgte, erfuhr er anhand der Legende an der Tür, durch die sie verschwanden, dass er in ihrer Gegenwart gewesen war Generalstaatsanwalt der Majestät. Gleichzeitig mit den Zweifeln an seiner Fähigkeit, den von den Herren Curpet und Smythe zweifellos geforderten Standard an geistlichen Fähigkeiten zu erreichen, die Seite an Seite mit einem Generalstaatsanwalt Geschäfte machten und ihn wahrscheinlich anstellten, kam es zu einer Erhebung des Geistes, als er düster ahnte, was Niemand kann völlig erkennen , dass die Zukunft eines Menschen auf seinen eigenen Knien liegt und auf den Knien überhaupt keiner Götter.

Er setzte seinen Weg nach oben fort, aber das Portal der Herren Curpet und Smythe war immer noch verschlossen. Als er den Brunnen hinunterblickte, erblickte er einen Jungen, der widerstrebend und mühsam nach oben kroch, mit einem Schlüssel in der Hand, den er über das Geländer schleifte. Mit der Zeit erreichte der Junge die Tür der Herren Curpet und Smythe, und als er sie öffnete, trat er geschickt über einen Stapel Briefe hinweg, der direkt darin lag. Richard folgte ihm.

„Oh! Mein Name ist Larch", sagte Richard, als wäre ihm gerade in den Sinn gekommen, dass der Junge daran interessiert sein könnte. „Weißt du, welches mein Zimmer ist?"

Der Junge führte ihn durch einen dunklen Gang mit grünen Türen auf beiden Seiten zu einem Raum am Ende. Es war hauptsächlich mit zwei Schreibtischen und zwei Sesseln ausgestattet; in einer Ecke stand eine stillgelegte Kopierpresse, in einer anderen ein riesiger Stapel Notizbücher von Reportern; Auf dem Kaminsims standen ein Becher, ein Staubwedel und eine kaputte Schreibtischlampe.

„Das ist dein Platz", sagte der Junge, zeigte auf den größeren Tisch und verschwand. Richard entledigte sich seines Mantels und seiner Mütze und setzte sich. Er versuchte, sich wohl zu fühlen, doch es gelang ihm nicht.

Um fünf Minuten nach zehn kam ein Jugendlicher mit der „Times" unter dem Arm herein. Richard wartete darauf, dass er etwas sagte, aber er starrte nur hin und zog seinen Mantel aus. Dann sagte er,-

„Du hast meinen Haken. Wenn es dir nichts ausmacht, hänge ich deine Sachen an diesen anderen."

„Sicherlich", stimmte Richard zu.

Der Junge lehnte sich luxuriös mit dem Rücken zum leeren Kamin und öffnete die „Times", als ein anderer, kleinerer Junge seinen Kopf durch die Tür steckte.

„Jenkins, Mr. Alder will die ‚Times'."

Schweigend reichte der Jugendliche die auf dem Tisch liegenden Anzeigenseiten weiter. Eine Minute später kam der Junge zurück.

„Mr. Alder sagt, er möchte Einblick in die ‚Times' haben."

„Sagen Sie Mr. Alder, er solle zur Hölle fahren, mit meinen Komplimenten." Der Junge zögerte.

„Mach jetzt weiter", beharrte Jenkins. Der Junge hing zweifelnd lächelnd an der Türklinke und ging dann hinaus.

„Hier, warte mal!" Jenkins rief ihn zurück. „Vielleicht gibst du es ihm besser. Nimm das verdammte Ding weg."

Auf das Geräusch eiliger Schritte im Nebenzimmer folgte ein herrischer Ruf nach Jenkins, woraufhin Jenkins flink in seinen Stuhl schlüpfte und ein Bündel Papiere aufband.

„Jenkins!" Der Anruf kam erneut, mit einem Anflug von Verärgerung, aber Jenkins rührte sich nicht. Die Tür wurde aufgestoßen.

„Oh! Du bist da, Jenkins. Komm einfach rein und nimm einen Brief auf." Die Töne waren recht ruhig.

„Ja, Herr Smythe."

„Ich nehme Smythes Anrufe nie zur Kenntnis", sagte Jenkins, als er zurückkam. „Wenn er mich will, muss er mich entweder anrufen oder holen. Wenn ich einmal damit angefangen hätte, würde ich den ganzen Tag in seinem Zimmer ein- und ausgehen, und ich habe genug, um darauf zu verzichten."

„Zappelig, was?" Richard schlug vor.

„ Fidgety ist kein Ausdruck dafür, sage *ich* Ihnen. Alder – das ist der Manager, wissen Sie – hat erst gestern gesagt, dass er mit vierzig Kanzleiklagen von Curpet weniger Probleme hat als mit einem Fall von Smythe vor dem Bezirksgericht. Ich weiß, ich würde einen Mein lustiger Anblick schreibe lieber vierzig von Curpets Briefen als zehn von Smythes. Ich wünschte, ich hätte deinen Platz bekommen, und du hättest meinen. Ich nehme an, du kannst ziemlich schnell Stenographie schreiben."

„Mittelmäßig", sagte Richard. „Etwa 120."

„Oh! Wir hatten einmal einen Mann, der 150 schaffte, aber er war Zeitungsreporter. Ich schaffe etwas mehr als hundert, wenn ich über Nacht nicht viel getrunken habe. Mal sehen, sie geben dir zwanzig." -Five Bob , nicht wahr?"

Richard nickte.

„Der Mann vor dir hatte fünfunddreißig, und er konnte keinen Messingknopf buchstabieren. Ich bekomme nur fünfzehn, obwohl ich schon seit sieben Jahren hier bin. Eine verdammte Schande, wenn ich das nenne! Aber Curpet ist tierisch nah dran . Wenn er Ich würde manchen anderen weniger geben und mir etwas mehr ..."

„Wer sind ‚einige andere Leute'?" fragte Richard lächelnd.

„Nun, da ist der alte Aked . Er sitzt im Vorzimmer – Sie werden ihn nicht gesehen haben, weil er normalerweise nicht vor elf kommt. Sie geben ihm ein Pfund pro Woche, nur um sich ein bisschen zu beschäftigen, wenn er Lust dazu hat zu vertiefen, und dafür, dass er untätig ist, wenn er dazu geneigt ist. Er ist so oder so ein kaputter Mensch – war früher Angestellter bei Curpets Vater. Er hat selbst einige Anspielungen, und das macht ihm einfach Spaß. Ich wette Er schreibt nicht fünfzig Folianten pro Woche. Und er hat ein teuflisches Temperament."

Jenkins war gerade dabei, andere Mitarbeiter zu beschreiben, als der Auftritt von Herrn Curpet selbst das Konzert beendete. Mr. Curpet war ein kleiner Mann mit rundem Gesicht und einem ordentlich gestutzten Bart.

„Guten Morgen, Larch. Wenn du freundlicherweise in mein Zimmer kommst, diktiere ich meine Briefe. Guten Morgen, Jenkins." Er lächelte und zog sich zurück, was Richard über seine höfliche Höflichkeit übermäßig überraschte.

In seinem eigenen Zimmer saß Mr. Curpet vor einem Stapel Briefe und bedeutete Richard, sich an einen Beistelltisch zu setzen.

„Du wirst es mir sagen, wenn ich zu schnell gehe", sagte er und begann regelmäßig und ohne Pause zu diktieren. Der Briefstapel verschwand nach und nach in einem Korb. Noch bevor ein halbes Dutzend Briefe geschrieben waren, begriff Richard, dass er Teil einer Geschäftsmaschinerie geworden war, die weitaus größer war als alles, was er in Bursley gewohnt war . Dieser kleine Mann mit dem runden Gesicht ging teilnahmslos mit Zehntausenden Pfund um; Er verpfändete ganze Straßen, schikanierte Eisenbahngesellschaften und schrieb vertraute Briefe an Herren. Mitten in einem langen Brief kam keuchend ein Mann herein, den Richard sofort für Mr. Alder, den Leiter der Kanzlei, hielt. Sein ziemlich abgenutzter Seidenhut hing auf seinem Hinterkopf und er sah verzweifelt aus.

„Es tut mir leid, sagen zu müssen, dass wir diese Vorladung im Fall Rice *gegen* The LR Railway verloren haben."

"Wirklich!" sagte Herr Curpet . „Es ist besser, Berufung einzulegen und einen Anführer zu unterrichten, nicht wahr?"

„Kann keine Berufung einlegen, Herr Curpet ."

„Nun, wir müssen das Beste daraus machen. Telegraphieren Sie ins Land. Ich werde ihnen schreiben und sie beruhigen. Schade, dass sie sich so sicher waren. Reis wird ein oder zwei Jahre sparen müssen. Was war mein letztes Wort ? Lärche?" Das Diktat ging weiter.

Für das Mittagessen war eine Stunde vorgesehen, und Richard verbrachte den ersten Teil davon damit, die bezaubernden Außenfassaden der Strand-Restaurants zu besichtigen. Mit Ausnahme des Kaffeehauses in Bursley war er noch nie in seinem Leben in einem Restaurant gewesen, und er hatte Angst davor, eines dieser prächtigen Lokale zu betreten, deren Schwingtüren den Blick auf reich verzierte Decken, glänzende Tischdecken und Männer in

Seide freigaben Hüte, die gierig Gerichte verzehren, die ihnen von unterwürfigen Kellnern serviert werden.

Schließlich saß er, ohne genau zu wissen, wie er dorthin gelangt war, in einer langen, niedrigen Wohnung, die wie ein Schlafzimmer im Dachgeschoss tapeziert war und nach Tee und Kuchen roch. Der Raum war voller junger Männer und Frauen, die gleichgültig gut gekleidet waren und sich über unbequeme kleine, längliche Tische mit Marmorplatte beugten. Ein zunehmendes Klappern des Geschirrs erfüllte die Luft. Kellnerinnen mit blassen, ausdruckslosen Gesichtern, in schmuddeligem Schwarz gekleidet und mit weißen Schürzen, bewegten sich mühsam und mit unterschiedlicher Geschwindigkeit umher, aber keine von ihnen schien Interesse an Richard zu verraten. Hinter der Theke, auf der große, polierte Urnen standen, aus denen Dampfwolken ausströmten, standen mehrere Frauen, deren Vorgesetzter im Restaurant durch eine schwarze Schürze gekennzeichnet war, und nach fünf Minuten beobachtete Richard, wie eine dieser Jungfrauen sich einer Kellnerin zeigte. der näher kam und seinem Befehl herablassend zuhörte.

Ein dünner Mann, eher älter als mittelalt, mit grauem Bart und leicht roter Nase, trat ein und setzte sich Richard gegenüber. Ohne Vorwort begann er, sprach ziemlich schnell und mit einer ausdrucksstarken Lebhaftigkeit, die man im Alter selten findet:

„Nun, mein junger Freund, wie gefällt dir deine neue Wohnung?"

Richard starrte ihn an.

„Sind Sie Mr. Aked ?"

„Dasselbe. Ich nehme an, Master Jenkins hat Sie mit all meinen Temperaments- und Temperamentsmerkmalen vertraut gemacht . – Ein Glas Milch, ein Brötchen und zwei Stück Butter – und ich sage, mein Mädchen, versuchen Sie, mich nicht so lange warten zu lassen wie du es gestern getan hast. Auf seinem Gesicht lag ein strahlendes Lächeln, das die Kellnerin widerwillig erwiderte.

„Weißt du nicht", fuhr er fort und blickte auf Richards Teller, „weißt du nicht, dass Tee und Schinken zusammen furchtbar unverdaulich sind?"

„Ich habe nie Verdauungsstörungen."

„Egal. Das wirst du bald haben, wenn du Tee und Schinken zusammen isst. Ein junger Mann sollte seine Verdauung wie seine Ehre schützen . Klingt komisch, nicht wahr? Aber es ist richtig. Ein beeinträchtigter Verdauungsapparat hat so manche Karriere ruiniert. Es hat meines ruiniert. Sie sehen vor sich, Sir, was ein angesehener Autor hätte sein können, wenn er nicht einen eigensinnigen Magen gehabt hätte.

"Du schreibst?" fragte Richard, sofort interessiert, aber voller Angst, Mr. Aked könnte unbeholfene Witze machen.

"Früher habe ich." Der alte Mann sprach mit stolzem Selbstbewusstsein.

„Hast du ein Buch geschrieben?"

„Kein Buch. Aber ich habe zu allen möglichen Zeitschriften und Zeitungen beigetragen."

„Welche Zeitschriften?"

„Nun, mal sehen – es ist so lange her. Ich habe für ‚Cornhill' geschrieben." Ich habe für ‚Cornhill' geschrieben, als Thackeray es redigierte. Ich habe einmal mit Carlyle gesprochen."

"Du machtest?"

„Ja. Carlyle hat zu mir gesagt – Carlyle hat zu mir gesagt – Carlyle hat gesagt –" Mr. Akeds Stimme wurde zu einem unartikulierten Murmeln, und plötzlich ignorierte er Richards Anwesenheit, zog ein Buch aus der Tasche und begann, in den Blättern herumzublättern. Es war ein französischer Roman, „La Vie de Bohème ". Sein Gesicht hatte all seine bewegliche Ausdruckskraft verloren.

Etwas beunruhigt über diese Exzentrizität und nicht ganz sicher, ob dieser Mitarbeiter von Carlyle völlig gesund war, saß Richard schweigend da und wartete auf die Ereignisse. Herr Aked war es offensichtlich gewohnt, beim Essen zu lesen; er konnte sogar trinken, während sein Blick auf das Buch gerichtet war. Schließlich schob er seine Teller von sich weg und klappte den Roman zu.

„Wie ich sehe, kommst du vom Land, Larch", sagte er, als hätte es in der Unterhaltung keine Unterbrechung gegeben. „Warum in Gottes Namen haben Sie das Land verlassen? Gibt es nicht genug Menschen in London?"

„Weil *ich* Autor werden wollte", antwortete Richard mit mehr Sicherheit als Wahrhaftigkeit, obwohl er in gutem Glauben sprach. Tatsache war, dass seine Bestrebungen, die bis dahin so vage waren, dass sie sich einer Analyse entzogen, in den letzten paar Minuten auf mysteriöse Weise eine endgültige Form angenommen zu haben schienen.

„Dann bist du ein junger Idiot."

„Aber ich habe eine ausgezeichnete Verdauung."

„Du wirst es nicht haben, wenn du anfängst zu schreiben. Glaub mir, du bist ein junger Idiot. Du weißt nicht, worauf du hinaus willst, mein kleiner Freund.“

„War Murger ein Narr?“ sagte Richard ungeschickt, entschlossen, eine Bekanntschaft mit „La Vie de Bohème “ zu zeigen .

„Ha! Wir lesen Französisch, oder?“

Richard errötete. Der alte Mann stand auf.

„Komm mit“, sagte er verdrießlich. „Lasst uns aus diesem Loch raus.“

Als er an der Kasse auf das Wechselgeld wartete, sprach er mit der Kassiererin, einem dünnen Mädchen mit rotbraunen Haaren, die hustete:

„Hast du diese Lutschtabletten probiert?“

„Oh! Ja, danke. Sie *schmecken* gut.“

"Schöner Tag."

„Ja, mein Wort, nicht wahr?“

Sie gingen in absolutem Schweigen zurück ins Büro; aber gerade als sie hineingingen, blieb Mr. Aked stehen und packte Richard am Mantel.

„Haben Sie nächsten Donnerstagabend etwas Besonderes zu tun?“

„Nein“, sagte Richard.

„Nun, ich gehe mit dir in ein kleines französisches Restaurant in Soho, und wir essen zu Abend. Eine halbe Krone. Können Sie es sich leisten?“

Richard nickte.

„Und ich sage, bringen Sie einige Ihrer Manuskripte mit, und ich werde sie bei lebendigem Leibe für Sie häuten.“

KAPITEL VI

Eine unbeständige, nicht erfrischende Brise, die durch angesammelte Unreinheiten träge war, bewegte die Vorhänge, und alle städtischen Geräusche – hohe Stimmen spielender Kinder, Rollen von Rädern und rhythmisches Traben von Pferden, Rufe von Zeitungsjungen und mürrisches Bellen von Hunden – drangen durch die offene Tür Fenster, die mit einer gewissen Trägheit berührt wurden, die an eine erschöpfte Stadt erinnerte, eine Stadt, die sich nach den feuchten Winkeln der Wälder, dem desinfizierenden Atem der Berggipfel und dem reinigenden Meer sehnte.

Auf dem kleinen Tisch zwischen den Fenstern lagen Feder, Tinte und Papier. Richard machte sich daran, Autor zu werden. Seit seinem Gespräch mit Mr. Aked am Tag zuvor lebte er im vollen Glanz eines Schreibimpulses. Er erkannte, oder glaubte zu erkennen, in der Tatsache, dass er die literarische Begabung besaß, einen Schlüssel zu seinem jüngsten Leben. Es erklärte insbesondere die Leidenschaft für das Lesen, die ihn mit siebzehn Jahren überkommen hatte, und seinen Wunsch, nach London zu kommen, der natürlichen Heimat des Autors. Sicherlich war es seltsam, dass er sich bisher nur sehr wenig ernsthaft mit dem Thema des Schreibens beschäftigt hatte, aber glücklicherweise gab es in Bursley eine Vielzahl vereinzelter Verse und Prosafragmente , und es befriedigte ihn, in diesen die ersten zitternden Regungen einer späten Zeit zu erkennen -geborener Ehrgeiz.

Am Abend zuvor hatte er sich damit beschäftigt, sich für ein Thema zu entscheiden. In einer Morgenzeitung hatte er einen Artikel mit dem Titel „Eine Insel des Schlafes" gelesen, in dem Sark beschrieben wurde; Ihm kam der Gedanke, dass ein ähnlicher Aufsatz über Lichfield, die komatöse Kathedralenstadt, die etwa dreißig Meilen von Bursley entfernt lag , in eine Monatszeitschrift passen könnte. Er kannte Lichfield gut; er war seit seiner Kindheit daran gewöhnt, es zu besuchen; er liebte es. Als Thema voller malerischer Möglichkeiten hatte es seine Fantasie beflügelt, bis sein Gehirn von vagen, aber schönen Fantasien zu wimmeln schien. In der Nacht war sein Schlaf unterbrochen worden und mehrere neue Ideen kamen ihm in den Sinn. Und nun, nach einem Tag voller Vorfreude, war der Moment zum Komponieren gekommen.

Als er seinen Stift in die Tinte tauchte, überkam ihn plötzlich die Angst vor einem Scheitern. Er verwarf es und schrieb mit kühner Handschrift und ziemlich sorgfältig:

ERINNERUNGEN AN EINE STADT DES SCHLAFS.

Das war sicherlich ein hervorragender Titel. Er fuhr fort: –

*Auf der alten Steinbrücke, unter der seit Jahrhunderten das klare,
glatte Wasser des Flusses im gleichen Tempo dahinkriecht, steht ein
kleines Kind, allein. Es ist früher Morgen, und die Uhr der von der
Zeit befleckten Kathedrale, die kaum hundert Meter entfernt ihre edlen
gotischen Türme erhebt, schlägt fünf, begleitet von einem unsichtbaren
Lerchen über ihnen.*

Er lehnte sich zurück, um über den nächsten Satz nachzudenken, und blickte
sich im Raum um, als erwartete er, die Worte an der Wand zu finden. Eines
der goldgerahmten Fotos war leicht schief; er verließ seinen Stuhl, um ihn
gerade zu stellen; Mehrere andere Bilder schienen einer Anpassung zu
bedürfen, und er nivelliert sie alle mit peinlicher Präzision. Die Ornamente
auf dem Kaminsims waren nicht gleichmäßig ausbalanciert; diese ordnete er
völlig neu. Dann, nachdem er zunächst eine Falte in der Bettdecke geglättet
hatte, setzte er sich wieder hin.

Aber die meisten der schönen Ideen, von denen er überzeugt war, dass sie
fest in seiner Reichweite lagen, entgingen ihm nun oder präsentierten sich
verspätet in einer so dunklen Form, dass sie wertlos waren, und die wenigen
nützlichen Ideen, die übrig blieben, widersetzten sich allen Versuchen, sie in
Ordnung zu bringen. Bestürzt über seine eigene Ohnmacht suchte er nach
dem Artikel über Sark und las ihn erneut. Bestimmte Wochenblätter der
Literatur hatten ihn dazu erzogen, den Journalismus der Tagespresse zu
verspotten, aber es schien, dass der Mann, der „Eine Insel des Schlafes"
schrieb, zumindest in der Lage war, sich klar und fließend auszudrücken, und
über die Fähigkeit verfügte, zu bestehen natürlich von einem Aspekt seines
Themas zum anderen. Es schien einfach genug...

Er ging zum Fenster.

Der Himmel war zart bernsteinfarben, und Richard beobachtete, wie er sich
in Rosa und dann in Hellblau verwandelte. Die Gaslaternen leuchteten in
schneller Folge auf; Jemand ließ die Jalousie eines Fensters gegenüber seinem
eigenen herunter, und plötzlich zeichnete sich für einen Moment das Profil
einer Frau ab und verschwand dann. Aus dem Wirtshaus erklang eine
Melodie, gesungen in rauem Bariton zum Klang einer Gitarre; Das Geschrei
der spielenden Kinder hatte nun aufgehört.

Als er sich plötzlich dem Zimmer zuwandte, stellte er zu seinem Erstaunen
fest, dass es fast im Dunkeln lag; er konnte nur das Weiß der Papiere auf dem
Tisch erkennen.

Er hatte heute Abend keine Lust zum Schreiben. Manche Männer schrieben
am besten abends, andere morgens. Wahrscheinlich gehörte er zur letzteren
Klasse. Wie dem auch sei, er würde am nächsten Morgen um sechs aufstehen
und einen Neuanfang wagen. „Das ist natürlich nur eine Frage der Übung",

sagte er halblaut und unterdrückte eine lästige Zweifelhaftigkeit. Er würde einen kurzen Spaziergang machen und früh zu Bett gehen. Allmählich kehrte sein Selbstvertrauen zurück.

Als er die Haustür schloss, war ein Rascheln von Seide und ein flüchtiger Veilchenduft zu hören . eine Frau war vorbeigegangen. Sie drehte sich leicht um, als sie die Tür hörte, und Richard erhaschte einen flüchtigen Blick auf ein junges und hübsches Gesicht unter einem weiten Hut, eine volle, reife Büste, deren verführerische Konturen durch ein eng anliegendes Mieder perfekt hervorgehoben wurden, und zwei kleine weiße Hände. In einem baumelte ein Paar Handschuhe, in dem anderen ein Regenschirm. Er ging an ihr vorbei und wartete an der Ecke bei Tattersall's, bis sie ihn erneut überholte. Jetzt stand sie nur einen Meter von ihm entfernt auf dem Bordstein , summte etwas und lächelte vor sich hin. Der Regenschirm wurde hochgehoben, um einem Hansom zu signalisieren.

„Der Osmane", hörte Richard sie über das Dach des Taxis sagen, während der Fahrer sich mit der Hand ans Ohr nach vorne beugte. Was für eine Kinderstimme es schien, lispelnd und schlicht!

Der Taxifahrer zwinkerte Richard zu und lenkte sanft sein Pferd. Einen Augenblick später bestand das Hansom aus zwei schwindenden roten Flecken in einer wechselnden Vielzahl von Lichtern.

Eine Stunde später sah er sie auf der Promenade des Theaters; Sie stand an einer Säule, den Blick auf den Eingang gerichtet. Als sich ihre Blicke trafen, warf sie den Kopf ein wenig nach hinten, wie jemand, der durch eine Brille auf die Nasenspitze blickt, und zeigte ihre Zähne. Er setzte sich neben sie.

Plötzlich winkte sie einem Mann zu, der hereinkam. Er schien etwa dreißig zu sein, mit kleinen, klaren Augen, gebräunten Wangen, einem kräftigen Kiefer und einem kurz geschnittenen braunen Schnurrbart. Er war modisch gekleidet, wenn auch nicht im Abendkleid, und begrüßte sie, ohne den Hut zu heben.

„Sollen wir etwas trinken?" Sie schlug vor. "Ich bin so durstig."

„Fizz?" sagte der Mann gedehnt. Sie nickte.

Bald gingen sie zusammen hinaus, während der Mann achtlos Kleingeld für einen Fünf-Pfund-Schein in seine Tasche steckte.

„Was ist der Unterschied zwischen ihm und mir?" Richard dachte nach, als er nach Hause ging. „Aber warte einfach ein bisschen; warte, bis ich …"

Als er seine Unterkunft erreichte, wurde ihm von der Erbärmlichkeit des Zimmers, seiner Kleidung und seines Abendessens übel. Er träumte, dass er das osmanische Mädchen küsste und dass sie „Netter Junge" lispelte, woraufhin er ihr eine Handvoll Souveräne auf den Schoß warf.

Am nächsten Morgen um sechs Uhr arbeitete er an seinem Artikel. In zwei Tagen war es fertig und er hatte es an eine Monatszeitschrift geschickt, „zusammen mit einem frankierten Rückumschlag für die Rücksendung, falls es ungeeignet sein sollte", gemäß den redaktionellen Anweisungen, die in jeder Nummer unter dem Inhaltsverzeichnis abgedruckt waren . Der Herausgeber des „Triflers" versprach, dass alle so eingereichten Manuskripte, die nur auf einer Seite des Papiers geschrieben seien, umgehend bearbeitet werden sollten.

Er hatte erwartet, seine Arbeit mit Herrn Aked bei dem geplanten Abendessen zu besprechen, aber dazu hatte es nicht stattgefunden. Am Morgen, nachdem die Vereinbarung getroffen worden war, wurde Herr Aked krank und wenige Tage später schrieb er ihm, dass er von seinem Posten zurücktreten müsse, mit der Begründung, dass er genug zum Leben habe und sich „zu ehrwürdig für eine regelmäßige Arbeit" fühle.

Richard hatte nur die geringste Hoffnung, dass „Eine Stadt des Schlafes" angenommen werden würde, aber als der dritte Morgen kam und der Postbote nichts brachte, begann seine Meinung über den Artikel zu steigen. Vielleicht hatte es doch einen Sinn; er erinnerte sich an bestimmte Teile davon, die ausgesprochen klug und auffällig waren. Als er am Nachmittag aus dem Büro nach Hause eilte, traf er auf der Treppe die Tochter der Vermieterin und sagte beiläufig:

„Irgendwelche Briefe für mich, Lily?"

"Nein Sir." Das Mädchen hatte eine attraktive Röte.

„Ich nehme ein paar Eier zum Tee, wenn Mrs. Rowbotham welche hat."

Abends blieb er zu Hause und wartete auf die letzte Lieferung, die gegen 9:30 Uhr erfolgte. Das doppelte Klopfen des Postboten war zehn oder zwölf Häuser entfernt zu hören. Endlich hörte Richard, wie er die Stufen von Nr. 74 hinaufstieg, und dann erschütterte sein knappes Ratten-Tat das Haus. Ein leiser Schlag auf dem nackten Holzboden der Halle schien auf ein schwereres Paket als den gewöhnlichen Brief hinzudeuten.

So wie einem Mann, der ertrinkt, die schlimmen Taten seines ganzen Lebens in einem schrecklichen Augenblick vor Augen geführt werden, so wurde Richard in diesem Moment mit allen Fehlern und hoffnungslosen Grobheiten von „Eine Stadt des Schlafes" konfrontiert. Er wunderte sich über seine eigene Einfältigkeit, sich auch nur einen Augenblick lang vorzustellen, dass der Artikel auch nur die geringste Chance auf Akzeptanz hätte. War es nicht berüchtigt, dass berühmte Autoren jahrelang fleißig geschrieben hatten, ohne auch nur eine Zeile zu verkaufen?

Lily kam mit dem Abendessentablett herein. Sie lächelte.

„Warme Arbeit, was, Lily?" sagte er und wusste kaum, dass er sprach.

„Ja, Sir, es ist so heiß in der Küche, das können Sie nicht glauben." Sie stellte das Tablett ab und reichte ihm einen Briefumschlag, und er sah seine eigene Handschrift wie in einem Traum.

"Für mich?" murmelte er nachlässig und legte den Brief auf den Kaminsims. Lily nahm seine Frühstücksbestellung entgegen und verließ mit einem angenehmen, schüchternen „Gute Nacht, Sir" den Raum.

Er öffnete den Umschlag. In der Falte seines Manuskripts befand sich ein Blatt besten cremefarbenen Notizpapiers mit den folgenden Worten in fließendem Kupferstich: „Der Herausgeber überbringt Herrn Larch seine Komplimente [schriftlich] und bedauert, dass er den beigefügten Artikel nicht verwenden kann Für dieses Angebot ist er sehr dankbar.

Der Anblick dieses Rundschreibens, in dem oben die Büros der Zeitschrift abgebildet sind, und der Hinweis in der linken Ecke, dass alle Briefe an den Herausgeber und nicht an einen einzelnen Mitarbeiter gerichtet sein müssen, milderten die Situation auf mysteriöse Weise Richards Enttäuschung. Vielleicht lag der Trost daran in der greifbaren Gewissheit, dass er nun tatsächlich *ein Literaturanwärter war* und mit *der Presse kommunizierte, so beschämend sie auch sein mochte* .

Während des Abendessens las er das Rundschreiben immer wieder und beschloss, den Artikel neu zu schreiben. Doch dieser Entschluss wurde nicht umgesetzt. Er brachte es nicht über sich, es auch nur durchzusehen, und schließlich wurde es genau so, wie es war, an eine andere Zeitschrift geschickt.

Richard hatte beschlossen, im Büro nichts über sein Schreiben zu sagen, bis er einen gedruckten Artikel mit seinem Namen am Fuße vorlegen konnte; und in den letzten Tagen lief ihm oft das Wasser im Mund zusammen, als er die Süße dieses Triumphs erwartete. Aber am nächsten Tag konnte er es nicht lassen, Jenkins die Notiz aus dem „Trifler" zu zeigen. Jenkins schien beeindruckt zu sein, insbesondere als Richard ihn bat, die Angelegenheit vertraulich zu behandeln. Es entstand eine Art Freundschaft zwischen ihnen, die mit der Zeit immer stärker wurde. Richard fragte sich manchmal, wie genau es dazu gekommen war und warum es so weiterging.

Kapitel VII

Albert Jenkins war neunzehn Jahre alt und lebte mit seinen Eltern und sieben Brüdern und Schwestern in Camberwell ; sein Vater leitete eine Erfrischungsbar in der Oxford Street. Er war sieben Jahre lang bei den Herren Curpet und Smythe angestellt , zunächst als Junior-Bürojunge, dann als Senior-Bürojunge und schließlich als Junior-Stenoschreiber. Er war durchschnittlich groß, hatte eine flache Brust und dünne Arme und Beine. Seine Füße waren sehr klein – er erwähnte diese Tatsache oft mit offener Selbstgefälligkeit – und steckten immer in gut sitzenden, handgefertigten Stiefeln, die auf Hochglanz poliert waren. Der Rest seiner Kleidung zeichnete sich weniger durch Sauberkeit aus; aber von Zeit zu Zeit überkam ihn der Ehrgeiz, vornehm zu sein, und in diesen immer wiederkehrenden Phasen störte das nette Benehmen seiner Fingernägel die offizielle Routine etwas. Er trug seinen Hut entweder auf dem Hinterkopf oder fast auf dem Nasenrücken. Auf der Straße ging er im Allgemeinen mit ruhiger Bedächtigkeit, die Hände tief in den Taschen, den Blick gesenkt und ein rätselhaftes Lächeln auf den dünnen Lippen.

Sein Gesicht hatte einen blassgelben Teint mit nur einem Hauch von Rot, und er errötete nie ; sein Hals war von einem dunkleren Gelb. Im Großen und Ganzen waren seine Gesichtszüge regelmäßig, mit Ausnahme des Mundes, der groß war und wie der eines Affen hervorstand; Die Augen waren grau und zeigten einen kühnen Blick, der nicht selten mit Unverschämtheit verwechselt wurde.

In Anbetracht seiner Jahre war Jenkins in gewisser Hinsicht ein äußerst versierter Mensch. In allen Angelegenheiten im Zusammenhang mit der Post und den Inlandseinnahmen Ihrer Majestät, in Bezug auf Taxipreise, Buslinien und lokale Eisenbahnen, in Bezug auf „Pitman-Umrisse" und in Bezug auf die Kanzleipraxis war er eine unbestrittene Autorität. Er kannte die Adressen von mehreren hundert Londoner Anwälten, die Lage fast aller Straßen und Plätze im Umkreis von vier Meilen und, innerhalb derselben Grenzen, die ungefähre Entfernung eines bestimmten Ortes von jedem anderen.

Er war der beste Billardspieler im Büro und hatte einmal einen Spot-Barred-Break von 49 Punkten geschafft; Dieses Spiel war sein einziger Zeitvertreib. Er spielte regelmäßig bei Pferderennen, wobei er auf eine Reihe von Buchmachern zurückgriff, doch weder gewann noch verlor er nennenswert; nicht weniger als drei Jockeys erlaubten ihm gelegentlich, ihre Gesellschaft zu genießen, und er war nie ohne einen Stallknecht.

Sein besonderes Hobby waren jedoch Restaurants. Die Hälfte seines Einkommens verbrachte er mit Essen und die Hälfte seiner wachen Zeit verbrachte er entweder mit der Entscheidung, was er essen sollte, oder mit tatsächlichem Trinken und Kauen. Er hatte persönlich die Vorzüge aller Bars und Gaststätten in der Nähe des Gerichtsgebäudes getestet, von Lockhart's bis Gatti's , und diskutierte stundenlang über ihre jeweiligen Vorzüge und Mängel. Kein Restaurant war zu dürftig für seine Schirmherrschaft und keines zu prächtig; Tagelang aß er hintereinander ein Glas Wasser und einen Kapitänskeks mit Käse, um Ressourcen für ein köstliches Mahl in einem der vergoldeten Lokale zu sammeln, in denen sich die Reichen zu ernähren pflegen; und er hatte von seinem Vater eine Menge seltsamer Kenntnisse erworben, die Licht in die Geheimnisse des Erfrischungshandels brachten, was es ihm ermöglichte, das so mühsam angehäufte Geld optimal auszugeben.

Jenkins war ein Cockney und der Nachkomme von Cockneys; er unterhielt sich immer ausführlich im Camberwell -Dialekt ; Aber ebenso wie er den Angriffen von Modalität ausgesetzt war, versuchte er zuweilen, seinen Akzent loszuwerden, natürlich ohne Erfolg. Er fluchte gewohnheitsmäßig und zeigte keinerlei Zurückhaltung, außer in Anwesenheit seiner Arbeitgeber und von Mr. Alder, dem Manager. Als schnelle und wirksame Erwiderung war er den Taxifahrern ebenbürtig, und nichts konnte ihn aus der Fassung bringen. Seine Lieblingsdiskussionsthemen waren, wie bereits erwähnt, Restaurants, Billard, der Rasen und Frauen, die er gewöhnlich als „Flittchen" beschrieb. Es war seine Gewohnheit, sich selbst als „Teufel für Mädchen" zu bezeichnen, und als Mr. Alder ihn scherzhaft beschuldigte, Abenteuer mit Frauen von leichter Tugend begangen zu haben, war seine Freude grenzenlos.

Es gab Momente, in denen Richard Jenkins verabscheute, in denen ihm die eklige und derbe Atmosphäre, die Jenkins' Anwesenheit begleitete, übel wurde und ihm völlige Einsamkeit in London der Gesellschaft des Jungen vorzuziehen schien; aber diese gingen vorüber und die Intimität gedieh. Jenkins hatte tatsächlich seine Gnaden; Er war von überaus großzügiger Natur und seine Bewunderung für die tiefe literarische Gelehrsamkeit, die Richard seiner Meinung nach besaß, war unbefangen und unverhohlen. Sein eigener lebhafter Witz, sein malerischer Umgang mit Slang, seine Fähigkeit, neue Eide zu schwören, und vor allem seine genaue Kenntnis der Nebenstraßen und Nebengewässer des Londoner Lebens verliehen ihm in Richards ungewohnten Augen eine gewisse scheinbare Anziehungskraft. Darüber hinaus machte die Tatsache, dass sie dasselbe Zimmer teilten und ähnliche Aufgaben ausübten, den vertrauten Umgang zwischen ihnen selbstverständlich und notwendig. Mit keinem anderen Mitglied des Personals wollte Richard Kontakt aufnehmen. Die Referenten bildeten, obwohl sie allen höflich gegenüber freundlich waren, einen exklusiven Zirkel; und was den Rest betrifft, waren sie entweder alt oder langweilig, oder beides. Er überlegte oft, ob er Herrn Aked aufsuchen sollte , der inzwischen genesen war und einmal, unglücklicherweise in Richards Abwesenheit, im Büro vorbeigekommen war; aber schließlich entschied er schüchtern, dass der Umfang ihrer Bekanntschaft dies nicht rechtfertigen würde.

„Wo gehen wir heute zum Mittagessen hin?" war fast die erste Frage, die sich Richard und Jenkins am Morgen stellten, und es folgte eine längere Diskussion. Sie nannten das Essen „Mittagessen", aber in Wirklichkeit war es ihr Abendessen, obwohl keiner von ihnen dies jemals zugab.

Jenkins hatte eine Vorliebe für Grillräume, wo rohe Koteletts und Steaks auf riesigen Tellern lagen und jeder Gast sein eigenes Fleisch auswählte und die Zubereitung überwachte. Ein zartes und perfekt zubereitetes Steak mit Ofenkartoffeln und einem halben Pint Stout war seine ideale Mahlzeit, und er beklagte sich ständig darüber, dass kein Restaurant in London so viel Fröhlichkeit zum Preis von einem Schilling und drei Pence bot, einschließlich des Kellners . Die billigen Lokale waren nie zufriedenstellend, und Jenkins besuchte sie nur dann, wenn der Zustand seines Geldbeutels keine andere Wahl ließ. Gemeinsam mit Richard besuchte er jedes neue Gasthaus, das auftauchte, in der Hoffnung, das Restaurant seiner Träume zu finden, und obwohl jedes eine Enttäuschung war, ging die Suche trotzdem weiter. Der Ort, der seinen Wünschen am ehesten entsprach, war das „ Szepter ", ein niedriger, düsterer Raum zwischen dem Gerichtsgebäude und dem Fluss, der von wohlhabenden Verwaltungsangestellten und ein paar jungen Rechtsanwälten genutzt wurde. Hier saßen die beiden luxuriös auf roten Plüschsitzen und hatten einen großen silbernen Grill vor Augen und Ohren. Sie verbrachten viele Mittagsstunden, aßen langsam, mit grobem, sinnlichem Genuss und waren insgeheim begeistert von der Nähe älterer und wohlhabenderer Männer als sich selbst, denen sie auf Augenhöhe begegneten.

Richard schlug einmal vor, eines der französischen Restaurants in Soho auszuprobieren, die Mr. Aked erwähnt hatte.

"Nicht ich!" sagte Jenkins als Antwort. „Du erwischst mich nicht noch einmal dabei, in diese Parley- Voo- Läden zu gehen. Ich war einmal dort. Da gibt es eine Menge kleiner Sauereien, gefälscht aus den schmutzigen Tellern von gestern, und nachdem du ein halbes Dutzend davon gegessen hast, ziehst du es an . " Ich fühle mich kein bisschen satt. Gib mir ein Steak und eine Kartoffel. Ich möchte gerne wissen, was ich esse.

Ebenso verabscheute er vegetarische Restaurants, aber einmal, während einer Zeit der Finanzkrise, stimmte er zu, Richard, der das Lokal ziemlich gut kannte, zum „Crabtree" in der Charing Cross Road zu begleiten, und obwohl er lautstark über die Substanzlosigkeit murrte Von dem Drei-Gänge-Menü *à la carte* , das man für Sixpence bekommen konnte, machte er später keine Schwierigkeiten, dort zu speisen, wann immer die Vorsicht die größte Sparsamkeit verlangte.

Ein Hauch von Kälte und steifem Unbehagen erfüllte den Crabtree, und der Duft von Linsen und Rosinenpudding erfüllte jede Ecke. Die Tische waren schmal und die Stühle unnachgiebig. Die Kunden waren hinsichtlich Kleidung und Auftreten äußerst exzentrisch ; Sie hatten blasse Gesichter und lasen während ihrer melancholischen Mahlzeiten offensichtlich lehrreiche Bände oder debattierten in banalen Gesprächen, die nicht mit einem einzigen Fluch gewürzt waren, über die Themen des Tages . Junge Frauen, bei denen ihr persönliches Aussehen eine vernachlässigbare Rolle spielte, kamen in großer Zahl und kicherten entweder hemmungslos miteinander oder saßen aufrecht da und starrten die Männer auf eine Weise an, die selbst Jenkins einschüchterte. Den Kellnerinnen fehlte es an Verständnis und sie schienen selbst die höflichsten Annäherungsversuche zu verübeln.

Eines Tages, gerade als sie mit dem Abendessen begannen, machte Jenkins Richard eifrig auf das Mädchen an der Kasse aufmerksam. „Sehen Sie das Mädchen?" er sagte.

„Was ist mit ihr? Ist sie neu?"

„Na ja, sie ist die Nutte, hinter der der alte Aked früher her war."

„War sie in diesem ABC-Laden am Strand?" sagte Richard, der sich an die Gesichtszüge des Mädchens und ihr rotbraunes Haar erinnerte .

„Ja, das ist sie. Bevor sie bei AB C. war , war sie Kassiererin in diesem Restaurant mit gekochtem Rindfleisch gegenüber dem Court, aber es heißt, sie sei entlassen worden, weil sie zu viel mit Kunden geredet hat. Sie und Aked waren damals sehr zickig, und Er ging jeden Tag dorthin. Ich nehme an, dass sein Werben das Geschäft beeinträchtigte.

„Aber er ist alt genug, um ihr Vater zu sein!"

„Ja. Er hätte sich schämen sollen. Sie ist keine schlechte Sorte, oder?"

„Es gab wirklich nichts zwischen ihnen, oder?"

„ *Ich* weiß es nicht. Vielleicht war es so. Er ist ihr zum AB C gefolgt, und ich glaube, er hat sie manchmal mit nach Hause genommen. Ihr Name ist Roberts. Wir haben ihn immer über sie unterhalten – seltener Spaß."

Die Geschichte ärgerte Richard, denn sein kurzes *Tête-à-Tête* mit Mr. Aked war als angenehme Erinnerung in seiner Erinnerung geblieben, und obwohl er wusste, dass der alte Mann von den Jugendlichen im Büro mit wenig Respekt behandelt worden war, tat er es hatte sich angewöhnt, ihn im Geiste als Vertreter der Literatur mit Bewunderung zu betrachten. Diese Bindung an einen Restaurantkassierer, offensichtlich eine Person ohne Bildung oder Intellekt, passte kaum zu seiner Einschätzung des Journalisten, der mit Carlyle gesprochen hatte.

Während des Essens warf er dem Mädchen mehrmals verstohlene Blicke zu. Sie war rundlicher als zuvor und ihr Husten schien geheilt zu sein. Ihr Gesicht war angenehm und zweifellos hatte sie eine prächtige Frisur.

Als sie ihre Schecks überreichten, verneigte sich Jenkins unbeholfen und sie lächelte. Er schwor Richard, dass er ihr beim nächsten Mal Mr. Akeds Namen nennen würde. Das Gelübde wurde gebrochen. Sie war bereit, Höflichkeiten auszutauschen, aber ihr Verhalten ließ deutlich erkennen, dass eine Grenze gezogen werden musste.

Als Richard in der darauffolgenden Woche zu späterer Stunde als gewöhnlich allein im Crabtree war, führten sie ein ziemlich langes Gespräch.

„Ist Herr Aked noch in Ihrem Büro?" fragte sie und blickte auf ihre Geschäftsbücher.

Richard erzählte, was er wusste.

"Oh!" Sie sagte: „Ich habe ihn oft gesehen, und er hat mir ein paar Lutschtabletten gegeben, die meinen schlimmen Husten geheilt haben. Netter alter Kerl, nicht wahr?"

„Ja, das glaube ich", stimmte Richard zu.

„Ich dachte, ich würde einfach fragen, da ich ihn schon lange nicht mehr gesehen hatte."

„Guten Tag – Miss Roberts."

„Guten Tag – Herr –"

"Lärche."

Sie lachten beide.

Ein trivialer Streit mit Jenkins einige Tage später offenbarte die Tatsache, dass dieser Kneipenwirt ein mürrisches Temperament hatte und dass sein Unmut, sobald er geweckt war, nur langsam verging. Richard speiste wieder alleine im Crabtree und besuchte nach einem weiteren kleinen Gespräch mit Miss Roberts, da er Zeit hatte, die öffentliche Bibliothek in St. Martin's Lane. In einer halben Krone Rezension sah er einen Artikel eines angesehenen Autors mit dem Titel „An literarische Aspiranten", der angeblich zeigen sollte, dass eine Beherrschung der Wortkunst nur durch regelmäßige technische Übungen erreicht werden könne; Die Art dieser Übungen wurde ausführlich beschrieben. Es gab Anspielungen auf die unermüdliche Plackerei von Flaubert, de Maupassant und Stevenson, zusammen mit Auszügen, die ausgewählt wurden, um den langsamen Übergang des letztgenannten Autors von der inspirierten Inkompetenz zur gelassenen und vollkommenen Kompetenz zu veranschaulichen, vor der alle Schwierigkeiten dahinschmolzen. Nach der uneingeschränkten Aussage, dass jeder Mensch – langsam, wenn er kein Talent hat, schnell, wenn er von Natur aus begabt ist – mit entschlossenem Einsatz feines Schreiben erlernen könnte, schloss der Essayist mit der Bemerkung, dass junge Autoren noch nie zuvor in der Geschichte der Literatur so günstig gewesen seien wie bei das Geschenk. Zuletzt kam die Maxime: *Nulla dies sine linea* .

Richards kühle Begeisterung für Briefe entflammte. Er hatte mehrere Wochen lang überhaupt nichts geschrieben, aber in dieser Nacht war er verzweifelt bei der Arbeit. Er nutzte den Streit aus, um alle bis auf die förmlichste Verbindung mit Jenkins abzubrechen, speiste stets sparsam im Crabtree und verbrachte jeden Abend in seiner Unterkunft. Der Gedanke, dass Alphonse Daudet „Les Amoureuses " in einer Pariser Mansarde schrieb, unterstützte ihn einen ganzen Monat lang voller Mühen, in dem er neben der eifrigen Ausübung der empfohlenen Übungen eine vollständige Kurzgeschichte schrieb und mehrere Essays begann. Ungefähr zu dieser Zeit wurde seine „Stadt des Schlafes" in einem so schmutzigen und zerlumpten Zustand in seine Hände zurückgegeben, dass er sich dazu bewegte, sie zu verbrennen. Die Kurzgeschichte wurde jeden Abend an einem Abend angeboten und nie wieder gehört.

Ihm kam der Gedanke, dass er möglicherweise Talent für dramatische Kritik besaß, und eines Samstagabends besuchte er die Uraufführung eines Theaterstücks im St. George's Theatre. Nachdem er eine Stunde draußen gewartet hatte, bekam er einen Platz in der letzten Reihe der Box. Gespannt beobachtete er, wie die Kritiker ihre Plätze im Parkett einnahmen; sie unterhielten sich träge, lächelten und verneigten sich ab und zu vor Bekannten in den Logen und im Kleiderkreis; Im Orchestergraben herrschte Aufregung und Geschwätzigkeit, und Richard entdeckte, dass fast jeder um ihn herum es sich zur Gewohnheit gemacht hatte, Uraufführungen zu besuchen, und dass er das *Bühnenpersonal* genau kannte . Durch das Stimmengewirr erreichte ihn stoßweise die Ouvertüre zu „ Rosmund ". Ganze Takte lang ging die Musik verloren; Dann erregte ein hervorstechender Ton das Ohr, und die Melodie wurde wieder hörbar, bis eine weitere Welle von Gesprächen sie erfasste.

Der Abschluss des letzten Aktes wurde mit hektischem Händeklatschen, Stockschlagen und unartikulierten Schreien begrüßt, während über dem allgemeinen Lärm das wiederholte einsilbige „' Thor , ' Thor " zu hören war.

Nach einer scheinbar endlosen Verzögerung wurde der Vorhang auf einer Seite zurückgezogen, und ein großer Mann im Abendkleid, dessen Gesicht totenweiß war, trat vor das Rampenlicht und verneigte sich mehrmals; Der Lärm steigerte sich zu einem donnernden Brüllen, in dem Heulen und Zischen zu erkennen waren. Richard zitterte von Kopf bis Fuß und Tränen traten ihm aus unerklärlichen Gründen in die Augen.

Der gesamte Sonntag- und Montagabend war damit beschäftigt, eine detaillierte Analyse und Würdigung des Stücks zu verfassen. Am Dienstagmorgen kaufte er eine Wochenzeitung, die dem Drama besondere Aufmerksamkeit widmete, um seine eigene Sichtweise mit der einer anerkannten Autorität zu vergleichen, und stellte fest, dass die Inszenierung in zehn knappen Zeilen als bloßes liebenswürdiges Gefasel abgetan wurde.

Ein paar Tage später bot ihm Herr Curpet die Stelle eines Kassierers im Büro mit einem Gehalt von drei Pfund pro Woche an. Sein Einkommen wurde genau verdoppelt, und die Enttäuschungen über die erfolglose Autorenschaft machten ihm plötzlich keine Sorgen mehr. Er begann an der Weisheit eines weiteren literarischen Versuchs zu zweifeln. War nicht klar, dass seine Talente in der Geschäftsrichtung lagen? Dennoch war ein großer Teil seines freien Geldes für den Kauf von Büchern aufgewendet, hauptsächlich für die Produktion einiger berühmter alter kontinentaler Druckereien, die er erst kürzlich zu schätzen gelernt hatte. Er bereitete einen Plan vor, um sich in den klassischen Sprachen und in Französisch weiterzubilden, und gab die Praxis des Schreibens auf, um Gelegenheit für das Streben nach Kultur zu schaffen. Aber die Kultur erwies sich als schüchtern und schwer fassbar. Er folgte keinem regulären Studium, und obwohl er viel las, war sein Wissensfortschritt kaum wahrnehmbar.

Weitere Ablenkungen boten sich in Form von Musik und Malerei an. Er entdeckte, dass es ihm in beiden Künsten nicht an kritischem Geschmack mangelte, und besuchte regelmäßig Konzerte und Bildergalerien. Er kaufte auf Mietkauf ein Klavier und nahm darauf Unterricht. Auf diese und andere Weise wuchsen seine Ausgaben, bis sie das Einkommen von drei Pfund pro Woche mehr als verschlang, was er noch nicht lange zuvor als etwas sehr Ähnliches für Reichtum angesehen hatte. Viele Wochen lang machte er keine Anstalten, den Restbetrag auszugleichen, bis seine Schulden sich der Summe von zwanzig Pfund näherten, von denen fast die Hälfte bei seiner Vermieterin schuldete. Er musste mehr als eine demütigende Szene durchleben, bevor eine Ära der Sparsamkeit einsetzte.

Eines Nachmittags erhielt er ein Telegramm, in dem ihm mitgeteilt wurde, dass William Vernon sehr plötzlich gestorben sei. Es war mit „Alice Clayton Vernon" signiert. Mrs. Vernon war Williams stattliche Schwiegercousine, und Richard, mit dem sie nur einmal gesprochen hatte – kurz nach Marys

Hochzeit – betrachtete sie mit Ehrfurcht; er mochte sie nicht, weil er es unmöglich fand, sich in ihrer imposanten Gegenwart wohl zu fühlen. Als er in Mr. Curpets Zimmer ging, um ihn um Urlaub zu bitten, war sein einziges Gefühl die Verärgerung über die Aussicht, sie wiedersehen zu müssen. Zu seinem eigenen Erstaunen berührte Williams Tod ihn kaum.

Mr. Curpet gewährte ihm bereitwillig zwei Tage Urlaub und er arrangierte, am nächsten Abend zur Beerdigung nach Bursley zu fahren .

KAPITEL VIII

Richard war des Sitzens müde, faltete seinen Mantel kissenweise zusammen, legte ihn unter seinen Kopf und streckte sich auf dem polierten gelben Holz aus. Aber vergebens waren seine Augen fest geschlossen. Er wollte nicht einschlafen, obwohl er ununterbrochen gähnte. Der monströse Schlag des Motors, das schnelle Klappern der Fenster und das Knirschen der Räder verschmolzen zu einer fantastischen Resonanz, die jeden Winkel der Kutsche erfüllte und bis in seinen Schädel eindrang. Dann ließ ein Licht, das an das Dach klopfte, eines dieser geheimnisvollen Geräusche, die ein Abteil in einem Nachtzug wie ein Spukzimmer erscheinen lassen, alles andere für einen Moment verstummen, und er wünschte, er wäre nicht allein gewesen.

Plötzlich sprang er auf, verdrängte jeden Gedanken an Schlaf und ließ das Fenster herunter. Es war stockfinster; In kurzer Entfernung zeichneten sich vage, sich verändernde Umrisse ab, bei denen es sich entweder um Bäume oder bloße Einbildungen des tastenden Auges handeln konnte. Weit vorn war ein dumpfer Schein des Motors zu sehen, und dahinter funkelte die Lampe des Wachmanns ... Ein paar Sekunden später schloss er das Fenster wieder, bis auf die Knochen durchgefroren, obwohl May fast am Ende war.

Ihm kam der Gedanke, dass er jetzt ein Einzelgänger auf der Erde war. Es kümmerte keinen lebenden Menschen, ob er Böses oder Gutes tat. Wenn er den Untergang anstrebte und sich den unedelsten Impulsen hingab, gab es niemanden, den er zurückhalten konnte – nicht einmal einen Schwager. Seit einigen Wochen hatte er sich Sorgen um seine Zukunft gemacht und Angst gehabt, sich ihr zu stellen. Sicherlich befriedigte ihn London, und der Reiz, dort zu leben, hatte nicht merklich nachgelassen. Er freute sich über London, über seine Ausblicke, seine Geschäfte, seine endlosen Menschenmengen, seine Weite, seine Bosheit; jeder Traum, den man als Kind von London geträumt hatte, war wahr geworden; und sicherer als je zuvor war das Bewusstsein, dass er mit seiner Reise nach London sein Schicksal erfüllt hatte. Dennoch fehlte ihm etwas. Sein Vertrauen in seine eigenen Fähigkeiten und seinen eigenen Charakter wurde untergraben. Fast ein Jahr war vergangen und er hatte außer im Büro keine Fortschritte gemacht. Vorsätze wurden ständig gebrochen; Es war drei Monate her, seit er einen Artikel an eine Zeitung geschickt hatte. Er hatte noch nicht einmal einen bestimmten Studiengang absolviert, und obwohl seine Bekanntschaft mit der modernen französischen Belletristik sich ausgeweitet hatte, konnte er sich selbst auf diesem wichtigen Gebiet keiner wirklichen Gelehrsamkeit rühmen. Abend für Abend – ah! diese langen, von Lampen erhellten Abende, an denen man sich mühsam anstrengen musste ! – wurde mit gemeinen Banalitäten vergeudet, manchmal in Gesellschaft von zufälligen Bekannten und manchmal allein. Er hatte die volle Tragweite und das Ausmaß dieses Rückschritts keineswegs begriffen; es fing lediglich an, seine Selbstgefälligkeit und vielleicht, ganz leicht, seinen Schlaf zu stören. Aber jetzt, als er zur Beerdigung von William Vernon eilte, lachte er träge über sich selbst, weil er zugelassen hatte, dass sein Seelenfrieden gestört wurde. Warum sich die Mühe machen, „weiterzumachen"? Was spielte es für eine Rolle?

Der Tod von Vernon bereitete ihm noch immer wenig Kummer. Seine Zuneigung zu dem Mann war seltsamerweise verblasst. Während der neun Monate, die er in London gelebt hatte, hatten sie einander kaum geschrieben, und Richard empfand die lange Anreise zu Williams Beisetzung als ein lästiges Zugeständnis an den Anstand.

Das war seine wahre Einstellung, wenn er sich die Mühe gemacht hätte, sie genauer zu untersuchen.

Gegen vier Uhr war es ziemlich hell und die aufgehende Sonne weckte Richard aus einem kurzen Schlaf. Der Tau lag in den Mulden der Felder, aber anderswo herrschte eine sanfte, frische Klarheit, die den alltäglichen Ereignissen der fliegenden Landschaft eine neue und jungfräuliche Schönheit verlieh – als wäre dies der Morgen der Schöpfung selbst gewesen. Das Vieh regte sich und drehte sich um, um dem vorbeifahrenden Zug zuzusehen.

Richard öffnete das Fenster erneut. Seine Stimmung hatte sich verändert und er empfand eine unangemessene Freude. Gestern Abend war er zu pessimistisch gewesen. Das Leben lag noch vor ihm und Zeit genug, um etwaige Indiskretionen, deren er sich möglicherweise schuldig gemacht hatte, wiedergutzumachen. Die Zukunft gehörte ihm und er konnte sie nutzen, wie er wollte. Großartiger, tröstlicher Gedanke! Von einer symbolischen Assoziation bewegt, steckte er den Kopf aus dem Fenster und spähte in die Fahrtrichtung des Zuges. Ein Häuschen stand allein inmitten unzähliger Wiesen; Als es vor seinem Blickfeld erschien, öffnete sich die Tür und eine junge Frau kam mit einem leeren Eimer in der linken Hand heraus. Anscheinend war sie etwa siebenundzwanzig, rundlich, kräftig und aufrecht. Ihr Haar hing locker um ihr rundes, zufriedenes Gesicht, und mit der gelösten Hand rieb sie sich die Augen, immer noch aufgedunsen und schwer vom Schlaf. Sie trug ein rosa bedrucktes Kleid, dessen Oberteil offen war und ein weißes Unterkleid und die üppigen Halbkugeln ihres Busens freigab. In einem Augenblick wurde die Szene durch eine Krümmung der Linie verdeckt, und die endlose Abfolge von Feldern nahm ihren Lauf, aber Richard hatte Zeit, anhand ihrer Gestalt zu erraten, dass die Frau die Mutter einer kleinen Familie war. Er stellte sich vor, wie ihr Mann immer noch bewusstlos in dem warmen Bett lag, das sie gerade verlassen hatte; Er sah sogar den Abdruck ihres Kopfes auf dem Kissen und ein langes Nachthemd, das hastig über einen Stuhl geworfen worden war.

Er war zutiefst und unbeschreiblich berührt von diesem Vorschlag einer friedlichen ehelichen Liebe in so großer Einsamkeit. Die Frau und ihr hypothetischer Ehemann und ihre Kinder waren nur Bauern, ihr Leben war wahrscheinlich eng und ihr Intellekt ruhte, dennoch erregten sie in ihm ein Gefühl des Neids, das in seinem Gehirn aufstieg und ihn für einen Moment zum Ersticken brachte ...

Später verlangsamte der Zug seine Geschwindigkeit, als er durch einen Rangierbahnhof fuhr. Der Dampf der leichten Rangierlokomotive stieg mit wolkenartiger Zartheit in der klaren Luft auf, und ein gelegentlicher kurzer Pfiff schien etwas von der Qualität eines Vogelgesangs zu haben. Die Männer mit ihren langen Stangen bewegten sich munter durch das Geläut und gaben einander mit Armbewegungen Zeichen . Die Kupplungsketten klingelten mit einem fröhlichen, riesigen Klirren, und als die Lokomotive ihre Wagenladung zum Stillstand brachte und ein lautes, metallisches Bump, Bump, Bump von Wagen zu Wagen klang , hätte man sich vorstellen können, dass es sich um ein Leviathan-Spiel *handelte* gespielt wurde. Richard vergaß das Mädchen mit dem Eimer und schlief bald darauf ein.

Um sechs Uhr erreichte der Zug Knype , wo er umsteigen musste. Auch zwei Frauen mit mehreren Kindern stiegen aus, und er bemerkte, wie weiß und müde ihre Gesichter waren; Die Kinder gähnten kläglich. Ein eisiger, scharfer Wind wehte durch die Station; Die Heiterkeit der Morgendämmerung war verflogen, und über allem lauerte ein Geist völligen Leids und Unheils. Zum ersten Mal berührte ihn Williams Tod wirklich.

Die Straßen von Bursley waren fast leer, als er vom Bahnhof durch die Stadt ging, denn die Industriebevölkerung arbeitete bereits in den Manufakturen und die Geschäfte waren noch nicht geöffnet. Dennoch mied Richard die Hauptverkehrsstraßen und wählte einen Umweg, damit er nicht zufällig einem Bekannten begegnete. Er sah den unvermeidlichen banalen Dialog voraus:

„Na, wie gefällt dir London?"

„Oh, es ist in Ordnung!"

„Alles klar?"

"Ja dank."

Und dann der Versuch zweier insgeheim gelangweilter Personen, ein oberflächliches Gespräch fortzusetzen, ohne dabei von einem einzigen gemeinsamen Interesse unterstützt zu werden.

Gerade als Richard in Sichtweite kam, fuhr eine Kutsche vom Roten Haus weg; Er nickte dem ehrwürdigen Kutscher zu, der ernst seinen Hut berührte. Der Besitzer der Kutsche war Mr. Clayton Vernon, Williams Cousin und

Stadtrat von Bursley , und Richard vermutete, dass Mrs. Clayton Vernon die Leitung des Ortes übernommen hatte, bis die Beerdigung vorbei sein sollte. Er zitterte bei der Aussicht, einen ganzen Tag in der Gesellschaft dieser hervorragenden Menschen verbringen zu können, die William immer mit einem Lächeln und doch nicht ohne großen Respekt erwähnt hatte. Die Clayton Vernons waren der wichtigste Stützpfeiler der Seriosität in der Stadt; reich, streng religiös, menschenfreundlich und vor allem würdevoll. Jeder schaute instinktiv zu ihnen auf, und wenn sie nur ein einziges Laster zwischen sich gehabt hätten, wären sie geliebt worden.

Mrs. Clayton Vernon selbst öffnete die Tür. Sie war eine stattliche Frau mittleren Alters mit höflichem, herrischem Auftreten.

„Ich habe Clayton verlassen, um alleine zu frühstücken", sagte sie, als sie Richard ins Wohnzimmer führte; „Ich dachte, du hättest gerne jemanden, der dich nach deiner langen Nachtreise willkommen heißt. Das Frühstück wird fast sofort fertig sein. Wie müde du sein musst! Clayton meinte, es wäre schade, dass du mit dem Nachtzug ankommst, aber natürlich ist es ruhig." Richtig, dass Sie Ihre Arbeitgeber so wenig wie möglich belästigen, ganz richtig. Und wir bewundern Sie dafür. Wollen Sie jetzt nach oben laufen und sich waschen? Sie haben den Weg nicht vergessen? ... "

Die Einzelheiten der Beerdigung waren von Mr. Clayton Vernon, dem Haupttrauernden, festgelegt worden, und Richard hatte nichts anderes zu tun, als sich an vorgefertigte Pläne zu halten und auf Nachfrage höflich zu antworten. Die Vereinbarung war insofern zufriedenstellend, als sie ihn von Pflichten befreite, die lästig gewesen wären, seinen Stolz aber kaum befriedigten. Er hatte fast sein ganzes Leben in diesem Haus verbracht und den Toten vielleicht besser gekannt als alle anderen Anwesenden. Allerdings fand er es bequem, sich zurückzuhalten.

Am Abend gab es einen ausgiebigen Tee, bei dem die Clayton Vernons und der Pfarrer, der die Trauerfeier geleitet hatte, anwesend waren. Der Pfarrer und der Stadtrat gingen unmittelbar danach zu einer Versammlung, und als sie weg waren , sagte Frau Clayton Vernon:

„Jetzt sind wir ganz allein, Richard. Gehen Sie in den Salon und ich werde Ihnen folgen. Ich möchte mich wirklich mit Ihnen unterhalten."

Sie kam mit Nadel, Faden und Schere herein.

„Wenn du deinen Mantel ausziehst, werde ich den Knopf annähen, der an einem Faden hängt. Ich habe es heute Morgen bemerkt, und dann ist es mir ganz aus dem Kopf gegangen. Es tut mir so leid!"

"Oh Danke!" er errötete heiß. „Aber ich kann mich selbst nähen, wissen Sie
–“

„Komm, du brauchst keine Scheu davor zu haben, dass eine alte Frau dich
in deinen Hemdsärmeln sieht. Tu, was ich verlange.“

Er zog den Mantel aus.

„Ich mag es immer, wenn junge Männer makellos ordentlich sind“, sagte sie
und schnitt ein Stück Watte ab. „Der persönliche Charakter eines Menschen
ist ein Hinweis auf seinen Charakter, finden Sie nicht? Natürlich tun Sie das.
Hier, fädeln Sie mir die Nadel ein. Ich fürchte, seit dem Tod Ihrer lieben
Schwester sind Sie ein wenig nachlässig geworden, nicht wahr? Sie war am
meisten Besonders. Ah, was für eine Mutter sie für dich war!“

„Ja“, sagte Richard.

„Es hat mich sehr betrübt, dich mit einem weichen Hut zur Beerdigung
gehen zu sehen – Richard, wirklich. Das war kein Respekt vor dem
Andenken deines Schwagers.“

„Das hätte ich nie gedacht. Wissen Sie, ich habe ziemlich in Eile angefangen.“
Tatsache war, dass er keinen Seidenhut hatte und es sich auch nicht leicht
leisten konnte, einen zu kaufen.

„Aber du *solltest* nachdenken, mein lieber Junge. Sogar Clayton war
schockiert. Sind das deine besten Klamotten?“

Richard antwortete, dass dies der Fall sei. Er beteuerte verlegen, dass er sich
nie um Kleidung gekümmert habe.

Es herrschte Stille, unterbrochen von ihrem regelmäßigen Nähen. Schließlich
reichte sie ihm den Mantel und half ihm , ihn anzuziehen. Er ging zu dem
alten grünen Sofa und etwas zu seiner Bestürzung setzte sie sich neben ihn.

„Richard“, begann sie mit veränderter, sanfter Stimme und nicht ohne
Emotionen, „weißt du, dass wir Großes von dir erwarten?“

„Aber das solltest du nicht. Ich bin ein ganz gewöhnlicher Mensch.“

„Nein, nein. Das bist du nicht. Gott hat dir große Talente gegeben, und du
musst sie nutzen. Der arme William hat immer gesagt, dass du hochbegabt
bist und große Dinge tun könntest.“

"Könnte!"

„Ja – wenn du es versuchst.“

„Aber wie bin ich begabt? Und welche ‚großen Dinge' werden erwartet?" fragte er, vielleicht auf der Suche nach weiteren schmeichelhaften Enthüllungen.

„Das kann ich nicht beantworten", sagte Mrs. Clayton Vernon; „Die Antwort liegt bei Ihnen. Sie haben allen Ihren Freunden den Eindruck vermittelt, dass Sie etwas tun würden, was es wert wäre, getan zu werden. Sie haben Hoffnungen geweckt, und Sie dürfen sie nicht enttäuschen. Wir glauben an Sie, Richard. Das ist alles, was ich sagen kann." "

„Das ist alles schön und gut, aber –" Er hielt inne und spielte mit dem Siegel an seiner Uhrkette. „Tatsache ist, ich arbeite, wissen Sie. Ich möchte Autor werden – zumindest Journalist."

"Ah!"

„Es ist eine langsame Angelegenheit – zunächst einmal …" Plötzlich wollte er vertraulich bleiben und erzählte ihr anschließend einen unvollständigen und sorgfältig bearbeiteten Bericht über sein Leben im vergangenen Jahr.

„Sie haben mich sehr erleichtert, und Clayton wird sich sehr darüber freuen. Wir begannen zu denken –"

„Warum hast du angefangen zu denken?"

„Na ja, jetzt ist es egal."

"Aber warum?"

„Macht nichts. Ich vertraue dir voll und ganz, und ich bin mir sicher, dass du weiterkommen wirst. Armer Junge, hast du jetzt keine näheren Verbindungen oder Verwandten mehr?"

"Nein keine."

„Sie müssen Clayton und mich als sehr nahe Verwandte betrachten. Wir haben keine Kinder, aber unsere Herzen sind groß. Ich erwarte, dass Sie mir manchmal schreiben und ab und zu bei uns übernachten."

KAPITEL IX

In der Mitte des Lesesaals des British Museum sitzen vier Männer, umgeben von einem vierfachen Ring unhandlicher Bände, die einen Index für alles Wissen der Welt darstellen. Die vier Männer kennen diese Bände, wie ein guter Kurier die Continental Bradshaw kennt, und zwar den ganzen Tag, vom frühen Morgen, wenn die Begleiter selbstfahrend auf Rollhockern um die Ringe laufen und die riesigen blauen Bände ordnen und ausrichten, bis zum späten Nachmittag , wenn die riesige Kuppel wie eine dunkle Nacht ist und die Bogenlampen in der Stille zischen und knistern, beantworten sie Fragen geduldig, höflich; Sie sind selten in Verlegenheit und haben seltener Unrecht.

In langen Reihen strömt von der zentralen Festung der Gelehrsamkeit aus eine bunte Schar von Lesern herbei: Bischöfe, Staatsmänner, Männer der Wissenschaft, Historiker, bedürftige Pedanten, populäre Autoren, deren Broughams auf den Bezirken warten, Journalisten, Medizinstudenten, Jurastudenten, Kuratinnen, Journalistinnen, Frauen mit gestutzten Haaren und schwarzen Schürzen, Müßiggänger; alle kurzsichtig und alle schweigsam.

Alle paar Minuten kommt ein Beamter herein, der eine ehrfürchtige Gruppe von Landbesuchern betreut, und flüstert mechanisch die unveränderliche Formel: „Achtzigtausend Bände allein in diesem Raum: insgesamt 36 Meilen Bücherregale im Museum." Daraufhin starren die Besucher um sich, der Beamte versucht erfolglos , nicht den Anschein zu erwecken, dass der Kredit des Unternehmens ganz ihm gehört, und die Partei zieht sich wieder zurück.

Von Zeit zu Zeit hallen vage, hallende Geräusche durch den Raum, aber niemand schaut auf; das unaufhörliche Kannibalenfest der Lebenden an den Toten geht sprachlos voran; Die Essenswagen bewegen sich ständig hin und her , und die lässigen Kellner scheinen sich keine Ruhe zu gönnen.

Als Richard nach London kam, war es fast seine erste Sorge, sich eine Eintrittskarte für das British Museum zu besorgen, und mehrere Monate lang hatte er es sich zur Gewohnheit gemacht, den Samstagnachmittag dort zu verbringen, ohne besondere Studien- oder Forschungsrichtungen zu verfolgen und sich hauptsächlich mit Nebensächlichkeiten zu begnügen Lektüre in den zwanzigtausend Bänden, die man ohne die langsame Maschinerie eines Bestellformulars erreichen konnte. Mit der Zeit hatte der Charme des Ortes nachgelassen, und seine Samstagnachmittage waren mit anderen Beschäftigungen gefüllt.

Aber als er nach seiner Rückkehr von Williams Beerdigung vom Bahnhof Euston nach Bloomsbury ging, kehrten die alten Begeisterungsstürme in ihrer ganzen ursprünglichen Frische zurück. Die verführerischen Ausblicke auf die Straße, die hohen Gebäude und die schnell dahinhuschenden Hansoms machten das bloße Wandern wieder einmal zu einem Vergnügen; Das alte Gefühl der selbstbewussten Macht hob sein Kinn und die Misserfolge der Vergangenheit wurden in einem Traum von zukünftigen Möglichkeiten vergessen. Mit Vergnügen verweilte er bei dem Teil seines Gesprächs mit Mrs. Clayton Vernon, der die interessante Tatsache offenbarte, dass Bursley verletzt wäre, wenn er „Dinge" nicht tun würde. Bursley und insbesondere Mrs. Clayton Vernon, eine gute Frau, sollten nicht enttäuscht werden. Er hegte gegenüber seiner Heimatstadt die Gefühle eines bewusst klugen Ehemanns, der im Blick einer kleinen, unwissenden Ehefrau ein bewunderndes Vertrauen erahnt. Dieser Glaube war wirklich rührend.

Einer der zahlreichen Vorsätze, die er fasste, war, den Besuch des British Museum wieder aufzunehmen; Der erste Besuch wurde mit Ungeduld erwartet, und als er sich wieder in den mit Büchern gesäumten Wänden des Lesesaals befand, stellte er mit Verärgerung fest, dass seine Studienpläne noch nicht ausgereift genug waren, um einen bestimmten Teil davon in die Tat umsetzen zu können , wie klein auch immer, an diesem Tag. Die Idee für einen Artikel über „Weiße Elefanten" war in seinem Kopf unklar; Er war sich sicher, dass das Thema auf faszinierende Weise behandelt werden könnte, wenn er nur das richtige Material in die Hand nehmen könnte. Eine Stunde verging erfolglos mit der Durchsuchung von Pooles Index und anderen Nachschlagewerken, und Richard verbrachte den Rest des Nachmittags damit, aus alten Zeitschriften Pläne für Artikel zu entwickeln, deren Ausarbeitung weniger Schwierigkeiten bereiten würde. Es wurde nichts Wertvolles erreicht, und doch erlebte er weder Enttäuschung noch das Gefühl des Scheiterns. Der Kontakt mit zahllosen Büchern von respektablem, aber abweisendem Aussehen hatte ihn, wie schon so oft zuvor, in die Illusion gebracht, er sei fleißig gewesen; Sicherlich war es unmöglich, dass ein Mann lange in dieser Atmosphäre wissenschaftlicher Errungenschaften bleiben konnte, ohne sich Wissen anzueignen und seinen Geist zu verbessern!

Biographie" durchzublättern Universelle ." Der Raum wurde jetzt immer dünner. Er warf einen Blick auf die Uhr; es war sechs. Er war schon fast vier Stunden dort ! Dieser Antrag berechtigte ihn trotz gewisser Vorsätze nicht dazu, an diesem Abend ins Osmanische Reich zu gehen.

"Hey!" rief eine Stimme, als er an der Glasscheibe neben der Tür vorbeikam; es sang hallend zwischen den Pulten und stieg in die Kuppel auf; Viele Leser schauten nach. Richard drehte sich abrupt um und sah, wie Mr. Aked einen Zeigefinger auf der anderen Seite des Bildschirms bewegte.

„Schon schon lange hier?" fragte der ältere Mann, als Richard zu ihm gekommen war. „Ich war den ganzen Tag hier – zum ersten Mal seit mindestens fünfzehn Jahren. Seltsam, dass wir uns nicht gesehen haben. Es gibt eine abscheuliche neue Regelung, dass Romane, die weniger als fünf Jahre alt sind, nicht erhältlich sind. Ich wollte unbedingt einige davon Gissings – natürlich nicht nur zum Spaß, sie zu lesen , denn ich habe sie schon einmal gelesen . Ich wollte sie für einen besonderen Zweck – vielleicht erzähle ich Ihnen eines Tages davon – und ich konnte sie zumindest nicht bekommen mehrere von ihnen. Was für eine riesige Menschenmenge heutzutage hier ist!"

„Nun ja, es ist Samstagnachmittag", warf Richard ein, „und Samstagnachmittag ist die einzige Zeit, zu der die meisten Leute kommen können, es sei denn, sie sind Männer mit unabhängigen Mitteln wie Sie. Sie scheinen neben Gissings Romanen noch ein paar Romane zu haben, obwohl." Auf Mr. Akeds Schreibtisch lagen etwa vierzig Bände , viele davon offen.

„Ja, aber jetzt habe ich es geschafft." Er begann, die Bücher mit einem Klatschen zu schließen und sie grob in neuen Stapeln auf den Tisch zu legen, genau wie ein gereizter Junge, der mit Schulbüchern umgeht . „Sehen Sie, stapeln Sie sie zwischen meinen Armen, und ich wette, ich werde sie alle auf einmal wegtragen."

„Oh nein. Ich helfe dir", lachte Richard. „Es wird weitaus weniger Mühe machen, als aufzuheben, was man fallen lässt."

Mittelschalter warteten, Mr. Aked sagte,-

„Es gibt etwas an diesem Ort, das Sie dazu bringt, mehr Bände zu verlangen, als Ihnen möglicherweise nützlich sein können. Ich frage mich, ob ich heute hier überhaupt etwas Gutes getan habe. Wenn ich mich stattdessen mit drei oder vier Büchern zufrieden gegeben hätte dreißig oder vierzig, ich hätte vielleicht etwas getan. Übrigens, warum bist du hier?"

„Nun, ich bin nur gekommen, um ein paar Punkte nachzuschlagen", antwortete Richard vage. „Ich habe herumgebastelt – ich habe ein oder zwei Ideen für Artikel, das ist alles."

Sobald sie das Museum verlassen hatten, blieb Herr Aked stehen, um ihnen die Hand zu schütteln. Richard war sehr enttäuscht, dass ihr Treffen so kurz gewesen war. Dieser Mann von seltsamer Lebhaftigkeit hatte ihn in seinen Bann gezogen. Richard war sich sicher, dass sein Gespräch, wenn er nur zum Reden überredet werden könnte, sich als wunderbar originell und suggestiv erweisen würde; er vermutete, dass sie sich gegenseitig sympathisierten. Seit ihrer Begegnung im ABC-Laden wollte Richard mehr über ihn erfahren, und als sie sich nun zufällig wieder trafen, zeigte Mr. Akeds Verhalten kaum oder gar keine Neigung zu einer näheren Bekanntschaft. Natürlich gab es zwischen ihnen einen Altersunterschied von mindestens dreißig Jahren, aber für Richard schien das kein Hindernis für eine Intimität zu sein. Er vermutete, dass nur der physische Teil von Mr. Aked gealtert war.

"Na dann auf Wiedersehen."

"Auf Wiedersehen." Sollte er fragen, ob er Mr. Akeds Zimmer oder sein Haus oder wo auch immer er wohnte, besuchen dürfte ? Er zögerte vor Nervosität.

„Kommen Sie oft hierher?“

„ Im Allgemeinen samstags“, sagte Richard.

„Dann sehen wir uns vielleicht irgendwann wieder. Auf Wiedersehen.“

Richard verließ ihn ziemlich traurig, und das Geräusch der schnellen, wachsamen Schritte des alten Mannes – er stampfte fast auf – verstummte in Richtung Southampton Row. Eine Minute später, als Richard sich bei Mudie's aus der Museum Street umdrehte , berührte eine Hand seine Schulter. Es war Mr. Akeds .

„Übrigens“, das Gesicht des Mannes verzog sich zu einem Lächeln, als er sprach, „machen Sie heute Abend etwas?“

„Nichts, was auch immer.“

„Lass uns zusammen essen gehen – ich kenne ein gutes französisches Lokal in Soho.“

„Oh, danke. Ich werde sehr zufrieden sein.“

„Eine halbe Krone, *Table d'hôte* . Können Sie es sich leisten?“

„ Das kann ich auf jeden Fall “, sagte Richard, vielleicht ein wenig verärgert, bis ihm einfiel, dass Mr. Aked bei einer früheren Gelegenheit genau denselben Ausdruck verwendet hatte.

„Ich bezahle den Wein.“

"Gar nicht-"

„Ich bezahle den Wein“, wiederholte Herr Aked entschieden.

„In Ordnung. Du hast mir schon einmal von diesem Soho-Ort erzählt, wenn du dich erinnerst.“

„ Das habe ich getan, das habe ich getan, das habe ich getan.“

„Warum hast du umgedreht?“

„Eine Laune, junger Freund, sonst nichts. Nimm meinen Arm.“

Richard lachte laut, ohne besonderen Grund, außer weil er sich glücklich fühlte. Sie machten einen flotten Spaziergang.

Das Restaurant war eine quadratische Wohnung mit einer niedrigen, rauchigen Balkendecke und glänzenden Hutklammern aus Messing rund um die Wände; Über den Hutklammern befanden sich gerahmte Werbeanzeigen für Liköre sowie französische, italienische und spanische Weine. Die kleinen Tische, deren steife, schneeweiße Tücher an allen Seiten fast den Boden berührten, glänzten und glitzerten im Licht eines Feuers. Der Laden war leer, bis auf einen alten Kellner, der das Gas anzündete. Der Kellner blickte Herrn Aked mit einem großen, sanften Gesicht an, als die beiden eintraten, begrüßte ihn freundlich lächelnd mit fließendem Französisch und erhielt eine kurze Antwort in derselben Sprache. Richard verstand nicht, was gesagt wurde.

Sie wählten einen Tisch in der Nähe des Feuers. Mr. Aked zog sofort ein Buch aus der Tasche und begann zu lesen; und Richard, der inzwischen einigermaßen an seine Eigenheiten gewöhnt war, fand an einem solchen Verhalten nichts Außergewöhnliches. Dieses schlichte kleine Restaurant schien voller Zauber zu sein. Er war in Paris – nicht im großen Paris, das man *über Charing Cross* erreicht , sondern in dem kleinen Paris, das sich in der Unermesslichkeit Londons verbirgt. Französische Zeitungen waren im Raum verstreut; der Klang französischer Stimmen drang musikalisch durch eine offene Tür; Das Brot, das sogleich mit der *Vorspeise* hereingebracht wurde, war französisch, und die Tischdekoration selbst zeigte eine exotische Köstlichkeit, die er noch nie zuvor gesehen hatte.

Draußen dröhnte eine Drehorgel in der nebligen Dämmerung durchdringend. Über den mattierten Fensterscheiben konnte Richard schwach die oberen Stockwerke der Häuser auf der gegenüberliegenden Straßenseite erkennen. Es gab ein schwarz-gelbes Schild mit der Aufschrift „Umberto Club“ und darüber ein blau-rotes Schild mit der Aufschrift „ Blanchisserie française“. Noch höher war ein offenes Fenster, aus dem sich eine junge, nachlässig gekleidete Frau mit rauem Südstaatengesicht lehnte; sie schwang träge einen Vogelkäfig in ihrer Hand; der Vogelkäfig fiel und wurde von der Mattscheibe verschluckt, und die Frau verschwand mit einer Geste der Verzweiflung vom Fenster; Die Drehorgel hörte für einen Moment mit ihrer Melodie auf und schlug dann erneut an.

Alles wirkte seltsam, herrlich substanzlos, sogar das sanftmütige, ausdruckslose Gesicht des Kellners, als er geschickt die Suppe einschenkte. Herr Aked fragte nach der Weinkarte und rief: „ Cinquante , Georges, s'il. “

vous plait" und teilte seine Aufmerksamkeit unvoreingenommen zwischen seiner Suppe und seinem Buch. Richard nahm das „Echo de Paris", das auf einem benachbarten Stuhl lag. Auf der ersten Seite befand sich in Schriftschrift ein Hinweis auf den Erfolg des Feuilletons „ *de ". notre „ collaborateur distingué* ", Catulle Mendès . Wie wunderbar verlockend das Feuilleton aussah, mit seinen beschreibenden Absätzen, die durch kurze Dialogzeilen geschickt abwechslungsreich gestaltet wurden, und am Ende: „CATULLE MENDÈS, *à suivre . Reproduktion ." interdite !* „Wahrscheinlich las halb Paris dieses Feuilleton! Catulle Mendès war ein echter Mann und aß zweifellos in diesem Moment sein Abendessen!

Als der Fisch kam und Georges behutsam den Wein einschenkte, löste sich Mr. Akeds Zunge.

„Und wie hat sich die Muse verhalten?" er begann.

Richard erzählte ihm so wenig Umschweife, wie sein Stolz es erlaubte, die Geschichte der letzten paar unfruchtbaren Monate.

„Ich nehme an, du fühlst dich ein bisschen niedergeschlagen."

"Nicht im geringsten!" antwortete Richard mutig, und in diesem Moment war seine Antwort annähernd wahr.

„ Fühlen Sie sich *nie* niedergeschlagen?"

„Natürlich wird einem manchmal etwas schlecht."

„Mal sehen, heute ist der 30. Wie viele Wörter hast du diesen Monat geschrieben?"

"Wie viele Wörter!" Richard lachte. „Ich zähle das, was ich tue, nie auf diese Weise. Aber es ist nicht viel. Ich habe den Humor nicht gespürt . Da war die Beerdigung. Das hat mich abgeschreckt."

„Ich nehme an, Sie glauben, dass Sie nur dann schreiben dürfen, *wenn Sie Lust dazu haben* ." Herr Aked sprach sarkastisch und lachte dann. „Ein ziemlicher Fehler. Ich gebe Ihnen diesen Rat und berechne nichts dafür. Setzen Sie sich jeden Abend hin und schreiben Sie fünfhundert Wörter auf, um eine Szene zu beschreiben, die sich während des Tages ereignet hat. Egal, wie müde Sie sind; tun Sie es." Machen Sie es sechs Monate lang und vergleichen Sie dann die frühere Arbeit mit der späteren, und Sie werden weitermachen.

Richard saugte die Weisheit in sich auf.

„Hast du das einmal gemacht?"

„Das habe ich, Sir. Jeder macht das, was zu irgendetwas führt. Ich habe zu nichts geführt, obwohl ich einmal ein bisschen Geld verdient habe. Aber dann war mein Fall ein seltsamer Fall. Ich wurde von Dyspepsie umgeworfen. Seien Sie vorsichtig Dyspepsie. Ich litt zwanzig Jahre lang an heftiger Dyspepsie – ich konnte einfach nicht schreiben. Dann habe ich mich selbst geheilt. Aber es war zu spät, um noch einmal anzufangen." Er sprach schluckweise zwischen den Bissen Fisch.

„Wie hast du dich geheilt?"

Der Mann beachtete die Frage nicht und fuhr fort:

„Und wenn ich zwanzig Jahre lang nichts geschrieben habe, bin ich im Herzen immer noch ein Autor. Tatsächlich liegt jetzt etwas ‚in der Luft'. Oh! Ich hatte schon immer ein schlechtes literarisches Temperament. Ja Haben Sie sich jemals dabei ertappt, dass Sie instinktiv nach dem charakteristischen Satz Ausschau halten?"

„Ich fürchte, ich weiß nicht ganz, was du meinst."

„Äh?"

Richard wiederholte, was er gesagt hatte, aber Mr. Aked war damit beschäftigt, ein weiteres Glas Wein einzuschenken.

„Ich wünschte, du würdest mir erzählen", begann Richard nach einer Pause, „wie du angefangen hast *zu* schreiben, oder vielmehr, wie du angefangen hast, gedruckt zu werden."

„Mein lieber kleiner Freund, ich kann dir nichts Neues erzählen. Ich habe mehrere Jahre lang geschrieben und nie eine Zeile verkauft. Und aus welchem seltsamen Grund, denkst du? Einfach weil keine Zeile es wert war, gedruckt zu werden. Dann begannen meine Sachen zu drucken Ich habe zuerst eine Geschichte verkauft; ich habe den Titel vergessen, aber ich erinnere mich, dass es darin um einen Eisenbahnunfall ging und er zufällig dem Herausgeber einer Zeitschrift gerade zu einem Zeitpunkt vorgelegt wurde, als sich alle über einen Eisenbahnunglück im Westen großer Aufregung freuten England. Dafür habe ich dreißig Schilling bekommen.

„Ich denke, ich würde ganz gut zurechtkommen, wenn ich nur *eine* Sache verkaufen könnte." Richard seufzte.

„Nun, du musst warten. Verdammt noch mal, Mann!" – er hielt inne, um zu trinken, und Richard bemerkte, wie seine Hand zitterte. „Wie lange arbeitest du schon ernsthaft? Kein Jahr! Wenn du malen würdest, würdest du sicher nicht damit rechnen, Bilder nach nur einem Jahr Studium zu verkaufen?" Herr Aked zeigte eine naive Wertschätzung für sich selbst in der Rolle eines Veteranen, der es herablässt, einem unbedarften Rekruten den Vorteil umfangreicher Erfahrung zu geben.

„Natürlich nicht", stimmte Richard beschämt zu.

„Na dann fangen Sie nicht an zu jammern."

Nach dem Käse bestellte Mr. Aked Kaffee, Cognac und Six-Penny-Zigarren. Sie rauchten schweigend.

„Wissen Sie", platzte Richard schließlich heraus, „Tatsache ist, dass ich nicht sicher bin, ob ich überhaupt zum Schreiben geeignet bin. Ich habe nie Freude am Schreiben. Es ist eine verdammte Plage . " Er zitterte fast vor Angst, als er diese Worte aussprach.

„Denken Sie gerne darüber nach, was Sie schreiben, arrangieren, beobachten usw.?"

„Ja, das gefällt mir wahnsinnig."

„Nun, hier ist ein Geheimnis. Kein Schriftsteller schreibt gern, zumindest nicht einer von hundert, und die Ausnahme, zehn zu eins, ist eine heulende Mittelmäßigkeit. Das ist eine Tatsache. Aber trotzdem sind sie unglücklich, wenn sie es nicht tun." Ich schreibe nicht."

„Ich bin froh, es gibt Hoffnung."

Als Richard seinen Kaffee ausgetrunken hatte, kam ihm die Idee, Miss Roberts zu erwähnen.

„Gehen Sie jemals zum Crabtree?" er hat gefragt.

„Nicht in letzter Zeit."

„Ich frage nur, weil da ein Mädchen ist, das dich kennt. Sie hat sich bei mir erkundigt, wie es dir vor nicht allzu langer Zeit ginge."

„Ein Mädchen, das mich kennt? Wer zum Teufel mag sie sein?"

„Ich glaube, ihr Name ist Roberts."

„Aha! Sie hat also eine neue Wohnung, oder? Sie wohnt in meiner Straße. So kenne ich sie. Eigentlich ein nettes kleines Ding!"

Er äußerte sich nicht weiter zu diesem Thema, aber auf seinem Gesicht blieb ein abwesendes, amüsiertes Lächeln, und er zog an seiner Unterlippe und richtete seinen Blick auf den Tisch.

„Sie müssen irgendwann herunterkommen und mich besuchen; meine Nichte führt den Haushalt für mich", sagte er, bevor sie sich trennten, und gab eine Adresse in Fulham an. Er drückte Richards Hand, klopfte ihm auf die Schulter, zwinkerte ihm jungenhaft zu und pfiff ganz leise in der oberen Lage vor sich hin.

KAPITEL X

Das schlanke, schlecht aufgehängte Tor schloss sich hinter ihm mit einem hallenden Klirren und übermittelte dem Boden ein leichtes Zittern.

Als Antwort auf sein Klingeln kam ein Mädchen zur Tür. Sie war eher klein, dünn und in Schwarz gekleidet, mit einer sauberen weißen Schürze. Im Dämmerlicht der schmalen Lobby erkannte er eine Hutablage aus Mahagoni von konventioneller Form und auf einer Holzhalterung eine kleine Lampe mit einem angelaufenen Reflektor.

„Nein", hörte Richard mit ruhiger, ruhiger Stimme, „Mr. Aked ist gerade spazieren gegangen. Er hat nicht gesagt, wann er zurück sein soll. Kann ich ihm eine Nachricht überbringen?"

„Er hat mir eine Karte geschickt, damit ich ihn heute Nachmittag besuchen kann, und – ich bin gekommen. Er sagte, es sei ungefähr sieben Uhr. Es ist jetzt Viertel nach. Aber vielleicht hat er es ganz vergessen."

„Wirst du reingehen? Er ist vielleicht nur ein oder zwei Minuten weg."

„Nein, danke. Wenn Sie ihm einfach sagen würden, dass ich angerufen habe –"

„Es tut mir so leid –" Das Mädchen hob ihre Hand und legte sie gegen den Türpfosten; Ihr Blick war schräg auf den Gartenstreifen gerichtet und sie schien einen Moment nachzudenken.

„Sind Sie Herr Larch?" sie fragte zögernd, gerade als Richard guten Tag sagte.

„Ja", antwortete Richard.

„Onkel hat mir erzählt, dass er mit dir zu Abend gegessen hat. Ich bin *sicher*, er wird bald zurück sein. Willst du nicht noch eine Weile warten?"

"Also-"

Sie trat beiseite und Richard ging in die Lobby.

Der vordere Raum, in den er geführt wurde, war voller trüber Schatten, was auf die vielen Vorhänge zurückzuführen war, die das kleine Erkerfenster verdeckten. In der Carteret Street und dem halben Dutzend parallel dazu verlaufender, blühender, gelbbrauner, von Bäumen gesäumter Alleen gibt es Hunderte von Wohnzimmern, die fast identisch sind. Seine Ausmaße betrugen dreizehn mal elf Fuß, und die Höhe der Decke schien die Wände, die mit einem nicht zu erkennen blauen Muster tapeziert waren, noch näher zusammenzurücken, als sie tatsächlich waren. Als Teppich diente Linoleum mit ein paar Teppichen. Der Kamin war aus bemaltem Stein und ein kunstvoller Schirm aus südafrikanischen Gräsern verbarg den Kamin.

Hinter einer Uhr und einigen Vasen auf dem Kaminsims erhob sich ein Schmuckstück aus Walnussholz und versilbertem Glas. Eine Mahagoni-Chiffonbank füllte die vom Fenster am weitesten entfernte Seite des Raumes; Es hatte eine Marmorplatte und einen großen Spiegel mit Rankenwerk und war übersät mit Salzstreuern, Obsttellern und silbernem Nippes . Der Tisch, ein quadratischer Tisch, war mit einem roten, flanellähnlichen Tuch mit schwarzem Muster bedeckt. Die Stühle waren aus Mahagoni und Rosshaar und passten zum Sofa, das von der Tür bis fast zum Fenster reichte. Mehrere in Gold und Eiche gerahmte Drucke hingen mit einer kräftigen grünen Kordel an französischen Nägeln mit großen Steingutköpfen. In der Nische links vom Kamin stand ein offenes Klavier und auf dem Notenständer ein Lied. Was den Raum von anderen seiner Art unterschied, war ein Zwergbücherregal, das hauptsächlich mit französischen Romanen gefüllt war, deren leuchtendes Gelb eine dunkle Ecke neben der Tür dankbar erhellte.

„Onkel ist sehr vergesslich“, begann das Mädchen. Auf dem Tisch lagen Näharbeiten, und sie hatte sie bereits aufgegriffen. Richard fühlte sich schüchtern und unwohl, aber sein Begleiter zeigte keine Anzeichen von Verunsicherung. Er lächelte vage und wusste nicht, was er antworten sollte.

„Ich nehme an, er geht viel zu Fuß“, sagte er schließlich.

"Ja tut er." Es gab eine zweite Pause. Das Mädchen nähte ruhig weiter; Es schien ihr gleichgültig zu sein, ob sie sich unterhielten oder nicht.

„Ich sehe, du bist ein Musiker.“

"Ach nein!" Sie lachte und sah ihm in die Augen. „Ich singe ein bisschen.“

„Singen Sie Schuberts Lieder?“

„Schuberts? Nein. Sind sie gut?“

„Eher. Es sind *die* Lieder.“

„Klassisch, nehme ich an.“ Ihr Ton deutete an, dass klassische Lieder außerhalb des Bereichs des Praktischen lagen.

"Ja natürlich."

„Ich glaube nicht, dass mir klassische Musik viel bedeutet.“

"Aber du solltest."

„Sollte ich? Warum?“ Sie lachte fröhlich, wie ein amüsiertes Kind. „Die Lieder von Hope Temple sind schön, und ‚The River of Years‘, das lerne ich gerade erst. Singst du?“

„Nein – ich singe nicht wirklich. Ich habe kein Klavier bei mir zu Hause – jetzt.“

„Wie schade! Ich nehme an, du weißt viel über Musik?“

"Ich wünschte, ich hätte!" sagte Richard und versuchte unbeholfen, nicht geschmeichelt zu wirken.

Eine dritte Pause.

„Herr Aked scheint viele französische Romane zu haben. Ich wünschte, ich hätte genauso viele.“

„Ja. Er bringt sie immer herein.“

„Und das ist das Neueste, oder?“ Er nahm „ L'Abbé“ auf Tigrane “, die neben der Nähmaschine auf dem Tisch lag.

„Ja, ich glaube, Onkel hat das letzte Nacht bekommen.“

„Du liest natürlich Französisch?“

„Ich! Nein, tatsächlich!“ Wieder lachte sie. „Sie dürfen sich nicht vorstellen, Mr. Larch“, fuhr sie fort und ihre kleinen Augen funkelten, „dass ich überhaupt wie Onkel bin. Das bin ich nicht. Ich habe ihm nur eine Weile den Haushalt geführt, und wir.“ sind wirklich – ganz anders.“

„Wie meinst du ‚wie Onkel‘?“

„Nun“, die leise Stimme wurde unmerklich erhoben, „ich bin kein großer Leser, und ich weiß nichts von Büchern. Ich bin nicht schlau, wissen Sie. Ich kann keine Poesie ertragen.“

Richard sah nachsichtig aus.

„Aber du liest doch?“

„Ja, manchmal ein Roman. Ich lese ‚East Lynne‘.“ Onkel hat es neulich für mich gekauft.

"Und du magst es?"

Es ertönte ein schüchternes Klopfen an der Tür, und ein kleiner, untersetzter Diener mit roten Händen und rotem Gesicht trat ein; Ihre rauen, pausbäckigen Unterarme waren nackt und sie trug einen Marktkorb. „Bitte, ich“, stieß sie bedeutungsvoll aus und verschwand. Mr. Akeds Nichte entschuldigte sich, und als sie zurückkam, blickte Richard auf die Uhr und stand auf.

„Das mit Onkel tut mir sehr leid – aber er ist genau wie er.“

„Ja, nicht wahr?" Richard antwortete und sie tauschten ein Lächeln aus.

Er ging die Carteret Street entlang, summte eine unmelodische Stimme und drehte seinen Stock. Mr. Akeds Nichte hatte sich als eher enttäuschend erwiesen. Sie war ein gewöhnliches Mädchen und offensichtlich völlig unempfänglich für die künstlerischen Einflüsse, die auf subtile Weise von Herrn Aked ausgingen . Aber mit Ausnahme seiner Vermieterin und deren Tochter war sie die erste Frau, die Richard in London getroffen hatte, und das Interview war eine ziemliche Tortur gewesen.

Ja, es war Anlass zum Bedauern. Angenommen, sie wäre klug, geistreich und voller jenem „namenlosen Charme", mit dem Jugendliche die idealen Mädchen ihrer Träume ausstatten – mit dem er sie tatsächlich in der vergangenen Woche ausgestattet hatte! Er könnte sie geheiratet haben. Dann hätte er, geleitet von der Erfahrung eines sympathischen Schwiegeronkels, alle seine Ambitionen verwirklicht . Eine Vision von Herrn Richard Larch, dem bekannten Verleger, und seiner bezaubernden Frau, die einer sorgfältig ausgewählten Gruppe literarischer Berühmtheiten eine Dinnerparty gaben, huschte vor ihm vorbei. Ach! Das „East Lynne" des Mädchens, ihre Salonballaden, das gemeine kleine Dienstmädchen, die selbstgefällige Vulgarität des Zimmers, des Hauses, der Straße, der Nachbarschaft – all das wirkte wirksam, um es zu zerstreuen .

Er war sich sicher, dass sie keine Ambitionen hatte.

Am Bahnhof Parson's Green musste man auf einen Zug warten. Von der erhöhten Plattform aus war Gras durch einen sanft fallenden Nebel sichtbar. Die geschwungenen Schienen verschwanden geheimnisvoll in einem allgemeinen Grau, und die Dämmerung, die jede Grobheit der Vorstadtlandschaft milderte, vermittelte den Eindruck von weiten Räumen und vollkommener Ruhe. Bis auf den Portier, der gemächlich die Bahnhofslaternen anzündete, war er allein – allein, wie es ihm vorkam, in einer oberen Welt über London und besonders über Fulham und dem Haus, in dem das Mädchen lebte, das „East Lynne" las. Wie alltäglich muss sie sein! Richard fragte sich, ob Mr. Aked umgeben von all den Banalitäten der Carteret Street existieren konnte. Sogar seine eigene Unterkunft war attraktiver, denn zumindest lag die Raphael Street in der Nähe des zentralen Trubels der Stadt.

Plötzlich leuchtete in der Ferne ein Signal auf; Es hätte sich um einen Leuchtturm handeln können, der über unzählige Meilen ruhigen Meeres hinweg gesehen wurde. Es begann zu regnen.

KAPITEL XI

Richards Sabbate waren zu Tagen trostloser Erstarrung geworden. Vor einem Jahr, als er zum ersten Mal in London ankam, hatte er eine Reihe von Besuchen in Kirchen geplant, die entweder für ihre architektonische Schönheit oder ihre malerischen Rituale berühmt waren. Ein paar Wochen hatten jedoch Langeweile gebracht. Er war von Grund auf unreligiös, und sein Kirchenbesuch entsprang einer rein sinnlichen Sehnsucht, die Befriedigung in zeremoniellem Pomp , Zwielichtatmosphären voller Weihrauch und elektrischer Hingabe und düsteren Perspektiven aus gewölbtem Stein suchte. Aber er stellte bald fest, dass diese Dinge ihren schönen Geschmack durch die bloße Anwesenheit einer vornehmen Gemeinde verloren hatten, die in der Messingrüstung der Selbstgefälligkeit geborgen war; Für ihn wurde der Gottesdienst durch die Gläubigen verdorben, und so kam die Zeit, in der die einzige Kirche, die er besuchen wollte – und selbst diese besuchte er nur selten, damit der Gebrauch ihren Charme nicht abstumpfen ließe –, das römisch-katholische Oratorium von St. Philip war Neri , wo bei der Messe die Trennung der Geschlechter einen dankbaren Ton der Strenge annahm und das schäbige Erscheinungsbild des Volkes einen bewundernswerten Kontrast zur Pracht der Priestergewänder, der aufwändigen Musik und der Vergoldung und Farbe der Altäre bildete. Hier war die Gottheit allmächtig und die Menschheit unterworfen. Männer und Frauen aller Klassen, die sich in ekstatischer Hingabe an die Reue vor den heiligen Bildern niederwarfen, beteten Seite an Seite, ohne sich um alles außer ihren Sünden und dem Zorn eines Gottes zu kümmern. Als Spektakel war das Oratorium großartig.

Er besuchte es etwa einmal im Monat. Die Vormittage der dazwischen liegenden Sonntage waren dem ziellosen Umherschlendern durch die Parks, dem flüchtigen Lesen oder dem Schlafen gewidmet; Nichts hinderte ihn daran, die Stadt für einen Tag zu verlassen, aber er kannte sich so wenig mit landwirtschaftlichen Kenntnissen aus, dass die Aussicht auf ein paar Stunden auf dem Land selten verlockend genug war, um genügend Energie für die Verwirklichung dieses Ziels aufzubringen. Nach dem Abendessen schlief er normalerweise, abends machte er einen kurzen Spaziergang und ging früh zu Bett. Aus irgendeinem Grund versuchte er nie, sonntags zu arbeiten.

Es hatte ununterbrochen geregnet, seit er in der Nacht zuvor Parson's Green Station verlassen hatte, bis zum Mittag des Sonntags, und am Nachmittag saß er halb schlafend mit einem Versband auf dem Knie und überlegte, ob er seinen Hut aufsetzen und ausgehen sollte oder nicht , als Lily eintrat; Lily war für die Eroberung gekleidet und sah mit ihrem breiten Samthut und den rosa Schleifen so anders aus als ein Dienstmädchen, dass der schläfrige Richard auffuhr, unsicher, welche Fee sein Zimmer erhellte.

„Bitte, Sir, da ist ein junger Herr, der Sie sehen möchte."

„ Oh! – wer ist das?" Noch nie zuvor hatte ihn jemand aufgesucht.

„Ich weiß es nicht, Sir; es ist ein junger *Herr* ."

Der junge Herr wurde hereingeführt. Er trug einen neuen schwarzen Gehrock und hellgraue Hosen, die in reichen Falten über neuen Lackstiefeln fielen. Die Mängel seines Leinens, das matt und bläulich gefärbt war, wurden durch die Pracht einer neuen weißen Seidenkrawatte mit Heliotropflecken mehr als wettgemacht. In der einen Hand trug er einen Seidenhut und ein Paar ungetragene Samthandschuhe, in der anderen eine halbgerauchte Zigarre und einen Stock, mit dessen Physiognomie Richard durchaus vertraut war.

„Hallo, Jenkins!"

„Guten Tag, Mr. Larch. Ich bin gerade hier vorbeigekommen und dachte, ich schaue bei Ihnen vorbei." Mit einer noch lächerlicheren Kopfneigung, als er beabsichtigt hatte, legte Jenkins Hut, Stock und Handschuhe auf das Bett und setzte sich, indem er die Enden seines Mantels geschickt zurechtrückte, auf einen Stuhl.

Der Streit zwischen Richard und Jenkins war einige Tage zuvor beigelegt worden.

„ Das ist also Ihre Unterkunft. Schöne große Fenster!"

„Ja, anständige Fenster."

Obwohl diese beiden während der Bürozeiten eine geradezu brutale Vertrautheit pflegten, fühlte sich hier jeder in der Gegenwart des anderen etwas unwohl. Jenkins wischte sich mit einem Batisttaschentuch, das er zu diesem Zweck auseinanderfaltete, sein blasses, ungesundes Gesicht ab.

„Waren Sie heute Morgen in der Kirche?"

Nachdenklich warf Jenkins etwas Zigarrenasche in den Feuerrost und antwortete dann: „Ja."

"Ich dachte auch."

"Warum?"

„Weil du so toll bist."

„ Bin ich nicht , einfach so!" Jenkins sprach mit offener Freude. „Zwei Guineen pro Anzug, mein Junge! Will ich sie nicht in der Walworth Road umhauen ?"

„Aber wo ist dein Ring?" fragte Richard und bemerkte das Fehlen des Silberrings, den Jenkins normalerweise an seiner linken Hand trug.

„Oh! Ich habe es meiner Schwester gegeben. Sie wollte es ihrem jungen Mann geben."

„Sie ist verlobt, oder?"

„Ja – zumindest nehme ich an, dass sie es ist."

„Und wann wirst du dich verloben?"

Jenkins gab einen verächtlichen Laut von sich. „Sie erwischen mich nicht, wie ich die heiligen Fesseln betrete. Nicht dieses Kind! Es ist nicht alles Lavendel, darauf können Sie wetten. Ich sage, Sie kennen Miss Roberts vom Gemüse – die rothaarige Torte." Jenkins wusste nicht, dass Richard regelmäßig zum Crabtree gegangen war. „Ich bin gestern Abend gerade am Laden vorbeigekommen, als sie gerade schlossen, und bin mit ihr nach Charing Cross gegangen. Ich habe sie gebeten, mich heute irgendwo zu treffen, aber sie konnte nicht."

„Du meinst, sie würde es nicht tun. Nun, was für eine Sorte ist sie?"

„Teufellich nett, sage *ich dir. Aber nicht mein Stil* . Aber ich kenne ein Mädchen – wohnt unten in der Camberwell New Road sie heute Abend.

„Oh, tatsächlich!" sagte Richard und wunderte sich zum hundertsten Mal darüber , dass er mit Albert Jenkins auf einer intimen Grundlage stehen sollte. Das Mädchen in der Carteret Street benutzte trotz ihrer Unvollkommenheiten nicht den Cockney-Dialekt. Und ihr Lächeln war auf jeden Fall verführerisch. Darüber hinaus hatte sie Würde. Zwar gefielen ihr die Lieder von „East Lynne" und Hope Temple, aber Richard kam der Gedanke, dass es vielleicht angenehmer sein könnte, auch nur diesen verachteten Melodien zuzuhören, als einsam in der Raphael Street zu bleiben oder Jenkins auf einer Streifzug zu *begleiten* . Warum sollte er nicht an diesem Nachmittag hinuntergehen, um Herrn Aked – und seine Nichte – zu besuchen? Er beschloss sofort, dass er es tun würde.

„Es hat alles gut geklappt", sagte Jenkins. „Was hast du heute Abend vor? Wirst du vorbeikommen und mit mir vorbeischauen?"

„Lass mich sehen... Tatsache ist, ich kann nicht." Er kämpfte verzweifelt gegen die Versuchung zu erwähnen, dass er vorhatte, eine Dame zu besuchen, aber vergebens. Hervor muss es kommen. „Ich werde ein Mädchen sehen."

"Aha!" rief Jenkins mit einem schrecklich schelmischen Blick. „Das ist also das kleine Spiel, was! Wer ist der Brei?"

Richard lächelte zurückhaltend.

„Nun, ich werde gehen." Jenkins stand auf und sein Blick fiel auf Richards kleines Bücherregal; Er überflog die Titel der Bände.

„Oh! Ebenso ah! Zola! Jetzt kommen wir dem Geheimnis auf den Grund. Kein Wunder, dass du so verdammt fleißig bist. Zola, in der Tat! Nun, bis bald. Bis morgen. Grüße das Mädchen von mir … . Ich sage, ich nehme an, du hast Zola nicht auf Englisch, oder?"

"NEIN."

„Macht nichts. Bis dann."

KAPITEL XII

Der kleine rotarmige Diener strahlte eine liebenswürdige Anerkennung.

„Sehr heißer Tag!" sagte Richard.

„Bitte um Verzeihung, Sir."

„Sehr heißer Tag", eher lauter. Sie waren im Gang.

Die Tür des Wohnzimmers öffnete sich, und Mr. Akeds Nichte stand vor ihm, den Finger auf den Lippen und die Augenbrauen in einer warnenden Geste hochgezogen. Sie lächelte plötzlich, lachte fast. An dieses Lächeln erinnerte sich Richard noch lange. Es veränderte nicht nur das Gesicht eines Mädchens, sondern die gesamte Carteret Street. So etwas hatte er noch nie gesehen. Schweigend schüttelte er ihr die Hand, folgte ihr ins Zimmer und sie schloss sanft die Tür.

„Onkel geht es nicht gut", erklärte sie. „Er schläft jetzt und ich möchte nicht, dass du ihn weckst. Wenn in diesem Haus jemand im Flur spricht, kann man es sogar auf dem Dachboden hören. Onkel wurde letzte Nacht vom Regen überrascht; er hat eine sehr schwache Brust und bekommt direkt eine Bronchitis."

„Es tut mir furchtbar leid, dass ich dich gestört habe", sagte Richard. „Tatsache ist, dass ich hier unten war und dachte, ich rufe an." Es klang nach einer hinreichend vernünftigen Ausrede, überlegte er. „Ich hoffe, du hast auch nicht geschlafen."

„Ja, ich habe auf diesem Stuhl geschlafen ." Sie legte den Kopf zurück und trommelte leicht mit den Fingern auf die Armlehnen des Stuhls. „Aber ich bin froh, dass du angerufen hast."

"Warum?"

jemanden sehen möchte – jemanden , der neu ist, besonders nachdem man im Krankenzimmer war."

„Du hast lange wach gesessen." Sein Ton war anklagend. Es schien ihm, als wären sie irgendwie schon intim.

„Nur bis drei Uhr, und ich habe heute Morgen länger geschlafen. Wie wechselhaft ist die Sonne heute!" Sie bewegte ihren Stuhl und er sah sie im Profil. Ihre Hände lagen auf ihrem Schoß. Sie brachte mit ihren Zehen einen Fußschemel in Position und stellte ihre Füße darauf.

„Du siehst aus wie auf einem Bild in den ‚Illustrated London News' dieser Woche – ich meine in allgemeiner Pose", rief er aus.

„Tue ich? Wie schön das klingt! Was ist das?"

„Whistlers ‚Porträt seiner Mutter '." Aber ich hoffe, du denkst nicht, dass ich finde, dass du alt aussiehst.

"Wie alt sehe ich aus?" Sie drehte ihren Kopf leicht zu ihm.

„Etwa dreiundzwanzig, ich stelle mir nur vor, dass du viel jünger bist."

Obwohl sie nicht antwortete, gab sie nicht den Anschein , verärgert zu sein, und Richard überlegte sich auch nicht, oberflächlich zu *sein* .

„Es hat Jahre gedauert, bis mir Whistlers Bilder gefallen haben", sagte sie; und als Antwort auf Richards überraschte Frage begann sie gerade zu erklären, dass sie einen großen Teil ihres Lebens in der Gesellschaft von Kunstwerken verbracht hatte, als im Flur ein Pantoffelschritt zu hören war und jemand an der Türklinke herumfummelte. Herr Aked trat ein.

„Onkel! Du böser alter Mann!" Sie sprang auf, errötete, und ihre Augen funkelten wütend. „Warum bist du aufgestanden? Es reicht, um dich umzubringen."

„Beruhige dich, mein Kind. Ich bin aufgestanden, weil ich nicht im Bett bleiben wollte – genau das." Herr Aked hielt inne, um Luft zu holen, und ließ sich auf einen Stuhl sinken. „Larch, ich habe deine Stimme im Flur gehört. Auf mein Wort, ich habe dich gestern ganz vergessen. Ich nehme an, Adeline hat dir erzählt, dass ich ernsthaft krank bin, nicht wahr? Ah! Ich hatte schon viele schlimmere Anfälle als diesen. Sag das so Antimacassar über meinen Schultern, Kind.

Er hatte Richard eine heiße, schlaffe Hand gegeben, auf der die Adern weiche Grate in der glatten, spröden Haut bildeten. Sein graues Haar war durcheinander und er trug einen schmutzigen, zerrissenen Morgenmantel. Sein Gesicht hatte den üblichen wachsamen Ausdruck verloren; aber seine tiefliegenden, leuchtenden Augen blickten mit geheimnisvoller Unruhe zuerst auf Richard, dann auf Adeline, die, ohne ein weiteres Wort zu sagen, ihn gut zudeckte und ihm das Kissen unter die Füße legte.

"Gut gut gut!" Er seufzte und schloss müde die Augen. Die anderen beiden saßen eine Zeit lang schweigend da; dann nahm Adeline, sehr leise redend und mit einer nicht ganz ungerührten Gelassenheit, ihr unterbrochenes Gespräch wieder auf. Richard vermutete, dass ihr gerechtfertigter Ärger in der Schwebe bleiben würde, bis er gegangen wäre. Bald wurde ihr Tonfall natürlicher; Sie beugte sich vor, die Hände um ein Knie geschlungen, und Richard fühlte sich wie ein Vertrauensempfänger, als sie grob ihr Leben auf dem Land schilderte, das erst vor zwei Jahren zu Ende gegangen war. Waren alle Mädchen so einfach kommunikativ, fragte er sich; es gefiel ihm, zu dem Schluss zu kommen, dass dies nicht der Fall war und dass sie gegenüber jedem anderen als sich selbst zurückhaltender gewesen wäre; dass es tatsächlich eine Affinität zwischen ihnen gab. Aber die Anwesenheit ihres Onkels, die Adeline scheinbar völlig ignorieren konnte, hinderte Richard daran, er selbst zu sein.

„Wie gefällt Ihnen London, nachdem Sie so lange auf dem Land gelebt haben?" fragte er unweigerlich.

„Ich weiß praktisch nichts über London, das echte London", sagte sie; „Aber ich finde diese Vororte schrecklich – viel langweiliger als das langweiligste Dorf. Und die Leute! Sie scheinen so uninteressant zu sein, dass sie keinen Charakter haben!"

Die heisere, müde Stimme von Mr. Aked schlich sich zwischen sie. "Kind!" Er sagte – und er benutzte die Bezeichnung nicht mit der Würde des Alters, sondern eher wie ein allwissender Schuljunge, der in den Ferien zu Hause ist und eine Schwester anspricht – „Kind!" – seine Augen waren immer noch geschlossen – „sogar die Vororte . " Walham Green und Fulham sind voller Sehenswürdigkeiten, für diejenigen, die es sehen können. Gehen Sie an einem Sonntagnachmittag wie heute genau diese Straße entlang. Die Dächer bilden zwei schreckliche, zusammenlaufende gerade Linien, ich weiß, aber darunter liegt Charakter, Individualität, genug, um das großartigste Buch zu schreiben, das je geschrieben wurde. Beachten Sie die unterschiedlichen Hinweise, die schlechte Möbel liefern, die man durch verhangene Fenster sieht, wie bei uns" (er grinste, öffnete die Augen und setzte sich auf); „Hören Sie sich die Melodien an, die lahm aus schlecht gestimmten Klavieren erklingen; betrachten Sie die entnervten Frauengestalten, die zwischen Blumentöpfen auf schmalen Balkonen liegen. Sogar in dem dünnen Rauch, der unwillig aus unsichtbaren Schornsteinen aufsteigt, das Flattern einer Jalousie, das Knallen von …" eine Tür, das Zwinkern eines Foxterriers, der auf einem Fensterbrett sitzt, die Farbe der Farbe, die Buchstaben eines Namens – in all diesen Dingen steckt Charakter und eine interessante Sache – die Wahrheit wartet darauf, erklärt zu werden. Wie viele Häuser Gibt es in der Carteret Street? Sagen wir achtzig. Achtzig Theater der Liebe, des Hasses, der Gier, der Tyrannei, des Strebens ; achtzig verschiedene Dramen, die sich immer entfalten, ineinandergreifen, enden, beginnen – und jedes Drama eine Tragödie. Keine Komödien und vor allem keine Farcen! Warum „Mein Kind, im Umkreis von hundert Metern um diesen Stuhl gibt es mehr Charakter, als hundert Balzacs in hundert Jahren analysieren könnten ."

Die ganze alte Lebendigkeit war in sein Gesicht zurückgekehrt; Er hatte sich zu einem Lieblingsthema rhetorisch geäußert und war ehrlich gesagt zufrieden mit sich.

„Du wirst müde, Onkel", sagte Adeline. „Sollen wir Tee trinken?"

Richard stellte mit Erstaunen fest, dass sie kalt und ungerührt war. Sicherlich konnte sie nicht blind dafür sein, dass Mr. Aked ein sehr bemerkenswerter Mann mit sehr bemerkenswerten Ideen war! Warum kamen *ihm diese Ideen eigentlich nie in den Sinn* ? Er würde einen Artikel über die *Figur* von Raphael Street schreiben. Widerwillig verkündete er, dass er gehen müsse; Länger zu bleiben hieße, sich selbst zum Tee einzuladen.

„Sitz still, Larch. Du trinkst eine Tasse Tee."

Adeline verließ das Zimmer; und als sie gegangen war, warf Herr Aked ihr einen Blick zu und sagte:

„Nun, was halten Sie von meinen Vorstellungen von der Vorstadt?"

„Sie sind großartig", antwortete Richard strahlend.

„Da ist was dran, stelle ich mir vor", stimmte er selbstzufrieden zu. „Mir kam in letzter Zeit die Idee, wieder mit dem Kritzeln anzufangen. Ich weiß, dass es ein Buch über ,Die Psychologie der Vororte' gibt, das darauf wartet, geschrieben zu werden, und ich mag es nicht, wenn ein Exemplar verschwendet herumliegt. Das alte Schlachtross Du witterst die Schlacht, verstehst du? Er lächelte grandios. „,Psychologie der Vororte'! Schöner Titel! Sehen Sie, wie das stumme *P* der Alliteration die Grobheit nimmt; das liegt daran, dass man Wörter nie nur mit den Ohren hört, sondern auch mit den Augen … Aber das sollte ich tun Ich brauche Hilfe. Ich brauche einen klugen Kerl, der das Diktat aufschreiben und mir bei den Einzelheiten des Aufsatzes helfen kann. Ich nehme an, Sie würden nicht gerne zwei oder drei Abende in der Woche hierher kommen?"

Richard antwortete aufrichtig, dass ihm nichts besser passen würde.

„Ich sollte Sie natürlich zum Mitautor machen. ,Psychology of the Suburbs' von Richard Aked und Richard Larch. Es klingt ziemlich eingängig und ich denke, es sollte sich verkaufen. Ungefähr vierhundert Oktavseiten, sagen wir hunderttausend Wörter." Sechs Schilling – der Preis dürfte günstig sein. Wir könnten eine Lizenzgebühr von neun Pence pro Exemplar bekommen, wenn wir uns an den richtigen Verlag wenden würden. Sechs Pence für mich und drei Pence für Sie. Würde das genügen?"

„Oh, perfekt!" Aber rannte Mr. Aked nicht ziemlich schnell weiter?

„Vielleicht sagen wir besser fünf Pence halber Penny für mich und drei Pence halber Penny für Sie; das wäre gerechter. Denn Sie müssen Ideen einbringen, wissen Sie. ‚Psychologie der Vororte, Psychologie der Vororte'! Schöner Titel! Wir sollte es in sechs Monaten schaffen.

„Ich hoffe, dass es dir bald wieder ganz gut geht. Dann werden wir –"

"Ziemlich gut!" wiederholte er scharf. „Morgen werde ich wie ein Untersetzer sein. Glauben Sie doch nicht, dass ich nicht auf mich selbst aufpassen kann! Wir fangen sofort an."

„Sie vergessen nicht, Herr Aked , dass Sie noch nie etwas von meinen Sachen gesehen haben? Sind Sie sicher, dass ich tun kann, was Sie wollen?"

„Oh, das wirst du tun. Ich habe deine Sachen nicht gesehen, aber ich schätze, du hast die literarische Angewohnheit. Die literarische Angewohnheit, das ist das Ding! Ich werde dich bald mit den Falten und den Geschäftsgeheimnissen vertraut machen." "

„Was ist Ihr allgemeiner Plan für das Buch?" „fragte Richard etwas schüchtern, da er fürchtete, im falschen Moment für dumm oder neugierig gehalten zu werden." Er hatte versucht, etwas zu sagen, das zu einem großen Anlass passte, und war gescheitert.

„Oh, darauf werde ich bei unserer ersten formellen Konferenz, sagen wir am nächsten Freitagabend, eingehen. Grob gesagt hat jede der großen Vorstadtbezirke, zumindest für mich, ihre eigenen Merkmale, ihre besondere moralische Physiognomie." Richard nickte anerkennend. „Führen Sie mich mit verbundenen Augen zu einer beliebigen Straße in London, und ich werde anhand von tausend Hinweisen sofort herausfinden, wo ich bin. Nun, jede dieser Abteilungen muss der Reihe nach beschrieben werden, natürlich nicht topographisch, sondern des inneren Geistes, der Seele." Davon. Sehen Sie? Die Leute haben angefangen, sich über die Vororte lustig zu machen. Warum, die Vororte *sind* London! Es ist allein die – die Erschütterung, Vororte im Zentrum von London zu treffen, die die Stadt und das West End interessant macht. Wir könnten zeigen, wie die besonderen Merkmale der verschiedenen Vororte einen subtilen Einfluss auf die großen zentralen Orte ausüben. Nehmen Sie Fulham: Niemand denkt sich etwas über Fulham, aber angenommen, es würde vom Erdboden verschwinden, würde die Wirkung für das Auge eine Veränderung sein Auge, der Charakter von Piccadilly und dem Strand und Cheapside. Das Spiel eines Vorortes mit einem anderen und mit den zentralen Plätzen ist so regelmäßig, so geordnet, so berechenbar wie das Gesetz der Schwerkraft selbst."

Sie setzten die Diskussion fort, bis Adeline mit einem Tablett in der Hand erneut hereinkam, gefolgt von der kleinen rotarmigen Dienerin. Die beiden begannen, das Tuch auszubreiten, und das fröhliche Klappern des Geschirrs erfüllte den Raum …

„Zucker, Herr Larch?" Adeline sagte gerade, als Mr. Aked , der Richard bedeutungsvoll ansah, ausrief:

„Dann Freitag?"

Richard nickte. Adeline musterte ihren Onkel misstrauisch.

Aus irgendeinem Grund, den Richard nicht erraten hatte, ließ Adeline sie den größten Teil des Abends allein, und in ihrer Abwesenheit redete Mr. Aked in vagen Allgemeinplätzen, die nicht ohne einen besonderen poetischen Reiz klangen, weiter über das Thema, an dem sie zusammenarbeiten sollten, bis … Richard war völlig berauscht von den faszinierenden Möglichkeiten. Als er ging, erlaubte Adeline Herrn Aked nicht , zur Tür zu gehen, und ging selbst.

„Wenn ich nicht sehr streng gewesen wäre", lachte sie, als sie sich im Flur die Hände schüttelten, „hätte Onkel Gott weiß wie lange auf der Straße gestanden und mit euch geredet und seine Bronchitis völlig vergessen. Oh, ihr Autoren." „Ich glaube, ihr seid alle wie Babys." Richard lächelte zufrieden.

„Herr Larch, Herr Larch!" Der schelmische Ruf folgte ihm, als er schon auf halber Höhe der Straße war. Er rannte zurück und fand sie am Tor, die Hände auf dem Rücken.

„Was hast du vergessen?" sie fragte. Er konnte ihr Gesicht im Zwielicht der Gaslaternen nur undeutlich sehen.

„Ich weiß – mein Regenschirm", antwortete er.

„Habe ich nicht gesagt, dass ihr alle wie – kleine Kinder seid!" sagte sie, als sie den Regenschirm herausholte und ihn ihm über das Tor reichte.

Akeds Beobachtungen sofort etwas Originelles hinzuzufügen , wählte er absichtlich einen Umweg nach Hause, durch die westlichen Teile von Fulham und am Salisbury Hotel vorbei. Es schien ihm, als ob die latente Poesie der Vorstädte wie ein wunderschöner Dunst aufstieg und diese eintönigen und schmutzigen Ausblicke mit dem Duft und der Farbe von Veilchen erfüllte und nichts Gewöhnliches, nichts Unedles zurückließ. In den nach oben gerichteten Augen einer Verkäuferin, die am Arm ihres Geliebten vorbeiging, erahnte er eine ebenso reine Leidenschaft wie die von Eugénie Grandet ; auf dem faltigen Gesicht einer älteren Frau sah er nur die Erhabenheit des Leidens; Ein Jugendlicher, der allein ging und eine Zigarette rauchte, war eine erbärmliche Gestalt, die vielleicht zu jahrelanger Einsamkeit in London verurteilt war. Als niemand sonst zu sehen war, sah er Adeline – Adeline mit dem Finger auf den Lippen, Adeline wütend auf ihren Onkel, Adeline, die Tee einschenkte, Adeline, die seinen Hut vom Haken streckte, Adeline, die am Tor lachte. Da war etwas an Adeline, das... Wie der Name zu ihr passte!... Ihr früheres Leben musste, den Andeutungen nach zu urteilen, interessant gewesen sein. Vielleicht war das der Grund für den Charme, der ...

Dann wandte er sich wieder dem Buch zu. Er bedauerte fast, dass Mr. Aked überhaupt daran beteiligt war. Er könnte es selbst tun. Genauso deutlich, als wäre die Idee seine eigene gewesen, sah er den fertigen Band, spürte die Beschaffenheit des Papiers, bewunderte die Anordnung der Titelseite und den blauen Buckram-Einband; er überflog das Inhaltsverzeichnis und betrachtete nachlässig die kurze Einleitung, die jedoch voller Bedeutung war; Kapitel folgte Kapitel für Kapitel in geordneter, wissenschaftlicher Weise, und das letzte fasste die ganze Angelegenheit in ein paar meisterhaften und würdevollen Sätzen zusammen. Noch bevor eine einzige Idee in Worte gefasst werden konnte, war „Die Psychologie der Vororte" fertig! Ein einzigartiges Werk! Andere Autoren hatten hier oder da einen isolierten Ort in den Vororten genommen und ihn seziert, aber keiner hatte sie in ihrer komplexen Gesamtheit betrachtet; Niemand hatte versucht, aus ihrer Inkohärenz eine kohärente Philosophie abzuleiten und mit ihnen mitfühlend umzugehen, wie Mr. Aked und er es getan hatten – oder vielmehr tun sollten. Niemand hatte geahnt, dass die Vororte ein Rätsel waren, dessen Antwort nicht unentdeckbar war. Ah, dieses Geheimnis, dieser Schlüssel zur Chiffre! Er sah es so, als ob es sich hinter einer Reihe von Schleiern verbergen könnte, dünnen Hindernissen, die gerade jetzt seine angestrengte Sicht beeinträchtigten, die er aber zerreißen und zerreißen würde, wenn der Moment der Anstrengung kam.

Die gleichen erhabenen Gefühle beschäftigten sein Gehirn am nächsten Morgen. Er hielt beim Binden seiner Krawatte inne, blickte aus dem Fenster und suchte sogar in der Raphael Street nach einem Fragment der von Mr. Aked erfundenen Umweltpsychologie . Er suchte auch nicht ganz umsonst. All die Phänomene des bescheidenen Lebens, die man bisher täglich ohne einen zweiten Gedanken beobachtet hatte, schienen nun eine geheimnisvolle Bedeutung zu haben, die im Begriff war, sich zu offenbaren. Der Freitag, an dem die erste formelle Konferenz stattfinden sollte, schien beunruhigend weit entfernt zu sein. Aber er erinnerte sich, dass ihn im Büro ein sehr harter Arbeitstag, das Erstellen und Ausfüllen einer gigantischen Kostenrechnung, erwartete, und er beschloss, sich ohne Vorbehalte darauf einzulassen; die Zeit würde schneller vergehen.

KAPITEL XIII

Jede Anwaltskanzlei hat ihren großen Mandanten, dessen Angelegenheiten, die vom Seniorpartner persönlich sorgfältig verwaltet werden, Vorrang vor allem anderen haben und den jeder Mitarbeiter mit einem besonderen Respekt betrachtet, den er von den Auftraggebern selbst empfangen hat. Die Herren Curpet und Smythe waren Londoner Agenten der riesigen Anwaltskanzlei Pontifex in Manchester, die angeblich über die größte Kanzlei in den Midlands verfügt; und sie waren entschuldbar stolz darauf. Eine der ersten Lektionen, die ein neuer Gerichtsschreiber in der Anstalt des New Serjeant's Court lernte, war, dass Pontifex-Geschäfte, die aus mehreren Dutzend unterschiedlichen Gründen bestehen, unabhängig von Zeit- und Mühenaufwand so tadellos abgewickelt werden müssen, dass der alte Herr Pontifex Er galt als schrecklicher Kerl und hätte vielleicht nie Grund zur Beschwerde. An jenen glücklicherweise seltenen Morgen, an denen zufällig ein mürrischer Brief aus Manchester eintraf, zitterte das ganze Büro voller Angst, und jeder Angestellte, dem man Fahrlässigkeit vorwerfen konnte, begann sofort darüber nachzudenken, ob es ratsam sei, eine neue Stelle zu suchen.

Die Kostenrechnung für Pontifex wurde jährlich im Juni erstellt. Als die Zeit für die Vorlage näher rückte, wurden immer mehr Schreiber in den Dienst gedrängt, bis schließlich jeder auf die eine oder andere Weise mit diesem kolossalen Bericht beschäftigt war.

Als Richard im Büro ankam, fand er den riesigen Stapel weißer Zeitungsblätter auf seinem Tisch und daneben den noch höheren Stapel blauer Blätter, die den Gesetzentwurf bildeten. Bis auf die Überprüfung der Figuren und die endgültigen Gussteile war alles fertig. Als Kassierer und Buchhalter war er dafür letztlich verantwortlich. Er verteilte die Blätter, behielt den größten Teil für sich, und die Arbeit begann. In jedem Raum herrschte leises Gemurmel von Zahlen, das gelegentlich von einem Fluch unterbrochen wurde, wenn jemand zufällig den Faden einer Ergänzung verlor. Die Direktoren standen umher, voller Fürsorge und Ermutigung, und wie es bei solchen Gelegenheiten üblich war, wurde das Mittagessen auf Kosten der Firma in den Räumlichkeiten serviert. Richard fügte während des Essens weiter hinzu, wobei er einen klaren Kopf bewahrte und selten einen Fehler machte; Für ihn existierte nichts außer der Spalte aus Pfund, Schilling und Pence unter seinen Augen.

Der Stapel fertiger Blätter wuchs, und bald waren die Büroangestellten unter dem Kommando von Jenkins damit beschäftigt, den ersten Teil der Rechnung durch die Kopierpresse zu schicken. Im Laufe der Stunden gingen die nicht mehr benötigten Helfer aus anderen Abteilungen wieder ihren

eigenen vernachlässigten Aufgaben nach, und Richard erledigte die letzten
Ergänzungen allein. Endlich war der Geldschein völlig fertig, und er trug ihn
selbst zum Schreibwarenhändler, um ihn nähen zu lassen. Nach einer halben
Stunde kam es zurück und er legte es feierlich vor Mr. Curpet nieder . Die
Gesamtsumme ging im Büro herum und sprang von Lippe zu Lippe wie das
Ergebnis einer wichtigen Parlamentsumfrage. Es war fast tausend Pfund
höher als in jedem Jahr zuvor. Jeder der Angestellten war persönlich stolz
auf seine Größe und beschloss insgeheim, bei der ersten Gelegenheit einen
Antrag auf Gehaltserhöhung zu stellen. Sie unterhielten sich in Gruppen und
besprachen Einzelheiten, während sich von Raum zu Raum eine angenehme
Mattigkeit ausbreitete.

Richard stand am offenen Fenster und beobachtete geistesabwesend die
Tauben und die Reinigungskräfte im gegenüberliegenden Gerichtsgebäude.
In einer Ecke war ein Bürojunge, der neu in seiner Arbeit war, damit
beschäftigt, Umschläge mit langsamer Präzision zu stempeln. Jenkins, einen
Fuß auf einem Tisch, band einen Schnürsenkel. Vor zehn Minuten hatte es
sechs geschlagen, und alle waren weg, außer Mr. Smythe, dessen Weggang
Jenkins ungeduldig erwartete. Der heiße Tag ließ langsam nach und wurde
zu einem ruhigen und schönen Abend, und die üblichen Geräusche des
Strandes drangen zu Richard empor wie das ländliche Summen eines Tals zu
einem Bewohner eines Hügels und unterbrachen die Stille der Stunde nicht,
sondern vervollständigten sie. Allmählich befreite sich sein Gehirn von der
Besessenheit von Zahlen, obwohl er weiterhin vage über die Rechnung
nachdachte, die gerade ausgehängt worden war. Die Angelegenheit würde
mit Sicherheit innerhalb einer Woche per Scheck beglichen werden, denn die
Herren Pontifex waren stets pünktlich. Dieser Scheck, den er selbst
einreichen und bei der Bank einzahlen würde, belief sich auf so viel, wie er
in zwanzig Jahren verdienen könnte, wenn er Angestellter bleiben würde. Er
versuchte sich die Szene vorzustellen, in der er Herrn Curpet irgendwann in
der Zukunft seine Absicht mitteilen würde, sein Amt niederzulegen, und
erklärte, dass er es vorziehe, sich durch Literatur zu ernähren. Die
unbeschreibliche Süße eines solchen Triumphs! Konnte er es jemals
realisieren ? Er konnte, er musste; die Alternative eines ewigen Referendariats
war nicht zu ertragen. Sein Blick fiel auf Jenkins. Dieses arme, fröhliche,
sorglose, vulgäre Tier würde immer ein Angestellter bleiben. Der Gedanke
erfüllte ihn mit Mitgefühl und auch mit Stolz. Stellen Sie sich vor, dass
Jenkins ein Buch mit dem Titel „Die Psychologie der Vororte" schreibt!

„Ich werde rauchen", sagte Jenkins; „Sei umgehauen , Bertie, Schatz." (Mrs.
Smythe hatte ihren Mann einmal im Büro mit „Bertie, Liebling"
angesprochen, und von da an hießen die Mitarbeiter ihn so.) Richard gab
keine Antwort. Als Jenkins ihn eine Minute später, indem er seine Züge
diskret auf das offene Fenster richtete, nach den Titeln von ein oder zwei

von Zolas Romanen auf Englisch und dem Preis fragte, gab er die erforderlichen Informationen, ohne sich umzudrehen, und in einem nachdenklichen Ton. In diesem Moment war es sein Wunsch, verträumt zu wirken. Vielleicht würde sich sogar für Jenkins ein Hinweis auf den intellektuellen Unterschied zwischen ihnen ergeben. Plötzlich ertönte von der anderen Seite der Glastrennwand, die den Raum vom Hauptkorridor trennte, eine Stimme, die anscheinend Mr. Smythe gehörte.

„Jenkins, was zum Teufel meinst du mit Rauchen im Büro?" Die Pfeife verschwand augenblicklich und Jenkins stand seinem Ankläger verwirrt gegenüber, nur um festzustellen, dass er zum Opfer geworden war . Es war Herr Aked .

„Wie ich sehe, hast du Blähungen wie immer", sagte Jenkins mit einem Anflug von Verärgerung. Herr Aked lachte, begann dann heftig zu husten und beugte sich mit geröteten Wangen vor.

„Du hättest das Haus heute doch sicher nicht verlassen sollen", sagte Richard alarmiert.

"Warum nicht?" Die Erwiderung war fast heftig.

„Du bist nicht fit."

„Fiddlesticks! Ich habe nur leichten Husten."

Richard fragte sich, was er verlangt hatte.

Jenkins begann mit ihm über die Mängel von Mr. Smythe als Arbeitgeber zu diskutieren, und als dieses fruchtbare Thema erschöpft war, herrschte Schweigen.

"Nach Hause kommen?" Mr. Aked fragte Richard, der sich sofort zum Aufbruch bereit machte.

„Übrigens, Larch, wie ist der Brei?" Jenkins zeigte sein vornehmstes Auftreten.

„Welcher Brei?"

„Na ja, das Mädchen, von dem du gesagt hast, dass du es gestern Nachmittag sehen würdest."

„Ich habe nie gesagt –", begann Richard und blickte nervös zu Mr. Aked .

„Oh nein, natürlich nicht. Wissen Sie, Herr Aked , er hat seine kleinen Spielchen mit den Frauen begonnen. Diese Kerle vom Land – so schüchtern und so – sind regelmäßige Warnungen, wenn man sie kennenlernt. " Aber Herr Aked antwortete nicht.

„Ich dachte, du könntest genauso gut morgen Abend kommen statt am Freitag", sagte er leise zu Richard, der sich mit dem Verschließen eines Safes beschäftigt hatte.

„Morgen? Sicherlich werde ich mich sehr freuen", antwortete Richard. Offensichtlich war Mr. Aked ebenso bestrebt wie er selbst, mit dem Buch einen Anfang zu machen. Zweifellos hatte er deshalb angerufen. Gemeinsam würden sie sicherlich etwas Bemerkenswertes erreichen!

Jenkins war auf einen hohen Hocker geklettert. Er stieß einen Pfiff aus, und die beiden anderen bemerkten, dass sich seine Gesichtszüge zu einem Ausdruck wahnsinniger Heiterkeit verzerrten.

„Aha! Aha!" Er grinste und sah Richard an. „Ich fange an zu begreifen. Du bist hinter der hübschen Nichte her, nicht wahr, Master Larch? Und sie ist auch ein nettes, pummeliges kleines Ding! Sie kam einmal hierher, um Onkel nach Hause zu holen."

Mr. Aked sprang sofort vor und gab Jenkins eine Ohrfeige.

„Es ist nicht das erste Mal, dass ich das tun muss, und auch nicht das zweite Mal", sagte er. „Ich nehme an, du wirst nie lernen, dich zu benehmen." Jenkins hätte den alten Mann leicht verprügeln können – er sah heute wirklich alt aus – und keine Rücksicht auf dessen Alter hätte ihn davon abgehalten, es zu tun, wenn nicht die Gewohnheit der Unterwerfung in jenen Jahren erworben worden wäre, als Mr. Aked das Vorzimmer leitete erwies sich als stärker als seine Wut. So wie es war, nahm er eine sichere Position hinter dem Hocker ein und begnügte sich mit Worten.

„Du bist eine Schönheit, das bist du!" er begann. „Wie geht es dem rothaarigen ABC-Mädchen? Du weißt schon, diejenige, die durch dich ihren Platz im Restaurant der Courts verloren hat. Wenn sie nicht dumm gewesen wäre, hätte sie eine Klage wegen Versprechensbruchs eingereicht. Und Wie viele gibt es noch? Ich frage mich –"

Mr. Aked machte einen unsicheren Satz hinter ihm her, verschwand aber durch die Tür, nur um Mr. Smythe zu begegnen. Mit einem ziemlich unterwürfigen „Nachmittag, Sir" verließ Mr. Aked schnell das Büro.

„Was zum Teufel habt ihr alle vor?" fragte Mr. Smythe verärgert. „Ist Aked hinter Geld her, Larch?"

„Überhaupt nicht, Mr. Smythe. Er hat nur angerufen, um mich zu sehen."

„Du bist ein Freund von ihm, oder?"

„Nun, ich kenne ihn."

„Hm! Jenkins, komm und nimm einen Brief."

Als Richard in den Gerichtssaal eilte, war er überaus wütend auf Mr. Aked . Warum könnte der Mann nicht würdevoller sein? Jeder schien ihn mit Verachtung zu behandeln, und der Grund dafür war nicht ganz unbekannt. Er hatte keine Würde. Richard fühlte sich persönlich gekränkt.

Keiner von ihnen sprach über den jüngsten Vorfall, als sie zur Temple-Station gingen. Herr Aked sagte tatsächlich nichts; ein Hustenanfall beschäftigte ihn. Irgendwie hatte Richards Vertrauen in „Die Psychologie der Vororte" in der letzten halben Stunde etwas nachgelassen.

KAPITEL XIV

„Sind Sie das, Herr Larch?“

Er konnte deutlich Adelines Kopf und Büste über sich erkennen. Ihre weiße Schürze war gegen das Geländer gedrückt, während sie sich mit ausgestreckten Armen und Händen, die das Treppengeländer umfassten, vorbeugte, um zu sehen, wer sich unten befand.

„Das ist es, Miss Aked “, antwortete er. „Die Tür war offen und ich ging hinein. Stimmt etwas nicht?“

„Ich habe Lottie gerade zum Arzt geschickt. Onkel ist sehr krank. Ich wünschte, Sie würden sehen, dass er sofort kommt. Es ist in der Fulham Road, etwas links – Sie werden die rote Lampe bemerken.“

Als Richard hinauslief, traf er den Arzt, einen jüngeren Mann mit schottischem Gesicht und grauem Haar, der die Straße entlang eilte, das Dienstmädchen atemlos im Hintergrund.

„Meister wurde letzte Nacht krank, Sir“, antwortete dieser auf Richards Frage. „Lungenentzündung, sagt der Arzt so wie es ist, und noch etwas anderes, und heute Abend kommt eine Krankenschwester. Der Meister hat Anfälle davon, Sir – er bekommt keine Luft.“

Er stand im Flur und wusste nicht, was er tun sollte; der Arzt war bereits nach oben gegangen.

„Es muss sehr ernst sein“, murmelte er.

"Jawohl." Lottie begann zu wimmern. Richard sagte, er würde später noch einmal anrufen, um sich zu erkundigen, und befand sich bald in der Fulham Road, wo er langsam in Richtung Putney ging.

Mr. Akeds Fall war hoffnungslos; Da war sich Richard sicher. Der Mann musste in die Jahre gekommen sein, und sein körperlich nicht gerade kräftiger Körperbau war zweifellos durch jahrelange Nachlässigkeit tödlich geschwächt worden. Was für ein seltsames Geschöpf voller Launen und Begeisterung war er! Obwohl es keinen Zweifel an seinem Alter gab, betrachtete Richard ihn nie als mehr als ein paar Jahre älter als er selbst. Er hatte nichts von der Melancholie, der Umsicht, der festen Ansicht, der besonnenen Tendenz zum Kompromiss, der heiteren, zufriedenen Apathie, die normalerweise seine Lebenszeit kennzeichnen. Er war noch immer empfänglich für neue Einflüsse, seine Ideale waren ebenso fließend wie Richards eigene. Das Leben hatte ihn kaum etwas gelehrt, und am allerwenigsten Klugheit und eine würdevolle Haltung. Er war der typische

Junggeselle, dessen tiefere Gefühle nie geweckt wurden. Haben Reue über eine möglicherweise glücklichere Vergangenheit, Schatten toter Gesichter, die Erinnerung an Küsse jemals seinen Gleichmut beeinträchtigt? Richard dachte nicht. Er muss immer in der Gegenwart gelebt haben. Aber er war ein Künstler: Obwohl der Mann irgendwie in seiner Wertschätzung gesunken war, hielt Richard daran fest. Er besaß Vorstellungskraft und er besaß Intellekt, und er konnte beides miteinander verbinden. Dennoch war er ein Versager gewesen. Unter bestimmten Gesichtspunkten betrachtet gab Richard zu, dass er eine erbärmliche Figur war. Was war seine wahre Geschichte? Richard hatte instinktiv das Gefühl, dass niemand außer Mr. Aked diese Frage beantworten konnte, nicht einmal in groben Zügen, und plötzlich erkannte er, dass die scheinbar offene bis unbescheidene Natur des Mannes über eigene Reserven verfügte, von deren Existenz nur wenige jemals ahnten. Und als das Schlimmste gesagt wurde, besaß Herr Aked Originalität; auf unpassende Weise bewahrte er sich immer noch die naive Anmut der Jugendlichkeit; Er war inspirierend und hatte Einflüsse ausgeübt, für die Richard nur dankbar sein konnte.

„Die Psychologie der Vororte" war schnell in den Hintergrund getreten, eine schöne, unmögliche Idee! Richard wusste jetzt, dass es niemals hätte durchgeführt werden können. Man hätte ein wenig Fortschritte gemacht, und dann, als die Schwierigkeiten zunahmen, hätten sowohl er als auch Herr Aked ihr Unternehmen stillschweigend aufgegeben. Sie waren sich sehr ähnlich, dachte er, und die eingebildete Ähnlichkeit gefiel ihm. Vielleicht könnte er das Unterfangen irgendwann in der Zukunft selbst zu Ende führen und dann sein Buch dem Andenken von Herrn Aked widmen . Er bereute nicht, dass der Traum der letzten Tage geplatzt war. Es war sehr erfreulich gewesen, aber das Erwachen war jetzt weniger unangenehm, als es in jedem fortgeschritteneren Stadium hätte sein können, da es seiner gegenwärtigen Weisheit zufolge früher oder später eingetreten sein musste. Darüber hinaus war es angenehm, von dem Traum zu träumen.

Mr. Aked lag im Sterben: Er wusste es an Adelines Tonfall. Arme Adeline! An wen würde sie sich wenden? Sie hatte angedeutet, dass die einzigen Verwandten, die ihr wichtig seien, nämlich mütterlicherseits, in Amerika seien. Von wem würde sie Hilfe suchen? Wer würde die Formalitäten der Beerdigung und die testamentarische Angelegenheit, so wie sie war, erledigen? Seine Abneigung gegen Beerdigungen schien verschwunden zu sein, und er hoffte nicht, dass Adeline, obwohl ihre Bekanntschaft nur die kürzeste war, seine Hilfe für ihre Hilflosigkeit in Anspruch nehmen würde. Und was würde sie nach der Beerdigung tun? Da sie wahrscheinlich genug zum Leben haben würde, könnte sie sich dafür entscheiden, dort zu bleiben, wo sie war. In diesem Fall besuchte er sie ab und zu abends. Ihre drohende Einsamkeit verlieh ihr einen erbärmlichen Reiz, und er beeilte sich, ein Bild von sich und ihr auf beiden Seiten des Kamins zu malen, wie sie sich vertraut unterhielten, während sie strickte oder nähte.

Ja, er war tatsächlich ein erwachsener Mann und hatte ein Recht auf seine Romanzen. Er könnte sich irgendwann in sie verlieben, da er in ihrem Charakter seltene Eigenschaften entdeckt hat, die man jetzt nicht mehr vermutet. Es war unwahrscheinlich, aber nicht unmöglich, und er hatte tatsächlich schon mehrmals zuvor einen Blick auf die Möglichkeit geworfen. Oh, was für eine Leidenschaft, eine herrliche Verliebtheit, auch wenn sie in Katastrophe und Ruin endete! Die Schwierigkeit bestand darin, dass Adeline nicht der ideale Liebhaber war. Dieser jungfräuliche Abstraktion sollte ein Künstler irgendeiner Art sein, absolut unreligiös, breit in sozialen Ansichten, der Inbegriff von Vornehmheit, mit einem markanten, aber nicht unbedingt schönen Gesicht, leise sprechend und isoliert – ungehindert von Freunden . Adeline war keine Künstlerin; Er befürchtete, sie könnte eine regelmäßige Gottesdienstbesucherin sein und in Bezug auf sexuelle Beziehungen äußerst orthodox sein. War sie verfeinert? Hatte sie ein auffälliges Gesicht? Er sagte zweimal Ja. Ihre Stimme war tief und voller hübscher Modulationen. Bald würde sie vielleicht allein auf der Welt sein. Wenn sie nur eine Künstlerin gewesen wäre ... Dieser Mangel, so fürchtete er, würde sich für jede ernsthafte Bindung als fatal erweisen. Dennoch wäre es schön, sie zu besuchen.

Er überquerte die Putney Bridge. Die Nacht war hereingebrochen, und der strahlende Vollmond zeigte einen schmalen Bach, der zwischen zwei breiten Schlammflächen kroch. Direkt unterhalb der Brücke lag ein Lastkahn vor Anker; Die Silhouette eines Mannes bewegte sich gemächlich darauf, und dann löste sich ein Boot vom Heck des Lastkahns und ließ sich flussabwärts in die Dunkelheit fallen. Auf der Brücke klapperten lautstark Busse und Waggons . Junge Männer mit Strohhüten und Mädchen in weißen Blusen und schwarzen Röcken gingen paarweise hin und her , manche plapperten, manche schwiegen. Der Anblick dieser Paare brachte Richard auf die Idee für die verlassene „Psychologie der Vororte“. Was wäre, wenn Herr Aked genesen würde? Er erinnerte sich, dass seine Schwester ihm erzählt hatte, dass ihr Großvater überlebt hatte, nachdem er von den Ärzten dreimal dem Tod übergeben worden war. „Die Psychologie der Vororte“ fing an, ihn zu fesseln. Es könnte zur Vollendung kommen, wenn Mr. Aked überlebte, und dann ... Aber was war mit den Abenden mit der einsamen Adeline? Die beiden Zukunftsaussichten prallten aufeinander und verdeckten einander, und er wurde von einer vagen Vorahnung überwältigt. Er sah, wie Mr. Aked in dem ärmlichen Vorstadtschlafzimmer um Atem kämpfte und Adeline machtlos an seiner Seite war. Das Pathos ihrer Position wurde unerträglich.

Als er zur Carteret Street zurückkam, war sie es, die zur Tür kam.

"Wie geht es ihm?"

„Ungefähr gleich. Die Krankenschwester ist gekommen. Sie sagte mir, ich solle sofort zu Bett gehen, aber ich habe nicht das Gefühl, dass ich schlafen wollte. Setzst du dich ein wenig?"

Sie nahm den Schaukelstuhl, lehnte sich mit einer Geste der Mattigkeit zurück und schaukelte sanft; Ihr weißes Gesicht mit den roten Augen und den herabhängenden Augenlidern verriet übermäßige Müdigkeit, und auf ihren Lippen zeichnete sich ein düsterer Schmollmund ab. Nachdem sie Mr. Akeds Zustand ausführlich beschrieben und erzählt hatte , was der Arzt gesagt hatte, saßen sie eine Weile schweigend in dieser angespannten Atmosphäre, die in einem Haus voller gefährlicher Krankheiten die Lebenskraft zu ersticken scheint. Über ihnen bewegte sich die Krankenschwester hin und her und ließ ab und zu das Fenster leise klappern.

„Du kennst Onkel schon lange, nicht wahr?"

„Überhaupt nicht", antwortete Richard. „Es ist eine sehr lustige Sache, aber obwohl ich ihn anscheinend recht gut kenne, habe ich ihn in meinem Leben noch kein halbes Dutzend Mal getroffen. Ich habe ihn zum ersten Mal vor etwa einem Jahr gesehen und ihn dann neulich wieder getroffen das British Museum, und nachdem wir zusammen zu Abend gegessen hatten, waren wir wie alte Freunde.

„Nach dem, was er gesagt hat, habe ich gewiss gedacht, dass Sie alte Freunde *sind* . Onkel hat so wenige Freunde. Abgesehen von ein oder zwei Nachbarn glaube ich, dass Sie die erste Person sind, die dieses Haus jemals besucht hat, seit ich hier lebe."

„Jedenfalls haben wir uns bald kennengelernt", sagte Richard lächelnd. „Es ist noch keine Woche her, seit du mich gefragt hast, ob ich Larch heiße." Sie erwiderte das Lächeln, wenn auch eher mechanisch.

„Vielleicht erklärt das mein Fehler, dass du ein alter Freund von Onkel Aked bist", sagte sie.

„Nun, wir machen uns nicht die Mühe, es zu erklären; da ist es, und wenn ich Ihnen jetzt irgendwie helfen kann, müssen Sie es mir sagen."

"Danke ich werde." Sie sagte es mit vollkommener Einfachheit. Richard war sich einer kaum wahrnehmbaren Erregung bewusst.

„Sie müssen letzte Nacht eine schreckliche Zeit gehabt haben, ganz allein", sagte er.

„Ja, aber ich war zu genervt, um verärgert zu sein."

"Verärgert?"

„Weil Onkel durch Unachtsamkeit alles selbst verursacht hat. Ich finde es wirklich schade!" Sie hörte auf zu schaukeln und setzte sich auf, ihr Gesicht voller ernstem Protest.

„Er ist nicht der Typ Mann, der auf sich selbst aufpasst. Er hätte nie gedacht –"

„Das ist es. Das hätte er in seinem Alter denken sollen. Wenn er stirbt, hat er sich praktisch umgebracht, ja, umgebracht. Es gibt keine Entschuldigung, so auszugehen, wie er es getan hat, trotz allem, was ich gesagt habe. Stell dir vor, er kommt Letzten Sonntag war er in dem Zustand unten, in dem er war, und ging dann am Montag aus, obwohl es warm *war!*"

„Nun, wir hoffen, dass es ihm besser geht, und es könnte eine Lektion für ihn sein."

„Hört! Was war das?" Besorgt sprang sie auf und lauschte, ihre Brust pulsierte unter dem engen schwarzen Mieder und ihre erschrockenen, fragenden Augen waren auf Richard gerichtet. Ein ganz leises Klingeln kam von der Rückseite des Hauses.

„Vielleicht die Klingel an der Haustür", schlug er vor.

„Natürlich. Wie dumm von mir! Ich habe mir vorgestellt... Wer könnte es zu diesem Zeitpunkt sein?" Sie ging leise in den Flur. Richard hörte, wie sich die Tür öffnete, und dann eine Frauenstimme, die ihm irgendwie bekannt vorkam:

„Wie geht es Herrn Aked heute Abend? Ihr Diener sagte unserem Diener, dass er krank sei, und ich war besorgt."

"Oh!" rief Adeline, für einen Moment verwirrt, wie es Richard vorkam; Dann fuhr sie kühl fort: „Onkel geht es ungefähr genauso, danke" und schloss fast sofort die Tür.

„Eine Person, die man nach Onkel fragen sollte", sagte sie mit einem eigenartigen Tonfall zu Richard, als sie den Raum wieder betrat. Dann, gerade als er sagte, dass er gehen müsse, klopfte es an die Decke und sie flog wieder davon. Richard wartete im Flur, bis sie die Treppe hinunterkam.

„Es ist nichts. Ich dachte, er würde sterben! Oh!" und sie begann frei und offen zu weinen, ohne zu versuchen, sich die Augen zu wischen.

Richard blickte eindringlich auf die Schürzenschnur, die locker ihre Taille umgab; Aus dieser weißen Linie erhob sich ihre zitternde Brust wie eine Knospe aus ihrem Kelch, und darunter floss das schwarze Kleid in gerafften Falten über ihre breiten Hüften. Er hatte noch nie eine so exquisite Figur gesehen, und ihre Schönheit wirkte noch schmerzlicher als ihre Einsamkeit in der stillen, ängstlichen Nacht – die Krankenschwester und der Kranke befanden sich in einer anderen Sphäre.

„Wäre es nicht besser, wenn du ins Bett gehst?" er sagte. „Sie müssen müde und überdreht sein." Wie unbeholfen und konventionell die Worte klangen!

Kapitel XV

In Adelines Eigenart lag eine subtile, schwer fassbare Andeutung von Einzigartigkeit und Unerwartetheit, die Richard ungeachtet seiner selbst sehr verlockend fand und die er zu einem gewissen Grad zu Recht auf die besonderen Umstände ihres frühen Lebens zurückführte, von denen er berichtete: mit der charakteristischen Eigenart, die sie ihm bei ihrem zweiten Treffen gegeben hatte.

Das posthume Kind von Richard Akeds Bruder Adeline, die sich nicht an ihre Mutter erinnern konnte, lebte zunächst bei ihren Großeltern mütterlicherseits und zwei Onkeln. Sie schlief allein oben im Haus, und wenn sie morgens aus dem großen Bett mit den roten Vorhängen und gelben Quasten aufstand, rannte sie immer zum Fenster. Unmittelbar darunter befanden sich die Leitungen, die die großen, vorspringenden Fenster des Ladens überdacht hatten. Nachts war es ihre Gewohnheit, Krümel auf die Leinen zu streuen, und manchmal war sie früh genug da, um zuzusehen, wie die Spatzen sie pickten; häufiger waren alle Krümel verschwunden, während sie noch schlief. Der Platz interessierte sie morgens immer wieder. Am Nachmittag schien es träge und mürrisch; Aber vor dem Abendessen, vor allem samstags und montags, herrschte fröhliche Stimmung – voller mit Planen bedeckter Stände und Pferden und Karren und aufgetürmten Gemüsebergen und im Stroh grunzenden Schweinen und rauen Männern mit rosigen Gesichtern und zugebundenen Hosen an den Knien mit Schnüren, der schwerfällig umherging und Peitschenknallen ließ. Diese Dinge kamen auf mysteriöse Weise vor der Sonne an und verschwanden am Nachmittag unmerklich; Die Ställe wurden geöffnet, die Karren wurden einer nach dem anderen weggefahren, und die Schweine zogen kreischend davon, bis um fünf Uhr der übersäte Platz verlassen und verlassen zurückblieb. Hin und wieder ragte ein neuer Stand, dessen strahlend weiße Leinwand sich entfaltete, strahlend aus der Mitte seiner schmutzigen Begleiter hervor; Dann rannte Adeline die Treppe hinunter zu ihrem Lieblingsonkel , der um 7.30 Uhr frühstückte, damit er den Laden leiten konnte, während die anderen am Tisch saßen: „Onkel Mark, Onkel Mark, oben im Laden gibt es einen neuen Stand Platz, in der Nähe des New Inn!" „Vielleicht ist es nur ein altes mit gewaschenem Gesicht", würde Onkel Mark sagen; und Adeline hob ihre rechte Schulter, legte ihren Kopf darauf und lachte und kniff die Augen zusammen.

Damals war sie mit ihren schlichten Kleidern und ihrem adretten Gang wie ein kleines puritanisches Mädchen. Ihr schwarzes Haar, das von einem halbkreisförmigen Kamm zusammengehalten wurde, der sich von Ohr zu

Ohr über ihren Kopf erstreckte, war direkt aus der Stirn gekämmt und fiel in glänzenden, gewellten Linien über die gesamte Breite ihrer Schultern. Ihre grauen Augen waren ziemlich groß, außer wenn sie lachte, und sie musterten die Leute mit einem offenen, fragenden Blick, der einige der Geschäftsreisenden erschreckte, die in den Laden kamen und ihr Drei-Cent -Stücke gaben; es schien, als ob alle geheimen Schamgefühle vor diesem kunstlosen Blick offenbart würden. Ihre Nase war kurz und abgeflacht, aber ihr Mund war zufällig perfekt, von genau der klassischen Form und Größe, mit köstlichen Lippen, die die kleinen weißen Zähne halb verdeckten.

Für sie schien das Haus gewaltige Ausmaße zu haben; Man hatte ihr gesagt, dass es einmal, vor ihrer Geburt, drei Häuser gewesen seien. Sicherlich verfügte es über mehr als die übliche Anzahl von Treppen, und eine davon mit dem einzigen Raum, zu dem sie führte, war immer verschlossen. Vom Platz aus kontrastierte das Fenster des stillgelegten Zimmers, dunkel und kahl, seltsam mit den klaren Scheiben, weißen Jalousien und roten Polstern der anderen. Dieses Zimmer lag neben ihrem eigenen, die beiden Treppen verliefen parallel; und der Gedanke an die schreckliche Leere erfüllte sie nachts mit Ehrfurcht. Eines Samstagabends entdeckte sie im Bett, dass Oma, die ihr Haar für Sonntag geflochten hatte, einen Kamm darin stecken ließ. Sie rief vergeblich nach Oma, Onkel Mark, Onkel Luke. Keiner von ihnen kam zu ihr; aber sie hörte deutlich einen Antwortschrei aus dem geschlossenen Raum. Sie hörte auf zu rufen und lag eine Weile furchtbar still da; Dann war es Morgen, und der Kamm war aus ihrem Haar ins Bett gerutscht.

Unter dem Haus befanden sich viele Keller. Einer diente als Küche, und Adeline hatte dort eine Schaukel, die an einem Balken hing; zwei weitere waren Speisekammern; ein vierter enthielt Kohle, und in einen fünften wurde Asche geworfen. Unter dem Laden befanden sich noch zwei weitere, die über eine separate Steintreppe zu erreichen waren. Onkel Mark ging jeden Nachmittag die Treppe hinunter, um das Gas aufzudrehen, aber er erlaubte Adeline nie, ihn zu begleiten. Großmutter war in der Tat sehr verärgert, wenn sich Adeline, als die Tür, die zur Treppe führte, zufällig offen stand, bis auf einen Meter näherte. Wenn sie mit den Ladenmädchen plauderte, die sich zu ruhigen Tageszeiten beim Nähen um den Ofen versammelten, dachte sie oft plötzlich an die Keller unten, und ihr schien das Herz stehen zu bleiben.

Wenn die Fensterläden geschlossen waren, wirkte der Laden noch furchtbar geheimnisvoller als die Keller oder der stillgelegte Raum. Sonntagnachmittags, wenn Opa im Frühstücksraum hinter einem rot-gelben Taschentuch schnarchte, musste Adeline durch den Laden und die Treppe zum Ausstellungsraum hinauf, um in den Salon zu gelangen, denn dorthin Die Treppe zum Haus würde den Schläfer stören. Wie seltsam der Laden aussah, als sie schüchtern hinübereilte! Eine trübe Dämmerung, schlimmer als völlige Dunkelheit, drang durch die Ritzen der Fensterläden und zeigte schwach die blassen Staublaken, die die Merinos und die Stühle auf den Tresen bedeckten, und sie erreichte immer den Ausstellungsraum, in dem es zwei große, freie Räume gab Fenster, mit einem erleichterten Schluchzen. Nur sehr wenige Kunden wurden in den Ausstellungsraum gebeten; Adeline nutzte es wochentags als Kinderstube; hier pflegte sie ihre Puppen, ließ Drachen steigen und las „Little Wideawake", ein Buch, das ihr ein Geschäftsreisender geschenkt hatte ; In der Nähe des Vorderfensters befand sich ein Spiegel, in dem sie lange und ernsthaft über sich selbst nachdachte.

Sie hatte nie die Gesellschaft anderer Kinder und wünschte sich auch nicht danach. Sie verstand, dass andere Kinder unhöflich und schmutzig waren; Obwohl Onkel Mark und Onkel Luke in der Sonntagsschule unterrichteten und Opa einst tatsächlich Schulleiter gewesen war, durfte sie nicht dorthin gehen, einfach weil die Kinder unhöflich und schmutzig waren. Aber sie ging zur Morgenkirche und saß allein mit Opa auf den roten Kissen der breiten Bank, die jedes Mal knarrte, wenn sie sich bewegte; Onkel Mark und Onkel Luke saßen oben auf der Galerie mit den unhöflichen und schmutzigen Sonntagsschulkindern; Oma ging selten in die Kapelle; Stattdessen riefen die Minister an, um sie zu sehen. Einmal war Onkel Luke zu ihrem Erstaunen die Kanzeltreppe hinaufgestiegen und hatte gepredigt, als würde er schlafen. Es schien so seltsam, und danach verloren die religiösen Wahrheiten, die ihr beigebracht worden waren, irgendwie ihre Schrecklichkeit und etwas von ihrer Realität. Am Sonntagabend feierte sie ihren eigenen privaten Gottesdienst, bei dem sie als Predigerin, Chor, Organistin und Gemeindemitglied fungierte. Ihre spontanen Gebete erweckten die heimliche Bewunderung der Großmutter, die allein sie hörte. Sonntags blieb Adeline zum Abendessen wach. Als das Essen zu Ende war, schlug Großvater die große Bibel auf und las mit seiner vollen, schweren Stimme vor, dass Sem Arphaxad zeugte und Arphaxad Salah zeugte und Salah Eber zeugte und Eber Pelag zeugte, und von den Ammonitern und den Jebusitern und den Kanaanitern und den Moabitern ; Und dann knieten sie nieder, und er betete für die, die über uns herrschen, und für die Witwen und Waisen; und beim Wort „Waisen" sagte Oma, die nicht wie die anderen kniete, sondern aufrecht in ihrem Schaukelstuhl saß und eine Hand über ihren Augen hielt, leise „Amen, Amen". Und als alles vorbei war, würde Adeline entscheiden, ob Onkel Mark oder Onkel Luke sie ins Bett tragen sollten.

Großvater starb, dann Großmutter und Tante Grace (die überhaupt keine Tante, sondern eine Cousine war) kamen zu Adeline und ihren Onkeln, und eines Tages wurden die Fensterläden des Ladens hochgezogen und nicht wieder heruntergelassen. Adeline erfuhr, dass Onkel Mark und Onkel Luke weit weg nach Amerika reisen würden und dass sie künftig bei Tante Grace in einem großen und prächtigen Haus voller farbiger Bilder, Statuen und

Bücher leben würde. Es schien seltsam, dass Tante Grace, deren Kleidung eher schäbig war, ein schöneres Haus haben sollte als das von Großvater , bis Onkel Mark erklärte, dass das Haus nicht wirklich Tante Grace gehörte; Tante Grace sorgte lediglich für Ordnung für einen reichen jungen Herrn, der fünfzehn Diener hatte.

Als sie sich von der Trennung von ihren Onkeln erholt hatte, akzeptierte Adeline die Veränderung fügsam. So sehr sie auch an spirituelle Einsamkeit gewöhnt war (denn die engste Freundschaft, die zwischen einem Kind und einem Erwachsenen bestehen kann, umfasst kaum mehr als eine liebevolle Toleranz auf beiden Seiten und weiß sicherlich nichts von den innigen psychischen Affinitäten, die ein Kind zum anderen oder einen Mann dazu hinziehen). Mann), sie hätte in der Tat nicht so leicht unter den Bedingungen ihres neuen Lebens große Schwierigkeiten finden können. Eine Sache beunruhigte sie zunächst, nämlich dass Tante Grace nie betete, die Bibel las oder in die Kapelle ging; Soweit Adeline wusste, tat dies auch sonst niemand in der Abtei. Aber sie hat sich bald mit diesem Zustand abgefunden. Eine Zeit lang wiederholte sie weiterhin ihre Gebete; dann hörte die Gewohnheit auf.

Die Bildergalerie, von der sie schon viel gehört hatte, faszinierte sie sofort. Es war ein langes, aber nicht sehr hohes Zimmer, das von einer verborgenen Quelle Tageslicht erhielt und mit den schönsten Beispielen der vier großen italienischen Schulen behängt war, die in der ersten Hälfte des 16. Jahrhunderts ihre Blütezeit erlebten: die venezianische, ein Fest der Farben ; der Römer, würdevoll und sogar ruhig; der Florentiner, edel grandios; und die Schule von Parma, geheimnisvoll zart. Als Gelegenheitsdienerin verbrachte sie einen Großteil ihrer Zeit hier und unterhielt sich eifrig mit den Madonnas , den Christen, den Märtyrerheiligen, den Monarchen, den Rittern, den schönen Damen und der ganzen naiven mittelalterlichen Menge und gab jedem von ihnen eine eigene Rolle infantile Romanzen. Als sie älter wurde, kopierte sie – wer soll sagen, ob bewusst oder unbewusst? – die Haltungen und Gesten der Frauen; und vielleicht ging mit der Zeit auf irgendeinem unbeschreiblichen Weg zumindest ein Teil ihrer zurückhaltenden Anmut und zufriedenen Ruhe auf Adeline über. Auch in der quadratischen Bibliothek gab es Bilder, Beispiele recht moderner englischer und französischer Werke, die klugerweise von jemandem ausgewählt wurden, dessen kritisches Talent ihm über vier Generationen von Sammlern angeboren war; aber Adeline hatte keine Augen dafür. Die Bücher jedoch, wunderschöne Gefangene in Glas, waren ihre guten Freunde, obwohl sie sie vielleicht nie anrührte und obwohl die Erziehung des engen, konventionellen Mädchens, die ihr von ihrer Tante persönlich eifrig vermittelt wurde, die Neugier auf ihren Inhalt eher unterdrückte als weckte .

Als Adeline etwa neunzehn war, verlobte sich ihr Vormund mit einem Bauern mittleren Alters, einem Pächter der Abtei, der deutlich machte, dass er bei der Verlobung mit Tante Grace nicht darauf erpicht war, auch Tante Graces Schützling zu heiraten . Es stellte sich eine ernste Frage nach ihrer Zukunft. Sie hatte nur einen weiteren Verwandten in England, Herrn Aked , und sie akzeptierte passiv seinen rechtzeitigen Vorschlag, nach London zu gehen und für ihn den Haushalt zu führen.

Kapitel XVI

Am Mittwochabend trank Richard Tee im Crabtree, damit er mit dem Zug direkt von Charing Cross nach Parson's Green fahren konnte. Der Kaffeeraum war fast leer; und Miss Roberts, die offenbar anwesend war, las in der „ gemütlichen Ecke", einer Ecke des Zimmers, die mit bemalten Spiegeln und einer Bank aus Rinde von fiktiver Rustikalität ausgestattet war.

„Was machst du hier oben?" fragte er, als sie ihm das Essen brachte. „Sind Sie unten nicht mehr Kassiererin?"

„Oh ja", sagte sie, „das sollte ich einfach glauben. Aber das Mädchen, das in diesem Raum wartet, Miss Pratt, hat mittwochs ihren halben Urlaub, und ich komme hierher, und der Gouverneur nimmt unten meinen Platz ein." Ich tue es, um ihm einen Gefallen zu tun. Er ist ein Gentleman, das ist er. *So* höflich! Freitags habe ich meinen halben Urlaub."

„Nun, wenn Sie nichts anderes zu tun haben, was halten Sie davon, mir meinen Tee einzuschenken?"

„Kannst du es nicht selbst ausschütten? Armes Ding!" Sie lächelte mitleidig und begann, den Tee einzuschenken.

„Setz dich", schlug Richard vor.

„Nein, danke", sagte sie. „Da! Wenn es nicht süß genug ist, kannst du dir noch einen Klumpen reintun;" und sie verschwand hinter dem Schirm, der den Essenslift verbarg.

Dann forderte er sie auf, seinen Scheck auszustellen. Er überlegte, ob er ihr sagen sollte, dass Mr. Aked krank war. Wenn er dies täte, würde sie vielleicht darum bitten, darüber informiert zu werden, wie die Tatsache sie betraf. Er beschloss, nichts zu sagen und war umso erstaunt, als sie begann:

„Wussten Sie, dass Mr. Aked sehr krank war?"

„Ja. Wer hat es dir gesagt?"

„Warum, ich wohne in seiner Nähe, ein paar Türen weiter – habe ich es dir nicht einmal gesagt? – und ihr Diener hat es unserem erzählt."

„Hast du es deinem Diener gesagt?"

„Ja", sagte Miss Roberts, leicht errötend und mit einem Tonfall, der bedeutete: „Ich nehme an, Sie dachten, *meine* Familie würde keinen Diener haben!"

"Oh!" Er hielt einen Moment inne, und dann kam ihm eine Idee. „Sie müssen es gewesen sein, die gestern Abend angerufen hat, um nachzufragen!" Er fragte sich, warum Adeline so barsch zu ihr gewesen war.

„Warst du damals dort?"

„Oh ja. Ich kenne die Akeds ziemlich gut."

„Der Arzt sagt, dass es ihm nicht besser gehen wird. Was denken Sie?"

„Ich fürchte, es ist eine schlechte Aussicht."

„Sehr traurig für die arme Miss Aked , nicht wahr?" sagte sie und irgendetwas in diesem Ton ließ Richard zu ihr aufschauen.

„Ja", stimmte er zu.

„ Natürlich magst du sie?"

„Ich kenne sie kaum – es ist der alte Mann, den ich kenne", antwortete er vorsichtig.

„Nun, wenn Sie mich fragen, finde ich, dass sie etwas distanziert ist."

„Vielleicht ist das nur ihre Art."

„Ihnen ist es auch aufgefallen, oder?"

„Kein bisschen. Ich habe wirklich sehr wenig von ihr gesehen."

„Gehst du heute Abend wieder runter?"

„Das kann ich tun."

Zwischen Adeline und ihm war an diesem Tag nichts über seine Berufung ausgefallen, aber als er in der Carteret Street ankam , akzeptierte sie seine Anwesenheit offensichtlich als Selbstverständlichkeit, und er war froh. In ihrem Verhalten lag die Erinnerung an die Szene der vergangenen Nacht. Er blieb nicht lange. Der Zustand von Herrn Aked war unverändert. Adeline hatte den ganzen Tag bei ihm gewacht, während die Krankenschwester schlief, und gestand nun, dass sie sich unwohl fühlte.

„Meine Knochen schmerzen", sagte sie und versuchte zu lachen, „und ich fühle mich elend, obwohl das unter den gegebenen Umständen nichts Seltsames ist."

Er befürchtete, sie könnte an einer Grippe erkranken, die sie sich bei ihrem Onkel zugezogen hatte, sagte aber nichts, damit er sie nicht ohne Grund beunruhigte. Am nächsten Tag war seine Besorgnis jedoch berechtigt. Auf dem Weg zum Haus am Abend traf er den Arzt am Ende der Carteret Street und hielt ihn an.

„Sie sind ein Freund von Mr. Aked , was?" sagte der Arzt und untersuchte Richard durch seine Goldbrille. „Nun, gehen Sie und tun Sie, was Sie können. Fräulein Aked hat jetzt die Grippe, aber ich glaube nicht, dass es einen schweren Anfall geben wird, wenn sie sich darum kümmert. Der Zustand des alten Mannes ist ernst. Sehen Sie, er hat keine körperliche Verfassung , obwohl das in diesen Fällen vielleicht kaum ein Nachteil ist; aber wenn es um eine doppelte Grundpneumonie geht, mit Fieber und Herzkomplikationen, Puls 140, Atmung 40, Temperatur 103 bis 104, ist die Chance nicht groß. Ich habe „Aber eine großartige Krankenschwester, und sie wird alle Hände voll zu tun haben. Wir sollten wirklich eine andere holen lassen, zumal Miss Aked sich auch um sie kümmern möchte ... Gott sei Dank", fuhr er als Antwort auf eine Frage von fort Richard: „Das kann ich nicht sagen. Ich habe mir heute Morgen Strychnia gespritzt, und das hat Linderung gebracht, aber er könnte in der Nacht sterben. Andererseits könnte er sich erholen. Übrigens scheinen sie keine Verwandten zu haben, außer a Cousine von Herrn Aked, die im Norden lebt. Ich habe ihr telegrafiert. Guten Abend. Sehen Sie, was Sie tun können. Ich muss in zwei Minuten in meine Praxis kommen.

Richard stellte sich der Krankenschwester vor, erklärte, dass er den Arzt aufgesucht hatte und fragte, ob er ihr helfen könne. Sie war ein schlankes Mädchen von etwa dreiundzwanzig Jahren mit dunklen, funkelnden Augen und erstaunlich kleinen weißen Ohren; Ihre blaue Uniform war aus dem gleichen Muster wie das Morgenkleid eines Dieners gefertigt und knitterfrei geschnitten, und ihre riesige Schürze war schneebedeckt. Auf einer Leinenmanschette war ein Fleck; Sie bemerkte dies, als sie mit Richard sprach, und drehte das Armband geschickt unter seinem Blick um.

„Ich nehme an, du kennst die Akeds ziemlich gut?" sie fragte.

„Na ja, ganz gut", antwortete er.

„Kennen Sie Freunde von ihnen, Frauen, die zufällig in der Nähe wohnen?"

„Ich bin mir ziemlich sicher, dass sie praktisch keine Bekannten haben. Ich habe hier noch nie jemanden getroffen."

„Es ist sehr peinlich, jetzt, wo Miss Aked krank ist."

Die Erwähnung Adelines gab ihm Gelegenheit, sich genauer über ihren Zustand zu erkundigen.

„Es gibt nichts zu befürchten", sagte die Krankenschwester, „nur muss sie im Bett bleiben und sich ganz ruhig verhalten."

„Gestern Abend kam es mir so vor, als würde sie krank aussehen", sagte er weise.

„Du warst letzte Nacht hier?"

„Ja, und am Abend zuvor."

„Oh! Ich wusste nicht –" Die Krankenschwester hielt einen Moment inne. „Entschuldigen Sie, wenn ich indiskret bin, aber sind Sie mit Miss Aked verlobt ?"

„Nein", sagte Richard knapp, unsicher, ob er errötete oder nicht. Die Augen der Krankenschwester funkelten, aber ansonsten ließ ihre teilnahmslose Ernsthaftigkeit nicht nach . „Überhaupt nicht", fügte er hinzu. „Ich bin nur ein Freund, der darauf bedacht ist, alles zu tun, was ich kann."

„Ich werde dich bitten, etwas Marketing für mich zu machen", entschied sie plötzlich. „Das Dienstmädchen sitzt bei Herrn Aked – er ist im Moment etwas ruhiger – und Fräulein Aked schläft, glaube ich. Wenn ich Ihnen eine Liste gebe, können Sie die Geschäfte entdecken? Ich kenne mich in dieser Gegend überhaupt nicht aus ."

Richard dachte, er könnte die Geschäfte entdecken.

„In der Zwischenzeit werde ich ein Bad nehmen. Ich habe seit vierundzwanzig Stunden keine nennenswerte Ruhe gehabt und möchte mich erfrischen. Komm erst zwanzig Minuten zurück, sonst gibt es niemanden, der dich reinlässt. Bleib." , ich gebe dir den Schlüssel. Es war an ihrem Chatelaine befestigt.

Ausgestattet mit schriftlichen Befehlen und einem Souverän machte er sich auf den Weg. Obwohl er kaum eine Viertelstunde weg war, war sie bereits angezogen und die Treppe hinunter, als er eintrat, und ihr Gesicht strahlte so strahlend, als wäre sie gerade aufgestanden. Sie zählte das Wechselgeld und überprüfte die verschiedenen Einkäufe anhand der Liste. Richard hatte keine Fehler gemacht.

„Danke", sagte sie sehr förmlich. Er hatte ein kleines Lob erwartet.

„Kann ich sonst noch etwas tun?" fragte er, entschlossen, in guten Werken nicht müde zu werden, so kalt seine Bemühungen auch aufgenommen wurden.

„Ich denke, Sie könnten eine Weile bei Mr. Aked sitzen", sagte sie; „Ich muss Fräulein Aked auf jeden Fall etwas Aufmerksamkeit schenken , und eine halbe Stunde Ruhe würde mir nicht schaden. Sehen Sie, es gibt ein paar

Hausschuhe. Würde es Ihnen etwas ausmachen, Ihre Stiefel auszuziehen und stattdessen diese anzuziehen? Vielen Dank. Sie können mit Herrn sprechen. Bitte, wenn er mit dir redet, und lass ihn deine Hand halten – wahrscheinlich wird er das wollen. Lass ihn nur einen Schluck von dem Brandy und der Milch trinken, die ich dir geben werde, wann immer er darum bittet. Mach dir nichts aus, wenn er murrt bei allem, was Sie tun. Versuchen Sie, ihn zu beruhigen. Denken Sie daran, dass er sehr schwer krank ist. Soll ich Sie nach oben bringen?"

Sie sah Richard an und dann die Tür; und Richard, der für den Bruchteil einer Sekunde zögerte, trat an ihr vorbei, um es zu öffnen. Es gelang ihm unbeholfen, denn so etwas hatte er noch nie in seinem Leben für eine Dame getan, und er konnte auch nicht ganz verstehen, welch geheimnisvolle Eingebung ihn jetzt dazu gebracht hatte, so pünktlich zu sein. Die Krankenschwester verneigte sich anerkennend und ging vor ihm ins Krankenzimmer. Er fühlte sich wie ein Student, kurz bevor die Prüfungsunterlagen herumgereicht werden.

Ein Geruch von Leinsamen drang aus dem Schlafzimmer, als die Krankenschwester die Tür aufstieß.

„Bleiben Sie einen Moment draußen", sagte sie zu Richard. Er konnte den Rost sehen, auf dem ein Kessel über einem kleinen Feuer sang. Vor dem Feuer stand ein Brett mit einer großen Schüssel und einem Löffel sowie einigen Leinenstücken. Dann nahm er nichts mehr wahr als ein lautes Geräusch schnellen, schmerzhaften Atmens, begleitet von Stöhnen und einem seltsamen Rasseln, das mit beunruhigender Deutlichkeit an seine Ohren drang. Er wusste nichts über Krankheiten, außer dem, was ihm die Leute erzählt hatten, und diese Phänomene lösten bei ihm körperliche Angst aus. Er wollte weglaufen.

„Ein Freund von Ihnen kommt zu Ihnen, Mr. Aked – Sie kennen Mr. Larch", hörte er die Krankenschwester sagen; Sie war offensichtlich mit dem Bett beschäftigt. „Du kannst jetzt gehen, Lottie", fuhr sie zum Diener fort. „Wasche die Sachen ab, die ich in die Spüle gelegt habe, und dann ab ins Bett."

Richard wartete mit schmerzlicher Erwartung auf die Stimme von Herrn Aked .

„Larch – hast du gesagt – warum – ist er nicht – schon früher gekommen?" Die Töne waren weniger unnatürlich, als er erwartet hatte, aber es schien, dass der Sprecher nur durch die Ausübung eines verzweifelten Einfallsreichtums hier und da die Fragmente eines Satzes zwischen seinen eiligen Keuchen einwerfen konnte.

Dann ging der Diener nach unten.

„Kommen Sie herein, Mr. Larch", rief die Krankenschwester freundlich.

Der auf Kissen gestützte Patient saß aufrecht im Bett, und als Richard eintrat , blickte er mit dem Gesichtsausdruck eines unbewaffneten Mannes, der auf einen Attentäter wartet, zur Tür. Sein Gesicht war eingefallen und düster blass, aber auf jeder Wange brannte eine rote Röte; Bei jedem grausamen Einfall weiteten sich die Nasenlöcher weit und die Schultern hoben sich in einem rasenden Versuch, die verlegenen Lungen zu füllen.

„Nun, Mr. Aked ", begrüßte Richard ihn, „hier bin ich, sehen Sie."

Er gab keine Antwort außer einem schwachen Nicken und winkte der Krankenschwester zu, den Schnapsbecher mit Milch und Brandy zu holen, den sie ihm an den Mund hielt. Richard befürchtete, er könne nicht im Zimmer bleiben, und wunderte sich darüber, dass die Krankenschwester inmitten dieser erbärmlichen Auseinandersetzung mit dem Tod ungerührt und fröhlich bleiben konnte. War sie blind für den Schrecken in den Augen des Mannes?

„Sie sollten besser hier sitzen, Mr. Larch", sagte sie leise und zeigte auf einen Stuhl neben dem Bett. „Hier ist das Getränk. Halten Sie die Tasse – also. Klingeln Sie, wenn Sie mich für irgendetwas brauchen." Dann verschwand sie lautlos.

Kaum hatte er sich gesetzt, packte Mr. Aked ihn stützend an der Schulter, und jede Bewegung des kämpfenden Körpers übermittelte sich an Richards Körper. Richard empfand plötzlich einen grenzenlosen Respekt vor der Krankenschwester, die nächtelang neben diesem gequälten Organismus auf dem Bett gewacht hatte. Irgendwie begann die Existenz für ihn einen neuen und größeren Aspekt anzunehmen; er hatte das Gefühl, dass er bis zu diesem Moment mit geschlossenen Augen durch die Welt gegangen war; Das Leben war erhabener , schrecklicher, als er gedacht hatte. Er erniedrigte sich vor allen Ärzten, Krankenschwestern und Soldaten im Kampf; Sie allein schmeckten den wahren Geschmack des Lebens.

Kunst war eine sehr kleine Sache.

Plötzlich atmete Mr. Aked etwas weniger angestrengt und schien hin und wieder für ein paar Augenblicke zu dösen, obwohl Richard kaum glauben konnte, dass ein Mann in seinem Zustand auch nur annähernd schlafen konnte.

„Adeline?" fragte er einmal.

„Es geht ihr gut", sagte Richard beruhigend. „Möchten Sie einen Schluck?"

Er legte seine grauen Lippen unbeholfen um den Rand der Tasse, trank und schob das Gefäß dann mit einer gereizten Geste weg.

Die Fenster waren geöffnet, aber die Luft war vollkommen ruhig, und das Gas brannte ohne ein Zittern zwischen den Fenstern und der Tür.

„Ich bin erstickt", keuchte der Patient. „Tun sie alles, was sie können, für mich?", versuchte Richard ihn zu beruhigen.

„Es ist alles vorbei – mit mir – Larch – ich kann nicht – lange durchhalten – ich gehe – gehe – sie müssen es versuchen – etwas anderes."

Seine strahlenden Augen waren mit einem flehenden Blick auf Richard gerichtet. Richard wandte sich ab.

„Ich habe Angst – ich dachte, ich sollte keine Angst haben – aber ich habe Angst. Der Arzt schlug vor, Pfarrer – das ist es nicht – ich sagte nein … Glaubst du – ich sterbe?"

„Kein bisschen", sagte Richard.

„Das ist eine Lüge – ich bin weg … Es ist eine große Sache, – der Tod – jeder hat Angst davor – endlich … Instinkt! … Zeigt, dass etwas – Schreckliches dahinter steckt."

Wenn Richard den Mann ermordet hätte, hätte er kein schärferes Schuldgefühl haben können, als ihn in diesem Moment unterdrückte.

Herr Aked redete weiter, aber mit zunehmender Zusammenhangslosigkeit, die allmählich ins Delirium überging. Richard blickte auf seine Uhr. Nur dreißig Minuten waren vergangen, und doch hatte er das Gefühl, als hätte seine Schulter schon vor Anbeginn der Zeit unter dem Griff dieser heißen Hand gelitten! Wieder erlebte er das beunruhigende Gefühl, dass sich sein emotionaler Horizont plötzlich erweiterte.

Menschen gingen die Straße entlang; sie redeten und lachten. Wie unpassend fröhlich und nachlässig ihre Stimmen klangen! Vielleicht hatten sie noch nie an einem Krankenbett zugesehen, noch nie dem qualvollen Atmen eines Lungenentzündungspatienten zugehört. Dieses unaufhörliche, hektische Luftholen! Es machte ihn wütend. Wenn es nicht bald aufhörte, würde er verrückt werden. Er starrte auf die Gasflamme, und die Gasflamme wurde immer größer, bis er nichts mehr sehen konnte … Dann, nach einer langen Weile, fiel ihm das Atmen sicherlich schwerer! In der Brust des Mannes hallte ein Aufruhr wider, der das Bett erbeben ließ. Könnte Richard geschlafen haben, oder was? Er fuhr auf; Aber Mr. Aked klammerte sich verzweifelt an ihn, hob seine Schultern immer höher, während er darum kämpfte einzuatmen, und beugte sich vor, bis er fast zur Seite gebeugt war. Richard zögerte und läutete dann die Glocke. Es schien, als würde die Krankenschwester nie kommen. Die Tür öffnete sich leise.

„Ich fürchte, es geht ihm noch viel schlechter", sagte Richard zur Krankenschwester und bemühte sich, seine Aufregung zu verbergen. Sie sah Herrn Aked an .

„Vielleicht sollten Sie besser den Arzt holen."

Als er zurückkam, lag Herr Aked bewusstlos auf dem Rücken.

„ Natürlich kann der Arzt jetzt nichts tun", antwortete die Krankenschwester ruhig auf die Frage in seinen Augen. „Er wird nie mehr sprechen."

„Aber Fräulein Aked ?"

„Es lässt sich nicht ändern. Ich werde ihr bis zum Morgen nichts sagen."

„Dann wird sie ihn nicht sehen?"

„Bestimmt nicht. Es wäre Wahnsinn, wenn sie ihr Bett verlassen würde."

Der Arzt kam und die drei unterhielten sich in aller Stille über die alarmierende Verbreitung der Grippe zu dieser Jahreszeit und die fatalen Folgen von Nachlässigkeit.

„Ich sage Ihnen ehrlich", sagte der Arzt, „ich bin so überarbeitet, dass ich ganz zufrieden sein sollte, in meinen Sarg zu steigen und nicht wieder aufzuwachen. Ich hatte diese Woche drei Hebammenfälle um 3 Uhr morgens – Pinzette, Chloroform und …" Die ganze Trickkiste – zusätzlich zu dieser ganzen Grippe, und ich habe es fast satt. Das ist das Schlimmste in unserem Beruf; es kommt in Klumpen. Was sagen Sie, Schwester?"

Kapitel XVII

Die Krankenschwester schlug vor, dass Richard den Rest der Nacht in der Carteret Street bleiben und das Sofa im Wohnzimmer benutzen sollte. Entgegen seiner Erwartung schlief er mehrere Stunden lang gut und traumlos und wachte erfrischt und voller Energie auf. Die Sommersonne verbreitete einen leichten Nebel. Ein Gedanke beschäftigte ihn : Adelines Isolation und ihr Bedürfnis nach Beistand . Im Geiste umhüllte er sie mit zärtlicher Fürsorge; und die Aussicht, ihr sofortige Hilfe zu leisten und sich so ihre Dankbarkeit zu verdienen, trug zu einer Stimmung lebhafter Fröhlichkeit bei, zu der seine Trauer über Mr. Akeds Tod nur einen vagen und fernen Hintergrund bildete.

Niemand schien sich zu rühren. Er wusch sich ausgiebig in der kleinen Spülküche, öffnete dann lautlos die Haustür und ging spazieren. Es war gerade sechs Uhr, und über den dürren Bäumen, die die Carteret Street zu beiden Seiten säumen, waren die Spatzen laut und lustig. Während er durch die frische, sonnige Luft schritt, schilderte er eine Szene nach der anderen zwischen ihm und Adeline, in der er die Hilfe eines Mannes erwies und sie die Dankbarkeit einer Frau aussprach. Er beschloss, alle Vorbereitungen für die Beerdigung auf sich zu nehmen, und freute sich mit Freude auf Aktivitäten, vor denen er unter anderen Umständen vor Entsetzen zurückgeschreckt wäre. Er dachte an Adelines Tante oder Cousine, die weit im Norden wohnte, und fragte sich, ob sie oder andere Verwandte, falls es welche gäbe, sich melden würden; er hoffte, dass Adeline gezwungen sein würde, sich ausschließlich auf ihn zu verlassen. Ein Milchjunge , der mit seinen klappernden Dosen vorbeikam, beobachtete, wie Richard schnell mit keiner sichtbaren Person sprach, und drehte sich um, um ihn anzustarren.

Als er ins Haus zurückkam, bemerkte er, dass im Wohnzimmer die Jalousien heruntergelassen waren. Lottie, die pummelige Dienerin, putzte die Stufe; Ihre Augen waren rot vom Weinen.

„Ist die Krankenschwester schon wach?" er fragte sie.

„Ja, Sir, sie ist in der Küche", wimmerte das Mädchen.

Er sprang über die nasse Stufe in den Flur. Als sein Blick auf die Treppe fiel, die zu dem Raum führte, in dem die Leiche von Mr. Aked lag, nur durch eine rissige Wand aus Latten und Gips von der bewusstlosen Adeline getrennt, überkam ihn ein unangenehmes Gefühl der Ehrfurcht. Der Tod war sehr unheilbar und er hatte an einer Tragödie mitgewirkt. Wie unwirklich und verzerrt wirkten die Ereignisse von ein paar Stunden zuvor! Er empfand ein merkwürdiges Gefühl der Schamgemeinschaft, als hätten er, die Krankenschwester und der Arzt letzte Nacht Adeline verletzt und sich verschworen, um ihre Sünde zu verbergen. Was würde sie sagen, wenn sie wüsste, dass ihr Onkel tot war? Was wären ihre Pläne? Jetzt kam ihm der Gedanke, dass sie natürlich ganz unabhängig von ihm handeln würde; Es war lächerlich anzunehmen, dass er, vergleichsweise ein Fremder, für sie an der Stelle eines Verwandten und Verwandten stehen könnte; er hatte geträumt. Er war kläglich entmutigt.

Er ging in die Küche, stieß leise die Tür auf und fand die Krankenschwester dabei, eine Mahlzeit zu kochen.

„Darf ich reinkommen, Schwester?"

„Ja, Herr Larch."

„Sie scheinen sich um das Haus gekümmert zu haben", sagte er und bewunderte ihre schnellen, sauberen Bewegungen; sie fühlte sich so zu Hause, als wäre die Küche ihre eigene gewesen.

„Wir halten es oft für notwendig", lächelte sie. „Krankenschwestern müssen auf die meisten Dinge vorbereitet sein. Bevorzugen Sie Tee oder Kaffee zum Frühstück?"

„Du besorgst doch sicher kein Frühstück für mich? Ich hätte etwas in der Stadt haben können."

„Sicherlich bin ich das", sagte sie. „Wenn Sie nicht wählerisch sind, mache ich Tee. Fräulein Aked hatte eine mäßig gute Nacht ... Ich habe es ihr gesagt ... Sie hat es sehr gut aufgenommen, sagte, sie hätte es erwartet. Natürlich gibt es eine Menge muss erledigt werden, aber ich kann sie noch nicht belästigen. Wir sollten heute Morgen ein Telegramm von Mrs. Hopkins, ihrer Tante, erhalten.

„Ich wünschte, Sie würden Miss Aked eine Nachricht von mir überbringen", unterbrach Richard sie. „ Sagen Sie ihr, dass ich mich sehr gerne um die Nachsorge kümmern würde – die Beerdigung, wissen Sie, und so weiter –, wenn sie sich dafür interessiert. Das kann ich problemlos arrangieren." Machen Sie Urlaub vom Büro."

„Ich bin sicher, das würde sie von vielen Ängsten befreien", sagte die Krankenschwester anerkennend. Um eine gewisse Verwirrung zu verbergen, schlug Richard vor, dass er das Tuch im Wohnzimmer auslegen dürfe, und sie sagte ihm, dass er es in einer Schublade im Sideboard finden würde. Er schlenderte davon und grübelte über Adelines wahrscheinliche Antwort auf seinen Vorschlag. Bald hörte er das Klappern von Tassen und Untertassen und die Schritte der Krankenschwester auf der Treppe. Er legte das Tuch ab, stellte die Menage in die Mitte und die Salzfässer an die gegenüberliegenden Ecken und setzte sich dann vor die Kiste mit den französischen Büchern, um ihre Titel zu überfliegen, aber er sah nichts außer einem gelben Fleck. Nach langer Zeit kam die Krankenschwester wieder herunter.

„Miss Aked sagt, sie kann Ihnen nicht genug danken. Sie wird Ihnen alles überlassen , – alles. Sie ist ihr wirklich sehr dankbar. Sie glaubt nicht, dass Mrs. Hopkins wegen ihres Rheumatismus reisen kann, und das ist nicht der Fall noch einer. Hier ist der Schlüssel von Mr. Akeds Schreibtisch und einige andere Schlüssel – in der Geldkassette sollten sich etwa 20 Pfund in Gold befinden, und vielleicht ein paar Scheine."

Er nahm die Schlüssel entgegen und fühlte sich zutiefst glücklich.

„Ich gehe einfach zuerst ins Büro", beschloss er, „und arrangiere den Ausstieg und komme dann wieder hierher. Ich nehme an, Sie bleiben dort, bis es Miss Aked besser geht ? "

"Ah, natürlich."

„Sie wird schon mehrere Tage im Bett liegen?"

„Wahrscheinlich. Übermorgen kann sie vielleicht ein oder zwei Stunden wach bleiben – in ihrem eigenen Zimmer."

„Es würde mir nicht genügen, sie zu sehen?"

„Ich glaube nicht. Sie ist sehr schwach. Nein, Sie müssen auf eigene Verantwortung handeln."

Er und die Krankenschwester frühstückten zusammen und unterhielten sich mit der Freiheit alter Freunde. Er erzählte ihr alles, was er über die Akeds wusste , und vergaß nicht zu erwähnen, dass Mr. Aked und er an einem Buch mitgearbeitet haben sollten. Als Richard dies aussprach, zeigte sie nichts von jener schüchternen Ehrfurcht, die Laien in Gegenwart von Literaten zu zeigen pflegen.

"In der Tat!" sagte sie höflich und dann nach einer kleinen Pause: „Ich schreibe tatsächlich manchmal selbst Verse."

„Das tun Sie? Und werden sie veröffentlicht?"

„Oh ja, aber vielleicht nicht aufgrund ihrer Verdienste. Wissen Sie, mein Vater hat Einfluss –"

„Ein Journalist, vielleicht?"

Sie lachte über die Idee und erwähnte den Namen eines bekannten Schriftstellers.

„Und du liebst Krankenpflege statt Schreiben!" Richard stieß einen Ausruf aus, als er sich von der Ankündigung erholt hatte.

„Zu allem auf der Welt. Deshalb bin ich Krankenschwester. Warum sollte ich mich auf meinen Vater oder den Ruf meines Vaters verlassen?"

„Ich bewundere Sie dafür, dass Sie das nicht getan haben", antwortete Richard. Bisher hatte er nur über solche Frauen gelesen und sich gefragt, ob sie wirklich existierten. Er wurde vor ihr demütig und erkannte einen stärkeren Geist. Doch ihre Selbstständigkeit ärgerte ihn irgendwie und er richtete seine Gedanken mit einem leichten Gefühl der Erleichterung auf Adelines weibliche Zuversicht.

Die Beerdigung fand am Sonntag statt. Richard stellte fest, dass die Formalitäten weniger und einfacher waren, als er erwartet hatte, und es traten keinerlei Schwierigkeiten auf. Mrs. Hopkins konnte, wie Adeline vorhergesehen hatte, nicht kommen, aber sie schickte einen langen Brief voller Ratschläge und bot ihrer Nichte ein vorübergehendes Zuhause an. Adeline hatte ihr Bett noch nicht verlassen dürfen, aber am Sonntagmorgen hatte die Krankenschwester gesagt, dass sie nachmittags vielleicht ein oder zwei Stunden wach bleiben würde und dann gerne Richard sehen würde.

Als die Beerdigung vorbei war, kehrte er zu Fuß zur Carteret Street zurück.

„Bist du froh, dass alles fertig ist?" sagte die Krankenschwester.

„Ja", antwortete er etwas müde. Seine Gedanken waren an diesem Tag bei Mr. Aked verweilt , und die einsame Sinnlosigkeit des Lebens dieses Mannes hatte ihn mit kalter, deprimierender Wirkung berührt. Und nun kam es zur Sache: Er fürchtete das erste Gespräch mit Adeline nach dem Tod ihres Onkels eher, als dass er es sich wünschte. Er befürchtete, dass sie trotz aller Dienste, die er geleistet hatte, nicht viel mehr als Bekannte waren. Er vermutete krankhaft, was sie ihm sagen würde und wie er antworten würde. Aber er war froh, als die Krankenschwester ihn allein an der Tür von Adelines Zimmer zurückließ. Er klopfte etwas lauter als beabsichtigt, und nachdem er eine Sekunde gezögert hatte, ging er hinein. Adeline saß in einem Sessel am Fenster, ganz in Schwarz gekleidet, mit einem Schal über den Schultern. Sie hatte ihm den Rücken zugewandt, aber er konnte sehen, dass sie auf ihrem Knie einen Brief schrieb. Als sich die Tür öffnete, blickte sie sich plötzlich um und stieß ein leises „Oh!" aus. gleichzeitig hob sie ihre Hände. Ihr Gesicht war blass, ihr Haar glatt und ihre Augen groß und glitzernd. Er ging auf sie zu.

„Herr Larch!" Sie hielt seine Hand mit sanftem, schwachem Druck in ihrer dünnen weißen Hand und starrte ihn schweigend an, während sich Tränen in ihren nach oben gerichteten Augen sammelten. Richard zitterte am ganzen Körper; er konnte nicht sprechen und fragte sich, was mit ihm los sei.

„Herr Larch, Sie waren sehr freundlich. Ich werde Ihnen nie danken können."

„Ich hoffe, Sie kümmern sich nicht um ein Dankeschön", sagte er. "Bist du besser?" Und doch wünschte er, sie würde mehr sagen.

Offensichtlich widerstrebend ließ sie seine Hand los und er setzte sich neben sie.

„Was hätte ich ohne dich tun sollen! ... Erzähl mir von heute. Du kannst dir nicht vorstellen, wie erleichtert ich jetzt bin, da es vorbei ist – die Beerdigung meine ich."

Er sagte, es gäbe nichts zu erzählen.

„Gab es noch viele andere Beerdigungen?"

"Ja sehr viel."

Er beantwortete ihre Fragen eine nach der anderen; Sie schien sich für das geringste Detail zu interessieren, aber keiner von ihnen erwähnte den toten Mann. Sie ließ ihn selten aus den Augen. Als er vorschlug, sie solle ihn entlassen, sobald sie sich müde fühle, lachte sie und antwortete, dass sie wahrscheinlich nicht sehr lange müde sein würde und dass er mit ihr Tee trinken und sie pflegen müsse.

„Ich habe meinen beiden Onkeln in San Francisco geschrieben, als Sie hereinkamen", sagte sie. „Zuerst werden sie sich furchtbar über mich aufregen, die armen Kerle, aber ich habe ihnen erzählt, wie nett du warst, und Onkel Mark hat immer gesagt, ich hätte viel Verstand, das sollte sie also beruhigen." Sie lächelte.

„ Natürlich hast du noch keine konkreten Pläne gemacht?" er hat gefragt.

„Nein, ich werde im Moment noch nichts regeln. Ich möchte Sie zu mehreren Dingen um Rat fragen, aber ein andermal, wenn es mir besser geht. Ich werde genug Geld haben, denke ich – das ist ein guter Trost. Meine Tante Grace – Mrs. Hopkins – hat mich gebeten, zu ihr zu gehen und bei ihr zu bleiben. Irgendwie will ich nicht gehen – Sie werden es bestimmt seltsam von mir finden, aber ich würde wirklich lieber in London anhalten."

Er bemerkte, dass sie nichts davon sagte, dass sie zu ihren Onkeln nach San Francisco kommen würde.

„Ich glaube, London wird mir gefallen", fuhr sie fort, „wenn ich es weiß."

„Sie denken also nicht daran, nach San Francisco zu gehen?"

Er wartete ängstlich auf ihre Antwort. Sie zögerte. „Soweit ist es – ich weiß nicht genau, wie es meinen Onkeln geht –"

Offensichtlich hatte sie aus irgendeinem Grund keine Lust, London sofort zu verlassen. Er war sehr zufrieden, da er befürchtete, dass sie sofort von ihm sterben könnte.

Sie tranken Tee auf einem kleinen runden Schachtisch. Der beengte Raum und die daraus resultierende Notwendigkeit, Ersatzteller mit Kuchen auf das Bett zu stellen, sorgten für einige Belustigung, aber in der Gegenwart der starken, schroffen Krankenschwester schien Adeline sich in sich selbst zurückzuziehen, und das Gespräch, so wie es war, hing vom anderen ab zwei.

„Ich habe Miss Aked gesagt", sagte die Krankenschwester, nachdem der Tee vorbei war, „dass sie für ein oder zwei Wochen ans Meer gehen muss. Das wird ihr sehr gut tun. Was sie am meisten braucht, ist Veränderung." Ich schlug Littlehampton vor ; es ist eher ein ruhiger Ort, nicht zu ruhig; es gibt eine schöne Flusslandschaft und einen malerischen alten Hafen und viele hübsche, rustikale Dörfer in der Nachbarschaft .

„Das wäre sicherlich eine gute Sache", stimmte Richard zu; Aber Adeline sagte ziemlich gereizt, dass sie nicht reisen wolle, und das Projekt wurde nicht weiter besprochen.

Er ging bald darauf. Der Weg nach Hause kam ihm überraschend kurz vor, und als er die Raphael Street erreichte , konnte er sich an nichts mehr an die Durchgangsstraßen erinnern, durch die er gegangen war. Vage, köstliche Fantasien huschten durch seinen Kopf, wie feine Linien, die man sich halb aus einem großen Gedicht erinnert. In seinem Zimmer roch es nach der Lampe, und die Fenster waren fest geschlossen.

„Arme alte Wirtin", murmelte er gütig, „wann wird sie lernen, die Fenster offen zu lassen und die Lampe nicht herunterzudrehen?"

Nachdem er eines der Fenster geöffnet hatte, löschte er die Lampe und ging auf den kleinen Balkon hinaus. Es war ein warmer Abend mit bewölktem Himmel und einer sanften, lauen Brise. Der Lärm von Omnibussen und Taxis kam gleichmäßig und regelmäßig von der Brompton Road, und gelegentlich fuhr ein Fuhrwerk die Raphael Street entlang. Er stand auf der Vorderseite des Balkons gelehnt, bis der Verkehrslärm zu einem seltenen Rumpeln geworden war, und seine Gedanken waren ein lächelndes, wirbelndes Durcheinander, das man nicht analysieren oder beschreiben konnte. Schließlich kam er herein, ließ das Fenster angelehnt, zog sich langsam ohne Licht aus und legte sich hin . Er hatte keine Lust zu schlafen und versuchte es auch nicht; nicht für ein Lösegeld hätte er sich von dem schönen, vollen Bewusstsein des Lebens getrennt, das jeden Teil seines Wesens durchströmte. Die kurze Sommernacht ging zu Ende; und gerade als die Sonne aufging , döste er ein wenig ein und stand dann ohne eine Spur von Müdigkeit auf. Er ging wieder auf den Balkon und genoss die süße, belebende Frische des Morgens. Die sonnenbeschienenen Straßen waren in eine verzauberte Stille gehüllt.

Kapitel XVIII

Fast drei Wochen später kam der folgende Brief von Adeline. In der Zwischenzeit hatte sie einen ziemlich schweren Rückfall erlitten, und er hatte sie nur ein- oder zweimal für ein paar Minuten gesehen.

> Mein lieber Herr Larch, – Diesmal bin ich *ganz* sicher, dass es mir wieder gut geht. Die Krankenschwester muss heute gehen, da sie in einem Krankenhaus gesucht wird, und sie hat mich überredet, nach Littlehampton zu gehen *sofort* und gab mir die Adresse einiger Zimmer. Ich werde Victoria morgen (Mittwoch) mit dem Zug 1.10 verlassen; Lottie wird mit mir gehen und das Haus wird verschlossen sein. Auf Wiedersehen, falls ich dich nicht sehe. Wir werden nicht länger als eine Woche oder zehn Tage bleiben. Ich werde Ihnen aus Littlehampton schreiben .

> Mit freundlichen Grüßen,

> AA

> PS: Ich habe dich heute Abend erwartet.

„„Wenn ich dich nicht sehe'!" wiederholte er lächelnd und begutachtete Adelines Kaligraphie , die er noch nie zuvor gesehen hatte. Es war eine kühne, aber nicht vornehme Hand. Er las den Zettel mehrmals, faltete ihn dann sorgfältig zusammen und steckte ihn in seine Handtasche.

Aufgrund einer unerwarteten Verspätung im Büro hätte er sie in Victoria beinahe verpasst. Der Zug sollte mindestens eine Minute vor seinem Einmarsch in den Bahnhof abfahren. Glücklicherweise sind die Züge nicht immer pünktlich. Adeline lehnte sich aus dem Fenster einer Kutsche, um einem Zeitungsjungen einen Penny zu reichen; Der Junge ließ den Penny fallen und sie lachte. Sie trug einen schwarzen Hut mit Schleier. Ihre Wangen waren etwas voller und ihre Augen weniger unnatürlich strahlend, jedenfalls unter dem Schleier; und Richard dachte, dass er sie noch nie so hübsch gesehen hatte.

„Da ist es, dummer Junge, da!" sagte sie, als er heraufkam.

„Ich dachte, ich schaue mal, ob es dir gut geht", keuchte er. „Ich hätte früher hier sein sollen, aber ich wurde festgehalten."

„Wie nett von dir, dass du dir so viel Mühe gibst!" sagte sie, nahm seine Hand und richtete ihren Blick aufmerksam auf seine. Der Wachmann kam vorbei, um die Türen zu verschließen.

„Gepäck alles drin?" fragte Richard.

„Ja, danke. Lottie hat sich darum gekümmert, während ich die Tickets besorgt habe. Ich finde, sie ist eine recht erfahrene Reisende .“ Daraufhin errötete Lottie, die unbekümmert in einer Ecke stand.

„Nun, ich hoffe, du wirst Spaß haben.“ Der Pfiff ertönte, und der Zug ruckte vorwärts. Adeline begann zum Abschied zu winken.

„Ich sehe, dass es am Sonntag eine Sonntagsligafahrt nach Littlehampton gibt “, sagte er, während er am Zug entlangging.

„Oh! Komm doch runter.“

„Soll ich das?“

"Sehr viel."

„Dann werde ich es tun. Schicken Sie mir die Adresse.“

Sie nickte nacheinander kurz, während der Zug sie davontrug.

KAPITEL XIX

Richards Blick wanderte erwartungsvoll über die gebräunte Menge von Männern in Flanellhemden und fröhlich gekleideten Mädchen, die den Bahnsteig des Bahnhofs Littlehampton säumten , aber Adeline war nicht zu sehen. Er war etwas enttäuscht und kam dann zu dem Schluss, dass er sie umso mehr mochte, weil sie nicht gekommen war, um ihn zu treffen. „Außerdem", dachte er, „ist der Zug, der ein Sonderzug ist, nicht im Fahrplan, und sie würde nicht wissen, wann er fällig ist."

Ihre Unterkunft befand sich auf einer langen, eintönigen Terrasse, die im rechten Winkel zum Meeresufer verlief und dem Fluss den Rücken zuwandte. Der Mittag stand vor der Tür und die heftigen Strahlen der wolkenlosen Sonne wurden von keiner Brise gemildert . Die Straße lag still, denn alle waren entweder in der Kirche oder am Strand. Als Antwort auf seine Nachfrage sagte die Vermieterin, dass Miss Aked nicht da sei und eine Nachricht hinterlassen habe, dass er ihr zum Anlegesteg folgen solle, wenn ein Herr käme. Richard befolgte die ihm gegebenen Anweisungen und befand sich bald am Ufer des schnellen Arun, mit der Anlegestelle in einiger Entfernung vor sich und dahinter das Meer, das in der Hitze blind schimmerte. Scharen respektabel gekleideter Menschen wanderten auf und ab, und ein leises, gedämpftes Gesprächsmurmeln drang sozusagen aus den Hohlräumen tausender Sonnenschirme. Schwitzende Kinder, deren Hände von den knitterigen Handschuhen wundgescheuert waren, rannten zwischen den Gruppen hin und her , brüllten laut und achteten nicht auf die häufige Aufforderung, sich daran zu erinnern, welcher Tag gerade war. Hier und da bildeten Krankenschwestern, die Kinderwagen schoben, kühle weiße Flecken im Farbgewirr . Auf dem Fluss schossen Boote und kleine Yachten bei Ebbe ständig in Richtung Meer; Hin und wieder versuchte eine Gruppe von Jungen, ein Boot gegen die schnelle Strömung zu ziehen, hielt ein paar Züge durch und ließ sich dann unter Spott vom Ufer schmählich mit den anderen Fahrzeugen am Steg vorbeiwirbeln.

Richard hatte noch nie zuvor eine Badestelle im Süden gesehen und hatte gern etwas anderes als Llandudno , Rhyl oder Blackpool erwartet, etwas weniger Steifes und eher Kontinentales. Littlehampton blieb hinter seinen Erwartungen zurück. Als Industriestadt wirkte es unmalerisch , und seine Sommergäste waren ein ausgelassenes Volk aus der unteren Mittelschicht, grell gekleidet und ungebildet in der hohen Kunst des Vergnügens. Der reine Londoner Akzent erklang von allen Seiten aus den Lippen der Angestellten, Verkäuferinnen und ihrer Verwandten. Richard vergaß, dass er selbst ein Angestellter war, und wirkte in dieser Szene nicht fehl am Platz.

Plötzlich erspähte er eine Frau, die einer anderen Sphäre anzugehören schien. Sie beugte sich über die Brüstung des Stegs, und obwohl ein schwarz-weißer Sonnenschirm ihren Kopf und ihre Schultern vollständig verdeckte, waren der schlichte, perfekt sitzende schwarze Rock, der ordentlich beschuhte Fuß, die kleine, glatt behandschuhte Hand mit einem dünnen goldenen Reif am Handgelenk … genügte, um ihn davon zu überzeugen, dass es sich hier durch einen seltsamen Zufall um eines dieser exquisiten Geschöpfe handelte, die samstags nachmittags auf dem Weg nach Hurlingham oder Barnes am Ende der Raphael Street vorbeifuhren. Er fragte sich, was sie dort tat, und versuchte herauszufinden, welche Feinheiten in Verhalten und Kostüm den deutlichen Unterschied zwischen ihr und den anderen Mädchen auf dem Steg ausmachten. In diesem Moment stand sie aufrecht und drehte sich um. Sie war ja noch recht jung… Er ging auf sie zu… Es war Adeline.

Das Erstaunen stand ihm so deutlich ins Gesicht geschrieben, dass sie lachte, als sie sich gegenseitig begrüßten.

„Du scheinst überrascht zu sein über die Veränderung in mir“, sagte sie abrupt. „Wissen Sie, dass ich Kleidung wirklich liebe, obwohl ich es gerade erst herausgefunden habe? Das erste, was ich tat, als ich hier ankam, war, nach Brighton zu fahren und unglaublich viel Geld bei einer Schneiderin auszugeben. Sehen Sie, es gab keine Ich habe keine Zeit in London. Du verachtest mich nicht dafür, hoffe ich? Ich habe viel Geld – genug, um lange, lange durchzukommen.“

Sie war umwerfend und freute sich offen über die Wirkung, die ihr Auftritt auf Richard gemacht hatte.

„Das hätte man nicht besser machen können“, antwortete er und stellte plötzlich mit Bedauern fest, dass sein eigener Serge-Anzug abgenutzt und schäbig war.

„Ich bin erleichtert“, sagte sie; „Ich hatte Angst, mein Freund könnte mich für eitel und extravagant halten.“ Ihre Art, „mein Freund“ zu sagen – halb Spott, halb Ehrerbietung –, verschaffte Richard große Befriedigung.

Sie gingen zum Ende des Stegs und setzten sich auf einen Steinsitz.

„Ist es nicht schön?“ rief sie begeistert aus.

„Was – die Stadt oder die Menschen oder das Meer?“

„Alles. Ich war in meinem ganzen Leben noch kaum am Meer und finde es wunderschön.“

„Das Meer wäre großartig, wenn man es sehen könnte, aber es blendet einen schon beim bloßen Anblick in dieser Hitze.“

„Du sollst die Hälfte meines Sonnenschirms haben." Sie legte es mit einer schützenden Geste über ihn.

„Nein, nein", widersprach er.

„Ich sage ja. Warum tragen Männer keine Sonnenschirme? Es ist nur ihr Stolz, der sie davon abhält ... Sie mögen also die Stadt und die Menschen nicht?"

"Also-"

„Ich liebe es, viele Leute zu sehen. Und du würdest es auch tun, wenn du so fixiert wärst wie ich. Ich habe noch nie eine richtige Menschenmenge gesehen. Wenn man ins Kino geht, herrscht manchmal Schwärmerei, nicht wahr? "

„Ja. Frauen fallen in Ohnmacht."

„Aber das sollte ich nicht. Ich hätte vor nicht allzu langer Zeit alles dafür gegeben, in einen dieser Schwärmereien verwickelt zu sein Mich?"

gehen normalerweise nicht in die Grube, wo sich die Schwärme tummeln. Stände oder Kleiderkreise wären eher in deinem Stil. Ich schlage vor, wir nehmen." Der Kleiderzirkel. Es würde Ihnen keinen Spaß machen, wenn Sie hineingehen, aber im Lyceum und einigen anderen Theatern kommt aus dem Parkett und dem Kleiderzirkel ein ziemlich überwältigender Schwarm heraus."

„Ja, das ist besser. Und ich werde mehr Kleidung kaufen. Oh! Ich werde erschreckend verschwenderisch sein. Wenn der arme alte Onkel wüsste, wofür er sein Geld ausgeben sollte –"

Ein kleines Kind, verfolgt von einem noch weniger, fiel vor ihnen flach hin und begann zu weinen. Adeline hob es auf, verlor ihren Sonnenschirm und küsste beide Kinder. Dann nahm sie ein Stück Pralinen aus ihrer Tasche und gab jedem Kind mehrere, und sie rannten weg, ohne sich zu bedanken.

"Habe eine?" Sie bot Richard die Tasche an. „Das ist ein weiterer Luxus, den ich mir gönnen werde – Schokolade. Nehmen Sie sich doch nur eine davon, um mir Gesellschaft zu leisten", appellierte sie. „Übrigens, was das Abendessen angeht. Ich habe das Abendessen für uns beide auf meinem Zimmer bestellt, aber das können wir verbessern. Ein paar Meilen entfernt habe ich ein hübsches kleines Dorf entdeckt, Angmering, alles alte Hütten und keine Abflüsse. Lasst uns fahren." dort in einer Victoria und Picknick in einer Hütte. Ich kenne den genauen Ort für uns. Es werden keine Leute da sein, die dich ärgern könnten.

„Aber du magst ‚Menschen‘, also reicht das überhaupt nicht.“

„Ich werde für diesen Tag auf ‚Menschen‘ verzichten.“

„Und was gibt es zum Abendessen?“

„Oh! Eier und Brot und Butter und Tee.“

„Tee zum Abendessen! Nicht sehr fest, oder?“

„Gierig! Wenn du so großen Appetit hast, iss noch ein paar Pralinen, sie werden dir den Appetit nehmen.“

Sie stand auf und deutete auf eine Victoria in der Ferne.

Er sah sie an, ohne aufzustehen, und ihre Augen begegneten einem Lächeln. Dann erhob sich auch er. Er dachte, er hätte sich noch nie so glücklich gefühlt. Für einen Moment drängte sich eine berauschende Vision zukünftiger Glückseligkeiten auf, die jedoch angesichts der Realität der Gegenwart verblasste.

Die Victoria hielt vor Adelines Gemächern an. Sie rief Lottie durch das offene Fenster, die herauskam und den Befehl erhielt, alleine oder mit der Wirtin zu speisen, wenn sie es vorzog.

„Lottie und Mrs. Bishop sind gute Freundinnen“, sagte Adeline. „Das dumme Mädchen würde lieber zu Hause bleiben, um Frau Bishop bei der Hausarbeit zu helfen, als mit mir an den Strand zu gehen.“

„Sie muss tatsächlich albern sein. Ich weiß, wofür ich mich entscheiden soll!“ Nachdem er sie gesagt hatte, schien es eine Bemerkung unaussprechlicher Ungeschicklichkeit zu sein, aber Adelines schwaches Lächeln verriet keine Unzufriedenheit. Er überlegte, dass er sich mehr gefreut hätte, wenn sie es völlig ignoriert hätte.

Die Kutsche fuhr sanft über die staubigen Straßen, mal unter Bäumen hindurch, mal an mit Mohn bewachsenen Feldern entlang, deren leuchtendes Scharlachrot fast bis zur Straße selbst reichte. Richard lehnte sich zurück, wie er es bei Männern im Park gesehen hatte , und berührte leicht die Schulter von Adeline. Sie redete ununterbrochen, wenn auch langsam, mit ihrer tiefen Stimme, und ihre Töne vermischten sich mit dem gemessenen Trab des geschwächten Pferdes und lullten Richard in eine sinnliche Ruhe ein. Er drehte sein Gesicht leicht zu ihrem und untersuchte mit verträumter Besonnenheit ihre Gesichtszüge – das Grübchen in ihrer Wange, das er noch nie zuvor bemerkt hatte, die Rundungen ihres Ohrs, ihre Zähne, ihr glattes schwarzes Haar, das Lichtspiel in ihren Augen ; dann wanderte sein Blick zu ihrem großen Filzhut, der betörend schräg auf dem kleinen Kopf saß, und dann blickte er eine Weile auf den gelbgrünen Rücken des unerschütterlichen Fahrers, der immer weiter fuhr, ohne zu ahnen, dass der Zauber hinter ihm lag .

Sie verzehrten die Eier, das Brot, die Butter und den Tee, die Adeline versprochen hatte; und sie füllten ihre Taschen mit Früchten. Das war Adelines Idee. Sie gab sich wie ein Kind dem Vergnügen hin. Wenn die Sonne nicht so anstrengend schien , spazierten sie durch das Dorf und setzten sich oft hin, um die malerische Schönheit zu bewundern. Die Zeit verging mit erstaunlicher Geschwindigkeit; Richards Zug fuhr fünfundzwanzig Minuten nach sieben, und als sie am Rande des kleinen Nebenflusses des Arun standen, schlug die Uhr eines Großvaters in einem benachbarten Cottage bereits fünf. Er war versucht, nichts über den Zug zu sagen, ihn stillschweigend verpassen zu lassen und am Montagmorgen mit dem ersten Zug nach oben zu fahren. Doch bald erkundigte sich Adeline nach seiner Rückkehr, und sie machten sich auf den Weg zurück nach Littlehampton . Die Kutsche war entlassen worden. Er erfand Vorwände für das Herumlungern, ließ sie auf Mauern sitzen, um Äpfel zu essen, versuchte, sich auf Nebenwegen zu verirren, protestierte, dass er das von ihr vorgegebene Tempo nicht mithalten könne; aber ohne Zweck. Sie kamen genau um Viertel nach sieben am Bahnhof an. Auf dem Bahnsteig war viel los, und sie schlenderten zum anderen Ende und blieben bei der Lokomotive stehen.

„Ich wünschte zum Himmel, der Zug würde nicht so früh abfahren", sagte er. „Ich bin mir sicher, dass mir die Seeluft sehr gut tun würde, wenn ich genug davon bekommen könnte. Was für ein wunderschöner Tag das war!" Er seufzte sentimental.

„Ich habe es noch nie so perfekt genossen", sagte sie mit Nachdruck. „Angenommen, wir bitten den Lokführer, ein paar Stunden still zu liegen?" Richards Lächeln war unaufmerksam.

„Du bist sicher, dass du nicht zu viel getan hast", sagte er mit plötzlicher Besorgnis und sah sie halb besorgt an.

„Ich! kein bisschen. Mir geht es wieder vollkommen gut." Ihre Augen fanden seine und hielten sie fest, und es schien ihm, als würden mystische Botschaften hin und her gehen .

„Wie lange denkst du daran zu bleiben?"

„Nicht lange. Es wird ziemlich langweilig, allein zu sein. Ich gehe davon aus, dass ich am Samstag zurückkomme."

„Ich dachte, ich würde am Samstag noch einmal übers Wochenende hinlaufen – und mir ein Wochenendticket holen", sagte er; „Aber natürlich, wenn-"

„Dann sollte ich noch ein paar Tage länger bleiben. Ich könnte es mir nicht erlauben, Ihnen die Seeluft vorzuenthalten, die Ihnen so gut tut. Bis zum nächsten Samstag habe ich vielleicht noch mehr schöne, vielleicht sogar hübschere Ausflugsziele entdeckt Angmering.... Aber du musst reinkommen.

Er hätte jetzt viel dafür gegeben, mit Bestimmtheit sagen zu können: „Ich habe es mir anders überlegt. Ich werde heute Nacht in einem Hotel übernachten und morgen den ersten Zug nehmen." Aber es erforderte mehr Entschlossenheit, als er besaß, und wenige Augenblicke später winkte er ihr vom Kutschenfenster aus zum Abschied zu.

Es befanden sich noch mehrere andere Personen im Abteil: eine schüchterne Verkäuferin und ihr Liebhaber mittleren Alters, offenbar Angestellte desselben Betriebes, sowie ein Handwerker mit seiner Frau und einem kleinen Kind. Richard beobachtete sie aufmerksam und empfand ein merkwürdiges, neues Vergnügen an all ihren ungeübten Gesten und an allem, was sie sagten. Vor allem aber behielt er den Liebhaber der Verkäuferin im Auge, der keinen Hehl daraus machte, dass er im siebten Himmel wohnte. Richard sympathisierte mit diesem Mann. Sein Blick fiel sanft und gütig auf ihn. Als der Zug eine Station nach der anderen passierte, fragte er sich, was Adeline jetzt und jetzt und jetzt tat.

Am folgenden Samstag trank er Tee mit Adeline in ihrer Unterkunft. Der Zug hatte Verspätung gehabt, und als sie für den Abendspaziergang bereit waren, ohne den kein Besucher am Meer den Tag als beendet bezeichnet, war es fast neun Uhr. Der Strand glich einer Kirmes oder einer Nordseeküste. Zauberer, Feuerschlucker und Minnesänger zogen jeweils ein Publikum an; Aber die Hauptattraktion waren ein Mann und eine Frau, die Masken trugen und gemeinhin als angesehene Persönlichkeiten galten, denen das Schicksal nicht gut ergangen war. Sie hatten ein Klavier in einem Eselskarren, und die Frau sang zur Begleitung des Mannes. Gerade als Richard und Adeline auftauchten, wurde die Aufführung von „The River of Years" angekündigt.

„Lass uns das anhören", sagte Adeline.

Sie standen am Rand der Menge. Die Frau hatte eine satte Altstimme und sang mit Gefühl, und ihre Zuhörer waren großzügig mit Applaus und Kupfermünzen.

„Ich frage mich, wer sie ist", murmelte Adeline mit einem Anflug von Melancholie, „Ich frage mich, wer sie ist. Ich liebe dieses Lied."

„Oh, wahrscheinlich ein kaputter Konzertsänger", sagte Richard knapp, „mit einem betrunkenen Ehemann."

„Aber sie hat wunderschön gesungen. Sie hat mich – wissen Sie – komisch gemacht … Ein schönes Gefühl, nicht wahr?" Sie sah zu ihm auf.

„Ja", sagte er und lächelte sie an.

„Du lachst."

„ In der Tat bin ich das nicht. Ich weiß ganz genau, was du meinst. Vielleicht hatte ich es gerade auch – ein bisschen. Aber das Lied ist ein bisschen billig."

„ *Ich* könnte es mir jeden Tag anhören und würde nie müde werden, zuzuhören. Glaubst du nicht, wenn ein Lied *irgendjemandem* dieses Gefühl gibt, muss es etwas Gutes darin haben?"

„ Natürlich ist es viel besser als die meisten; aber –"

„Aber nicht vergleichbar mit den klassischen Liedern, von denen du mir erzählt hast – das erste Mal, als ich dich sah, nicht wahr? Ja, Schubert: War das der Name? Ich will die bekommen, und du musst mir die besten zeigen, und Spielen Sie die Begleitungen, und dann werde ich selbst urteilen.

„Ich werde die Begleitungen fürchterlich durcheinander bringen; sie sind nicht gerade einfach, wissen Sie."

„Voller Vorzeichen, oder? Dann mag ich sie nicht . Solche Lieder mag ich nie."

„Aber du wirst; du musst."

"Muss ich?" sie flüsterte fast in Tönen sanfter, weiblicher Hingabe. Und nach einer oder zwei Sekunden: „Dann werde ich es versuchen, wenn es dich bei guter Laune hält."

Sie standen direkt am Meer. Sie schaute geradeaus in die immer dunkler werdende Ferne und drehte sich dann mit einem gespielt klagenden Gesichtsausdruck zu ihm um, und beide lachten.

„Wäre es nicht besser oben am Fluss", schlug er vor, „wo weniger Menschen sind?"

Etwas zu seiner Überraschung stimmte sie zu, dass es am Samstagabend sicherlich ziemlich laut und voll am Strand sei, und sie drehten dem Ufer den

Rücken zu. Der Mond war aufgegangen und schien von Zeit zu Zeit durch die Wolken. Ein paar Dutzend Meter gingen sie schweigend. Dann sagte Adeline:

„Unter der Woche ist es hier für eine arme alleinstehende Frau wie mich sehr langweilig. Ich werde am Montag nach Hause gehen."

„Aber denken Sie bei diesem Wetter an London."

„Ich denke daran. Ich denke an die Parks, die Restaurants und die Theater."

„Die guten Theater sind jetzt geschlossen."

„Nun ja, die Varietés. Ich war noch nie in einem, und wenn sie sehr unartig sind, dann gehe ich unbedingt hin. Außerdem sind dort viele Theater geöffnet. Ich habe alle Theateranzeigen im Theater gelesen „Telegraph", und da muss es jede Menge Dinge zu sehen geben. Du hältst sie vielleicht nicht für sehenswert, aber mir würde jedes Theater gefallen."

„Das glaube ich", sagte er. „Früher war ich so."

„Bisher hatte ich kein wirkliches Vergnügen – das, was ich Vergnügen nenne – und ich werde es einfach haben. Danach werde ich mich beruhigen."

„Hat dein Onkel dich nicht oft mitgenommen?"

„Ich würde sagen, dass er das nicht getan hat. Er hat mich einmal zu einem Konzert mitgenommen. Das war alles – in fast zwei Jahren. Ich glaube, es ist ihm nie in den Sinn gekommen, dass ich ein langweiliges Leben führe."

Sie machte eine Bewegung mit ihren Händen, als wolle sie all den tristen Alltag ihres Daseins in der Carteret Street hinter sich lassen.

„Sie können die verlorene Zeit bald wieder aufholen", sagte Richard fröhlich.

Seine Fantasie schwebte in der rosigen Zukunft und malte sich lebhaft die unbeschwerten, unkonventionellen, künstlerischen Fröhlichkeiten aus, in denen er und sie sich vereinen würden. Er sah, wie er und Adeline einander immer teurer wurden, wie sich ihr Geist wie eine Blume entfaltete und Tag für Tag neue Schönheiten offenbarte. Er sah, wie ihre Augen glitzerten, als sie seine trafen; spürte den sanften Druck ihrer Hand; hörte ihre Stimme vor Zärtlichkeit zittern, in Erwartung seines Bekenntnisses. Und dann kam seine eigene kühne Aussage: „Ich liebe dich, Adeline", und ihre warmen, willigen Lippen lagen auf seinen. Gott! Von solchen Seligpreisungen träumen!

Sie hatte ihren Schritt etwas beschleunigt. Bis auf diese beiden waren die Kais still und verlassen. Plötzlich hoben sich die Masten undeutlich in den Himmel, und sie näherten sich einem großen Schiff. Richard beugte sich über die Brüstung, um den Namen auf ihren Bögen zu entziffern. „Juliane“, buchstabierte er.

„Das ist norwegisch oder dänisch.“

Sie verweilten ein paar Augenblicke, beobachteten die Bewegungen undeutlicher Gestalten an Deck, lauschten dem musikalischen Geplapper einer unbekannten Sprache und atmeten die Atmosphäre der Romantik und des Abenteuers ein, die fremde Schiffe aus fremden Ländern mit sich führen; dann gingen sie weiter.

"Stille!" rief Adeline aus, blieb stehen und berührte Richards Arm.

Die Matrosen sangen irgendeine urige moderne Melodie.

"Was ist es?" sie fragte, wann sie einen Vers beendet hätten.

„Es muss ein norwegisches Volkslied sein. Es erinnert mich an Grieg.“

Eine weitere Strophe wurde gesungen. Es begann zu regnen, warme, sommerliche Tropfen.

„Du wirst nass sein“, sagte Richard.

"Egal."

Es folgte ein dritter Vers, und dann wurde eine neue Melodie begonnen. Es regnete schneller.

„Kommen Sie hier unter den Schutz der Mauer“, drängte Richard und ergriff schüchtern ihren Arm. „Ich glaube, ich sehe einen Torbogen.“

„Ja, ja“, murmelte sie mit süßer Zustimmung; und sie standen lange Zeit schweigend unter dem Torbogen, während die norwegischen Seeleute, ohne Rücksicht auf das Wetter, ein Lied nach dem anderen sangen.

Am nächsten Morgen hatte sich der Himmel wieder aufgeklärt, aber über dem ruhigen Meer lag Nebel. Sie gingen träge über den flachen Sand. Zuerst waren sie fast allein . Der Nebel vergrößerte die Entfernungen; Eine Gruppe kleiner Kinder, die 30 cm im Wasser paddelten, schien meilenweit entfernt zu sein. Langsam löste sich der Nebel durch die Sonne auf und der Strand füllte sich mit Besuchern in Sonntagskleidung. Am Nachmittag fuhren sie nach Angmering, da Adeline keinen besseren Aufenthaltsort gefunden hatte.

„Sie müssen heute Abend keinen Zug erreichen“, sagte sie; „Was für eine Erleichterung! Sollen Sie morgen sehr früh anfangen?“

„Ich bin nicht wählerisch“, antwortete er. "Warum?"

„Ich dachte, Lottie und ich würden mit demselben Zug nach oben fahren wie du, aber vielleicht möchtest du dich nicht um Frauen und ihr Gepäck kümmern.“

„Wenn Sie wirklich beabsichtigen, morgen zurückzukehren, werde ich Curpet ein Telegramm schicken , damit er mich erst nach dem Mittagessen erwartet, und wir werden zu einer angemessenen Zeit losfahren.“

Er ließ sie in ihrer Unterkunft zurück, als die Uhr elf schlug; Doch anstatt direkt zu seinem Hotel zu gehen, wandte er sich dem Fluss zu, um einen letzten Blick auf die „Juliane“ zu werfen. Seltsamerweise begann es zu regnen und er suchte Schutz unter dem Torbogen, wo er in der Nacht zuvor mit Adeline gestanden hatte. An Bord der „Juliane“ herrschte reges Treiben. Er vermutete, dass das Schiff im Begriff war, den Anker zu lichten und mit der Flut unterzugehen. Kurz nach Mitternacht verließ sie vorsichtig den Kai,· begleitet von heiseren Rufen und dem Rasseln von Ketten und Blöcken.

KAPITEL XX

Während der Fahrt in die Stadt redete Adeline nur von ihrer Absicht, alle Vergnügungen zu probieren, die London zu bieten hatte. Sie stellte unzählige Fragen mit der Beharrlichkeit eines neugierigen Kindes, während Lottie sich bescheiden hinter einer Ausgabe von „Tit Bits" versteckte, die für sie gekauft worden war.

„Jetzt werde ich die Namen der im ‚Telegraph' beworbenen Stücke vorlesen", sagte sie, „und Sie müssen mir sagen, wie jedes Stück aussieht und ob die Schauspieler gut und die Schauspielerinnen hübsch sind und solche Dinge." ."

Richard beteiligte sich voller Elan an der Unterhaltung. Er war in ausgelassener Stimmung und stellte fest, dass sie sich sehr gerne ablenken ließ. Als er einmal einen Fachbegriff benutzte, unterbrach sie ihn: „Denken Sie daran, ich war noch nie in einem Theater." Am Sonntag hatte sie dieselbe Bemerkung mehrmals gemacht. Es schien, als würde sie gerne auf diesem Punkt beharren.

Der Morgen war köstlich, voller Licht und Frische, und die trübe Landschaft, durch die der Zug mit voller Geschwindigkeit fuhr, bot einen sanften, aber pikanten Kontrast zu den städtischen Gaslichtthemen, über die sie diskutierten. Obwohl die Sonne so stark schien, ließ Adeline die Jalousien nicht herunter, aber manchmal nutzte sie die Zeitung als Schattenspender oder neigte den Kopf, damit die breite Krempe ihres Hutes zwischen ihre Augen und die Sonne kam. Nach einer Stunde ließ das Gespräch etwas nach. Als Richard von seinem Platz gegenüber mal Adeline und mal die Landschaft betrachtete, überkam ihn eine vollkommene Zufriedenheit. Er wünschte, die Entfernung nach London hätte sich verzehnfachen können, und freute sich über jede Verzögerung. Dann begann er den Sinn ihrer Fragen zu verkennen, und sie musste sie wiederholen. Er untersuchte sein Herz. "Ist das Liebe?" seine Gedanken liefen. „Liebe ich sie jetzt wirklich, – *jetzt* ?"

Als der Zug in New Cross hielt und Richard sagte, dass sie in ein paar Minuten an der London Bridge sein würden, fragte sie, wann er zur Carteret Street hinunterfahren würde.

„Jederzeit", sagte er.

"Morgen Nacht?"

Er hatte gehofft, sie würde es noch am selben Abend reparieren. „Wann fängt das Theater an?" fragte er.

Sie lachte vage: „Bald."

„Angenommen, ich buche Plätze für die Komödie?“

„Wir werden morgen Abend darüber reden.“

Es schien, dass ihr Wunsch nach Entspannung im Stadtleben plötzlich an Kraft verloren hatte.

Als er im Büro ankam, schrieb er sofort eine Nachricht an Herrn Clayton Vernon. Nach dem Testament von William Vernon kamen ihm etwa dreihundert Pfund zu, und er hatte vorgehabt, Herrn Clayton Vernon diese Summe für ihn anlegen zu lassen; In dem Brief wurde jedoch darum gebeten, einen Scheck über 25 £ per Post zurückzusenden. Später am Nachmittag ging er zu einem Schneider in Holborn und bestellte zwei Anzüge.

Er wurde unruhig und nachdenklich und versuchte vergeblich, seine Gefühle gegenüber Adeline zu analysieren . Er wünschte, er hätte selbst vorgeschlagen, sie an diesem Abend zu besuchen, anstatt ihr zu erlauben, den Dienstag zu nennen. Als er nach Hause kam, sah er sich den Brief an, den er vor vierzehn Tagen von ihr erhalten hatte, steckte ihn dann in einen sauberen Umschlag und steckte ihn sorgfältig in seine Schreibmappe. Er hatte das Gefühl, dass er alle ihre Briefe aufbewahren musste. Der Abend zog sich mit trostloser Langeweile in die Länge. Einmal ging er die Treppe hinunter, um ins Theater zu gehen, kam aber zurück, bevor er die Haustür aufgeschlossen hatte.

Mrs. Rowbotham servierte an diesem Abend sein Abendessen, und er begann, ihr von seinem Urlaub zu erzählen, wobei er mit gespielter *Naivität erwähnte* , dass er ihn in Gesellschaft einer jungen Dame verbracht hatte. Bald erzählte er die gesamte Geschichte seiner Bekanntschaft mit den Akeds . Sie lobte herzlich seine Freundlichkeit gegenüber Adeline.

„Meine Lily leistet Gesellschaft mit einem jungen Mann“, sagte sie nach einer Pause; „Er ist ein respektabler junger Kerl, ein Busschaffner. Heute ist sein freier Abend, und sie sind zum Promenadenkonzert gegangen. Mir gefiel es zunächst nicht, dass sie ging, aber Gott sei Dank, Sie müssen nachgeben.“ Junge Leute sind junge Leute, auf der ganzen Welt ... Aber ich muss wieder nach unten gehen. Ich muss heute Abend alles selbst machen. Ach! Wenn ein Mädchen sich verliebt, vergisst es ihre Mutter. Das ist natürlich, ich Nehmen wir an. Nun, Mr. Larch, ich hoffe, dass Sie bald an der Reihe sind. Damit verließ sie schnell den Raum und verpasste Richards hastige Erklärung.

„ Du bist also verlobt, Lily“, sagte er am nächsten Morgen zu dem Mädchen.

Lily errötete und nickte; und als er ihr in die Augen blickte, sehnte er sich zutiefst nach dem Abend.

KAPITEL XXI

Sie saßen am Fenster und unterhielten sich, bis der Tag zu schwinden begann und der Laternenanzünder die Straße hinaufgekommen war. Mehrere geschäftliche Angelegenheiten mussten besprochen werden: die Prüfung von Mr. Akeds Testament, die Miete des Hauses und die Eröffnung eines neuen Bankkontos. Richard, der inoffiziell als Rechtsberater fungierte, in der Art von Anwaltsgehilfen gegenüber seinen Freunden, holte aus seiner Tasche einige Papiere zur Unterschrift von Adeline. Sie nahm sofort einen Stift.

„Wo trage ich meinen Namen ein?"

„Aber Sie müssen sie zuerst lesen."

„Ich sollte sie kein bisschen verstehen", sagte sie; „Und was nützt es, einen Anwalt zu engagieren, wenn man sich die Mühe macht, alles zu lesen, was man unterschreibt?"

„Nun – seien Sie zufrieden. Morgen müssen Sie vor einem Kommissar einen Eid ablegen und schwören, dass bestimmte Dinge wahr sind; Sie werden gezwungen sein, die eidesstattlichen Erklärungen zu lesen."

„Das werde ich nicht! Ich werde es einfach schwören."

„Aber du musst einfach."

„ Das geht nicht . Wenn ich Schwindel schwöre, ist es deine Schuld."

„Angenommen, ich lese sie dir vor?"

„Ja, das wäre schöner; aber nicht jetzt, nach dem Abendessen."

Für einige Momente herrschte Stille. Sie stand auf und fuhr mit dem Finger in fantasievollen Kurven über die Fensterscheibe. Richard beobachtete sie mit einem Lächeln voller luxuriöser Zufriedenheit. Es schien ihm, dass alle ihre Bewegungen, jeder Tonfall ihrer Stimme, ihr kleinstes Wort die Authentizität und die innere Anmut natürlicher Phänomene besaßen. Wenn sie den Kopf drehte oder mit dem Fuß tippte, war die Geste richtig, sie hatte den Anstand, der aus völliger Selbstbewusstlosigkeit entspringt. Ihre bloße Existenz von einem Moment zum anderen schien auf mysteriöse Weise auf eine mögliche Lösung des Rätsels des Lebens hinzuweisen. Sie illustrierte die Natur. Sie war für ihn ein inniger Teil der Natur, der großen Natur, die sich vor den Städten verbirgt. Ihr Anblick bereitete ihm ein Vergnügen, das dem merkwürdigerweise ähnelte, das der Städter aus einer ländlichen Landschaft empfindet. Ihr Gesicht hatte wenig konventionelle Schönheit; Ihr Gespräch enthielt weder Hinweise auf intellektuelle Kräfte noch auf die Fähigkeit zu tiefen Gefühlen. Aber in ihrem Fall waren diese Dinge seiner Ansicht nach unnötig, wären sogar überflüssig gewesen. Sie *war es* und das genügte.

Vermischt mit der Freude, die ihm ihre Nähe bereitete, gab es untergeordnete, aber deutliche Empfindungen. Mit Ausnahme seiner Schwester Mary hatte er noch nie zuvor eine enge Vertrautheit mit einer Frau gehabt, und er stellte mit Hochgefühl fest , dass nun zum ersten Mal die Latenzzeiten des Männlichseins geweckt wurden. Seine Freundschaft – wenn es überhaupt nichts anderes war – mit diesem liebenswürdigen, unergründlichen Geschöpf schien etwas zu sein, auf das man sehr stolz sein konnte, auf das man sich insgeheim freuen und mit einem dunklen Lächeln darüber nachdenken konnte, während man die Straße entlangging oder im Bus saß. .. Und dann, mit einem Schock freudiger, halb ungläubiger Überraschung, stellte er fest, dass sie – sie – eine gewisse Anziehungskraft in ihm gefunden hatte.

Ihre Einsamkeit verlieh der Situation Schwung und Schärfe. Auf keiner Seite gab es Verwandte oder Freunde, die sich aufdrängen könnten oder an die man sich wenden sollte. Sie mussten nur an sich selbst denken. Niemand in London, mit Ausnahme von Lottie, wusste von ihrer Vertrautheit, dem Besuch in Littlehampton , ihren Plänen für einen Theaterbesuch und ihrem rührenden Vertrauen in ihn. Ah, dieses vertrauensvolle weibliche Vertrauen! Er las es häufig in ihrem Blick und es gab ihm das Gefühl schützender Besessenheit. Er war nicht näher herangekommen, als ihr die Hand zu schütteln, und doch, als er die schlanke Gestalt, die zarten Finger und die Haarbüschel betrachtete, die ihr über die Ohren fielen, schienen diese Dinge ihm zu gehören. Sicherlich hatte sie dieses wunderschöne Kleid für ihn angezogen; Sicherlich bewegte sie sich anmutig für ihn und sprach leise für ihn!

Er verließ seinen Stuhl, zündete leise die Kerzen am Klavier an und begann, einige Lieder vorzulesen.

"Was machst du?" fragte sie vom Fenster aus.

„Ich möchte, dass du singst.“

"Muss ich?"

„Sicherlich. Lassen Sie mich etwas finden, das sich leicht begleiten lässt.“

Sie kam auf ihn zu, nahm ein Lied, schlug es auf und forderte ihn auf, es anzusehen.

„Zu schwierig“, sagte er plötzlich. „Diese Arpeggios im Bass – ich könnte sie unmöglich spielen.“

Sie legte es gehorsam beiseite.

„Na, das?“

„Ja. Lasst uns das versuchen.“

Sie trat näher an ihn heran, um das Spiegelbild der Kerzen auf dem Papier zu übersehen, und verschränkte die Hände hinter dem Rücken. Sie räusperte sich. Er wusste, dass sie nervös war, aber er selbst hatte kein solches Gefühl.

"Bereit?" fragte er und sah sich um und blickte ihr ins Gesicht. Sie lächelte schüchtern, errötete und nickte dann.

„Nein“, rief sie in der nächsten Sekunde, als er mutig den ersten Akkord anschlug. „Ich glaube nicht, dass ich singen werde. Ich kann nicht.“

„Oh ja, das wirst du – ja, das wirst du.“

"Sehr gut." Sie hat resigniert.

Die ersten paar Töne zitterten, aber schnell fasste sie Mut. Das Lied war eine mittelmäßige Salonballade, und sie sang nicht besonders ausdrucksvoll, aber für Richards Ohr schwebte ihre schwache Altstimme über der Begleitung mit einer reichen, leidenschaftlichen Qualität voller intimer Bedeutungen. Als sein eigener Teil der Aufführung nicht allzu anspruchsvoll war, beobachtete er aus dem Augenwinkel das Heben und Senken ihrer Brust und dachte an Keats‘ Sonett; und dann zitterte er plötzlich vor Angst, dass all dieses Glück durch ein widriges Schicksal zusammenbrechen könnte.

„Ich nehme an, man nennt das ein schlechtes Lied“, sagte sie, als es fertig war.

"Ich mochte es sehr."

„Hast du? Ich mag es so sehr und freue mich, dass es dir gefällt. Sollen wir es noch einmal versuchen?“ Sie brachte diesen Vorschlag mit einer sanften Zurückhaltung vor, die Richard dazu brachte, sich vor ihr zu erniedrigen und zu fragen, was zum Teufel sie meinte, wenn sie ihn als eine Autorität ansah, als eine Person, deren Wille befragt werden musste und deren Humor Gesetz war .

Wieder verschränkte sie die Hände hinter dem Rücken, räusperte sich und begann zu singen ... Er hatte Einblicke in mystische, emotionale Tiefen in ihrem Geist, die er bisher nicht vermutet hatte.

Lottie kam mit einer Lampe herein.

„Möchten Sie Abendessen?" Sagte Adeline. „Lottie, lass uns sofort zu Abend essen."

Richard erinnerte sich, dass Adeline zu Mr. Akeds Lebzeiten die Gewohnheit gehabt hatte, in die Küche zu gehen und sich selbst um die Mahlzeiten zu kümmern; aber offensichtlich wurde diese Anordnung jetzt geändert. Sie löschte die Kerzen auf dem Klavier und setzte sich mit einer Frage über Schubert in den Sessel. Das Abendessen sollte ohne die Hilfe der Hausherrin serviert werden. Sie hatte Lottie trainiert, das war klar. Er sah sich um. Die Möbel waren unverändert, aber alles hatte eine ungewohnte Atmosphäre von Behaglichkeit und Ordentlichkeit, und Adelines wunderschönes Kleid schien kaum im Widerspruch zum Gesamtbild des Raumes zu stehen. Er vermutete, dass sie soziale Ambitionen hatte. Er hatte selbst soziale Ambitionen. Seiner Fantasie gefiel es, sich mit schöner Kleidung, schönen Möbeln, gutem Essen und guten Manieren zu beschäftigen. Dass seine eigenen Manieren unelegant geblieben waren, lag daran, dass der unermüdliche Einsatz und die Wachsamkeit, die eine Verbesserung ihrer ursprünglichen Grobheit erfordert hätte, über seine Hartnäckigkeit hinausgingen.

Das Abendessen wurde ordentlich auf ein sehr weißes Tischtuch gedeckt und Stühle aufgestellt. Lottie stand einige Augenblicke im Hintergrund; Adeline rief sie wegen einer geringfügigen Dienstleistung an und entließ sie dann.

„Möchten Sie nicht etwas Whisky? Ich weiß, dass Männer nachts immer Whisky mögen."

Sie berührte eine Glocke auf dem Tisch.

„Der Whisky, Lottie – du hast ihn vergessen."

Verhalten fast beeindruckt . Wo hätte sie es lernen können? Er fühlte sich einem Trottel nicht unähnlich und war insgeheim entschlossen, dem Verhaltensstandard gerecht zu werden, den sie gesetzt hatte.

„Du darfst rauchen", sagte sie, als Lottie nach dem Abendessen den Tisch abgeräumt hatte; „Mir gefällt es. Hier sind ein paar Zigaretten – ‚Three Castles' – reichen die?" Lachend holte sie eine Kiste aus der Anrichte und reichte sie ihm. Er ging zum Sofa und sie stand da, einen Ellbogen auf dem Kaminsims.

„Über den Theaterbesuch –", begann sie.

„Darf ich Sie mitnehmen? Lass uns in die Komödie gehen."

„Und Sie werden Sitzplätze reservieren, der Dress Circle?"

„Ja. Welche Nacht?"

„Sagen wir Freitag… Und jetzt dürfen Sie mir diese Dokumente vorlesen.“

Als dieses Geschäft abgeschlossen war, hatte Richard irgendwie das Gefühl, dass er gehen musste, und begann, sich zu verabschieden. Adeline stand aufrecht und ihm gegenüber vor dem Kaminsims.

„Das nächste Mal, wenn du kommst, wirst du diese Schubert-Lieder mitbringen, nicht wahr?“

Dann klingelte sie, schüttelte ihr die Hand und setzte sich. Er ging aus; Lottie wartete mit Hut und Stock im Flur.

KAPITEL XXII

Sieben oder acht Wochen vergingen.

Während dieser Zeit verbrachte Richard viele Abende mit Adeline, im Theater, bei Konzerten und in der Carteret Street. Als sie in die Stadt fuhren, holte er sie in einer Kutsche ab. Normalerweise ließ sie ihn ein paar Minuten warten. Er saß im Wohnzimmer und lauschte dem Rasseln des Geschirrs und dem gelegentlichen Stampfen eines Hufs draußen. Endlich hörte er ihren leichten Schritt auf der Treppe, und sie betrat stolz lächelnd das Zimmer. Sie war wunderbar gut gekleidet, von modischer Schlichtheit und präziser Verarbeitung, und sie gab ihm ihren Fächer zum Halten, während sie ihre langen Handschuhe zuknöpfte. Wo sie ihre Kleider bestellte , hatte er nie die geringste Ahnung. Sie folgten einander in schneller Folge und jedes schien schöner als das andere. Alle hatten einen nüchternen Teint; Die Oberteile waren V-förmig und eher tief ausgeschnitten.

Lottie legte ihrer Herrin vorsichtig ein weißes Tuch über den Kopf, und dann ging es los. In der Kutsche gab es nur wenige Gespräche, und zwar von belanglosem Charakter. Vergeblich versuchte er, sie zu Gesprächen zu verleiten. Er erwähnte Bücher, die er gelesen hatte; sie zeigte nur oberflächliches Interesse. Er erklärte, warum seiner Meinung nach ein bestimmtes Stück gut und ein anderes schlecht war; Im Allgemeinen bevorzugte sie das falsche oder behauptete zumindest, dass ihr alle Stücke gefielen und sie daher keine Vergleiche anstellen würde. Manchmal diskutierte sie kurz über das Verhalten bestimmter Charaktere in einem Stück, aber er war selten wirklich einer Meinung mit ihr, obwohl er ihr in der Regel mündlich zustimmte. In der Musik hatte sie etwas weniger Verständnis für seine Ideale. Sie hatten mehrere seiner klassischen Lieblingslieder ausprobiert , und er hatte in ihrem Gesicht, während sie zuhörte oder die Luft summte, ein Leuchten gesehen, das seiner eigenen Begeisterung entsprach. Sie hatte gesagt, dass sie eines davon lernen würde, aber das Versprechen war nicht eingehalten worden, obwohl er sie mehrmals daran erinnert hatte.

Diese Kummer waren jedoch nur winzige Wellen auf der glatten Oberfläche seines Glücks. Sie alle zusammen waren nichts im Vergleich zu den Empfindungen, die er empfand, als er ihr im vollen Glanz einer Theaterfassade aus dem Taxi half. Ausnahmslos zahlte er dem Fahrer zu viel und reichte ihm mit einer unaufmerksamen Geste das Silber, während Adeline auf der Treppe wartete – köstliches Essen für die Augen von Herumlungerern und Passanten. Er bot seinen Arm an, und sie gingen durch den Vorraum in den Zuschauerraum. Mit welch schlichtem Vergnügen ließ sie es sich auf ihrem Platz bequem, atmete die Atmosphäre von Luxus und

Pracht ein, als wäre es Ozon gewesen, lächelte Richard strahlend an und musterte dann eifrig die Insassen der Logen durch ein kleines, silberbeschlagenes Glas! Die Ereignisse auf der Bühne berührten sie nie, und egal, ob es sich um eine Tragödie oder eine Burleske handelte, sie wandte sich am Ende jedes Akts mit demselben glücklichen, zufriedenen Lächeln an Richard und begann gewöhnlich, Bemerkungen zu machen auf die Männer und Frauen um sie herum. Es war das Schauspielhaus und nicht das Theaterstück, das sie wirklich liebte.

Nachdem der Vorhang gefallen war, verweilten sie, bis der Großteil des Publikums gegangen war. Manchmal aßen sie in einem Restaurant zu Abend. „Ich bin dran", sagte sie ab und zu, wenn der unterwürfige Kellner die Rechnung vorlegte, und gab Richard ihre Handtasche. Der Form halber beharrte er zunächst auf seinem Zahlungsanspruch, doch sie wollte nicht darauf hören. Er fragte sich, woher sie den hübschen Trick hatte, ihre Handtasche auszuhändigen, anstatt die Münzen wegzulegen, und er führte ihn auf ein Theaterstück zurück, das sie im Varieté-Theater gesehen hatten. Dabei tat sie es mit einer solchen Selbstverständlichkeit, dass es schien, als wäre es nicht kopiert worden. Der Geldbeutel war klein und enthielt immer mehrere Pfund Gold und etwas Silber. Nachdem er die Rechnung bezahlt hatte, gab er sie ihr mit einer Verbeugung zurück.

Dann folgte die lange, rasante Heimfahrt durch endlose, von Laternen gesäumte Straßen, die jetzt nur noch von Kutschen und Privatkutschen bevölkert waren, vorbei an all der unverschämten und grellen Pracht der Piccadilly-Clubs, in deren unverhüllte Fenster Adeline eifrig blickte; vorbei am geheimnisvollen, nächtlichen Park; vorbei an den düsteren, feierlichen Plätzen und Halbmonden von Kensington und Chelsea und so in die gemeinere Umgebung von Fulham. Während dieser Mitternachtsfahrten fühlte sich Richard mehr als jemals zuvor als wahrer Bewohner der Stadt der Freuden. Adeline, errötet vom Vergnügen des Abends, erzählte mit ihrer tiefen, gleichmäßigen Stimme, die sie nie erhob, von vielen Dingen. Richard antwortete kurz; Eine gelegentliche Antwort war alles, was sie zu erwarten schien.

Als sie aus dem Taxi stieg, sagte sie sofort gute Nacht und betrat allein das Haus, während Richard den Fahrer zurück zur Raphael Street dirigierte. Als er so einsam zurückkehrte, versuchte er zu definieren, was sie für ihn und er für sie war. Wenn er tatsächlich in ihrer Gegenwart war, wagte er oft die Frage: „Bin ich glücklich? Ist das Vergnügen?" Doch sobald er sie verlassen hatte, verschwanden seine Zweifel und er begann, sich nach ihrem nächsten Treffen zu sehnen. Kleine Sätze von ihr, unwichtige Gesten kamen ihm lebhaft ins Gedächtnis; Er dachte, was für ein Instinkt und Charme sie besaßen. Und doch war er wirklich, wirklich verliebt? War sie verliebt? Hatten die Gefühle seit jener Nacht in der Carteret Street nach dem Urlaub in Littlehampton zugenommen ? Er hatte den unbehaglichen Verdacht, dass ihre Herzen in dieser Nacht einander näher gekommen waren als je zuvor.

Er versuchte, sich auf den Moment zu freuen, in dem er sie einladen würde, seine Frau zu sein. Aber nahte dieser Moment? Im Hinterkopf hatte er die Befürchtung, dass dies nicht der Fall war. Sie befriedigte einen Teil seiner Natur. Sie war der wahre Geist der Gnade; sie war voller Souveränität und feinem Taktgefühl; sie hatte Geld. Darüber hinaus wirkten ihr ständiges Vertrauen in ihn, ihre anschmiegsame Weiblichkeit und der liebkosende, humorvolle Ton, den ihre Stimme annehmen konnte, stark auf ihn. Er ahnte düster, dass er in ihren Händen wie Lehm war; dass die ganze Zukunft, sogar die Zukunft seines eigenen Herzens, vollständig von ihr abhing. Wenn sie wollte, könnte sie seine Göttin sein ... Und doch hatte sie starke Einschränkungen ...

War sie noch einmal verliebt?

Morgens aufwachte, fragte er sich, wie lange sein gegenwärtiges Glück noch anhalten würde und wohin es ihn führen würde. Ein Gesprächsfetzen, den er mit Adeline geführt hatte, kam ihm immer wieder in den Sinn. Er hatte sie einmal, als sie sich über Langeweile beklagt hatte, gefragt, warum sie einige ihrer Nachbarn nicht kennengelernt habe .

Nachbarn sind mir egal ", antwortete sie knapp.

„Aber man kann nicht sein Leben lang ohne Bekanntschaften leben."

„Nein, nicht mein ganzes Leben lang", sagte sie mit deutlichem Nachdruck.

KAPITEL XXIII

Sie waren in der Nationalgalerie gewesen; es war Samstagnachmittag. Adeline sagte, dass sie nach Hause gehen würde; aber Richard überredete sie, nicht ohne ein wenig Mühe, zuerst in der Stadt zu Abend zu essen; Er erwähnte ein französisches Restaurant in Soho.

Als sie die Charing Cross Road hinaufgingen, machte er auf den Crabtree aufmerksam und verwies darauf, dass er ihn früher regelmäßig besucht hatte. Sie blieb stehen, um die weiß-goldene Fassade zu betrachten. In Emailbuchstaben an den Fenstern stand: „Table d'hôte, 6 bis 9, 1/6."

„Ist es ein guter Ort?" Sie fragte.

„Das Beste in London – dieser Art."

„Dann lasst uns dort essen, ich wollte schon oft ein vegetarisches Restaurant ausprobieren."

Richard protestierte, dass es ihr nicht gefallen würde.

„Woher weißt du das? Wenn du schon so oft dort warst, warum sollte ich dann nicht einmal hingehen?" Sie lächelte ihn an und drehte sich um, um die Straße zu überqueren. er hielt sich zurück.

„Aber ich habe mich nur für die Sparsamkeit entschieden."

„Dann werden wir heute nur noch auf Sparsamkeit setzen."

Er zeigte ihr die Attraktionen des französischen Restaurants in Soho vor, aber ohne Erfolg. Er wollte den Crabtree nur ungern besuchen. Höchstwahrscheinlich würde Miss Roberts drinnen Dienst haben, und er verspürte eine unergründliche Abneigung, sich von ihr und Adeline sehen zu lassen ... Endlich traten sie ein. Als Richard durch die Glastüren blickte, die in den großen Speisesaal mit niedriger Decke im ersten Stock führten, sah er, dass dieser fast leer war und dass die Kasse, an der Miss Roberts zu sitzen pflegte, im Moment unbesetzt war . Er ging ziemlich eilig voran und wählte Orte in einer entfernten Ecke aus. Obwohl es kaum zu dämmern begann, waren die elektrischen Tischlampen eingeschaltet, und ihre roten Lampenschirme bildeten schimmernde, strahlende Inseln im Raum.

Richard behielt die Kasse heimlich im Auge; Plötzlich sah er, wie Miss Roberts dahinter Platz nahm, und richtete seinen Blick auf eine andere Seite. Er war in Gedanken versunken und beantwortete wahllos Adelines amüsierte Fragen nach dem Essen. Zwischen der Suppe und dem Hauptgericht mussten sie warten; und Adeline, da Richard schweigsam war, rückte ihren Stuhl um, um sich im Zimmer umzusehen. Ihr wandernder Blick blieb an der Kasse stehen, verließ sie und kehrte dorthin zurück. Dann erschien ein verächtliches Lächeln, wenn auch kaum wahrnehmbar, auf ihrem Gesicht; aber sie sagte nichts. Richard sah, wie sie mehrmals neugierig zur Kasse blickte, und er wusste auch, dass Miss Roberts sie entdeckt hatte. Vergebens versicherte er sich, dass Miss Roberts sich nicht um seine Angelegenheiten kümmerte; er konnte ein Gefühl der Unruhe und des Unbehagens nicht unterdrücken. Einmal kam es ihm vor, als ob sich die Blicke der beiden Mädchen trafen und sich beide plötzlich abwandten.

Als das Abendessen vorbei war und sie den Kaffee tranken, für den das Crabtree berühmt ist, sagte Adeline plötzlich:

„Ich kenne hier jemanden.“

"Oh!" sagte Richard mit gespielter Lässigkeit. "WHO?"

„Das Mädchen an der Kasse – Roberts heißt sie.“

„Wo hast du sie getroffen?“ er erkundigte sich.

Adeline lachte feindselig. Er war erschrocken, fast schockiert über die harte Miene, die ihr Gesicht veränderte.

„Du erinnerst dich an eine Nacht, kurz bevor Onkel starb“, begann sie, beugte sich zu ihm und redete sehr leise. „Während du und ich im Wohnzimmer waren, hat jemand angerufen, um zu fragen, wie es ihm geht. Das war Laura Roberts. Sie kannte ihren Onkel – sie wohnt in unserer Straße. Er hat mit ihr geschlafen – sie mochte ihn nicht , aber er hatte Geld und sie ermutigte ihn. Ich weiß nicht, wie weit es ging – ich glaube, ich habe es aufgehalten. Oh! Männer sind die seltsamsten Geschöpfe. Stellen Sie sich vor, sie ist nicht älter als ich und Onkel war über fünfzig!“

„Älter als du, bestimmt!“ Richard warf ein.

„Na ja, nicht viel. Sie wusste, dass ich sie nicht ertragen konnte, und sie hat an diesem Abend nur angerufen, um mich zu ärgern.“

"Wie kommst du darauf?"

„Denken Sie nach! Ich weiß es... Aber Sie müssen von der Affäre gehört haben. Hat man in Ihrem Büro nicht darüber gesprochen?“

„Ich glaube, es wurde einmal erwähnt“, sagte er hastig.

Sie lehnte sich mit demselben harten Lächeln in ihrem Stuhl zurück. Richard war sich sicher, dass Miss Roberts vermutet hatte, dass sie über sich selbst sprachen, und dass ihr Blick auf sie gerichtet war, aber er wagte nicht, nach einer Bestätigung aufzublicken; Adeline blickte sich kühn um. Sie waren gegensätzlich, diese beiden Frauen, und Richard konnte, so er wollte, eine gewisse Sympathie für Miss Roberts nicht unterdrücken. Wenn sie Mr. Akeds Annäherungsversuche unterstützt hätte , was wäre dann damit? Es war keine

Todsünde, und er konnte sich den Grund für Adelines tiefe Verachtung für sie nicht vorstellen. Er sah, wie sich zwischen ihm und Adeline eine kleine Kluft vergrößerte.

„Was für unglaublich rote Haare dieses Mädchen hat!" sagte sie später.

„Ja, aber sieht es nicht gut aus!"

„Ja", stimmte Adeline herablassend zu.

Als er auf dem Weg nach draußen die Rechnung bezahlte, begrüßte ihn Miss Roberts mit einer Kopfneigung. Er sah ihr fest in die Augen und versuchte, nicht zu erröten. Als sie die Rechnung mit einem Bleistift prüfte, bemerkte er ihr Gesicht. Freundlichkeit, Offenheit und Ehrlichkeit waren in seiner attraktiven Schlichtheit deutlich zu erkennen. Er glaubte nicht, dass sie sich schuldig gemacht hatte, Mr. Aked um seines Geldes willen hinterhergerannt zu sein. Die von Jenkins erzählten Geschichten waren zweifellos genial übertrieben; und was Adeline betrifft, Adeline hat sich geirrt.

„Guten Abend", sagte Miss Roberts schlicht, als sie hinausgingen. Er hob seinen Hut.

„Dann kennst du sie doch!" rief Adeline auf der Straße.

„Nun", antwortete er, „ich gehe hin und wieder seit ein oder zwei Jahren dorthin, und man lernt die Mädchen kennen." Sein Ton war ziemlich gereizt. Mit einem schnellen, gewinnenden Lächeln wechselte sie das Thema und er verdächtigte sie, listig zu sein.

KAPITEL XXIV

„Ich gehe nach Amerika", sagte sie.

Sie saßen im Wohnzimmer in der Carteret Street . Richard hatte sie seit dem Abendessen im vegetarischen Restaurant nicht mehr gesehen und dies waren fast die ersten Worte, die sie an ihn richtete. Ihre Stimme war so ruhig wie immer; aber er erkannte, oder glaubte zu erkennen, in ihrem Verhalten das Bewusstsein, dass sie ihm gegenüber schuldig war, dass sie ihn zumindest nicht gerecht behandelte.

Der Schlag war wie der einer Kugel: Er spürte ihn nicht sofort.

"Wirklich?" fragte er törichterweise und dann, obwohl er wusste, dass sie niemals zurückkehren würde: „Wie lange gehst du und wie bald?"

„Sehr bald, weil ich Dinge immer in Eile erledige. Ich weiß nicht, wie lange. Es ist unbegrenzt. Ich habe einen Brief von meinen Onkeln in San Francisco erhalten, und sie sagen, ich müsse mich ihnen anschließen; das können sie nicht . " ohne mich. Sie verdienen jetzt viel Geld, und keiner von ihnen ist verheiratet... Also muss ich wohl wie ein braves Mädchen gehorchen. Wie Sie sehen, habe ich hier keine Verwandten außer Tante Grace.

„Ihr viele kommt nie wieder nach England zurück?"

(Hat sie gefärbt oder war es Richards Fantasie?)

„Nun, ich gehe davon aus, dass ich manchmal Europa besuche. Es würde nicht genügen, England ganz aufzugeben. Es gibt so viele schöne Dinge in England – insbesondere in London ..."

Einmal, im späten Kindesalter, hatte er an einer Prüfung teilgenommen, von der er überzeugt war, dass sie sie bestehen würde. Als die Ankündigung kam, dass er versagt hatte, konnte er es nicht glauben, obwohl er die ganze Zeit wusste, dass es wahr war. Seine Gedanken liefen eintönig: „Da muss ein Fehler vorliegen; da muss ein Fehler vorliegen!" und wie ein kleines Kind in der Nacht schloss er entschlossen die Augen, um die Dunkelheit der Zukunft fernzuhalten. Die gleiche Kindlichkeit kennzeichnete ihn jetzt. Unter der Annahme, dass Adeline ihre Absicht erfüllte, versprach seine Existenz in London tragisch freudlos zu werden. Aber das bereitete ihm keine unmittelbaren Sorgen, denn er weigerte sich, über die Möglichkeit einer Trennung ihrer Intimität nachzudenken. Er hatte tatsächlich aufgehört zu denken; Irgendwo im Hinterkopf lauerten seine Gedanken auf ihn. Die nächsten zwei Stunden (bis er das Haus verließ) lebte er sozusagen mechanisch und nicht freiwillig, sondern ernährte sich lediglich von einem zuvor erworbenen Schwung.

Er saß vor ihr und hörte zu. Sie begann von ihren Onkeln Mark und Luke zu sprechen. Sie beschrieb sie ausführlich, erzählte Geschichten aus ihrer Kindheit und erzählte sogar von den gemeinsamen Ereignissen ihres täglichen Lebens mit ihnen. Sie betonte ihre Herzensgüte und ihre Zuneigung zu sich selbst; und dabei schien sie sie ein wenig zu bevormunden , als wäre sie es gewohnt, sie als ihre Sklaven zu betrachten.

„Sie sind ziemlich altmodisch", sagte sie, „es sei denn, sie haben sich verändert. Seitdem ich von ihnen gehört habe, habe ich mich gefragt, was sie davon halten würden, wenn ich mit Ihnen ins Theater und so weiter gehe."

„Was sollen sie denken?" Richard unterbrach ihn. „Daran ist überhaupt nichts dran. London ist keine Provinzstadt, nicht einmal eine amerikanische Stadt."

„Ich werde ihnen alles über dich erzählen", fuhr sie fort, „und wie nett du zu mir warst, als ich dich kaum kannte. Du hättest nicht freundlicher sein können, wenn du meine einzige Cousine gewesen wärest."

„Sag ‚Bruder'", lachte er verlegen.

„Nein, wirklich, ich meine es ganz ernst. Ich habe mich nie richtig bei Ihnen bedankt. Vielleicht schien es mir, als wäre das alles eine Selbstverständlichkeit."

Er wünschte zum Himmel, sie würde aufhören.

„Ich bin angewidert, dass du gehst", grummelte er und verschränkte die Hände hinter dem Kopf, „ekelhaft."

„In vielerlei Hinsicht tut es mir auch leid. Aber glauben Sie nicht, dass ich das Richtige tue?"

„Wie soll ich das sagen?" er kam schnell zurück. „Ich weiß nur, dass ich, wenn du gehst , ganz allein mit meinem kleinen Ich zurückbleiben werde. Du musst manchmal an mich in meiner einsamen Dachkammer denken." Sein Ton war leicht und skurril, aber sie wollte seinem Beispiel nicht folgen.

„Ich werde oft an dich denken", sagte sie nachdenklich und musterte aufmerksam die Spitze ihres Schuhs.

Es schien ihm, als wollte sie etwas Ernstes sagen, sich ihm gegenüber rechtfertigen, konnte aber nicht den Mut aufbringen, die Worte zu formulieren.

Als er das Haus verließ, schossen ihm seine Gedanken durch den Kopf. Es war eine kühle Nacht; Er schlug den Kragen seines Mantels hoch, steckte die Hände tief in die Taschen und begann hastig und rücksichtslos zu gehen, während er mit neugieriger Überlegung seine Gefühle untersuchte. Erstens war er unsagbar verärgert. „Genervt" – das war das richtige Wort. Er konnte nicht sagen, dass er sie sehr liebte oder dass die Aussicht bestand, dass er sie sehr lieben würde, aber sie war zu einem entzückenden Faktor in seinem Leben geworden, und er hatte sich daran gewöhnt, in der Gesellschaft auf sie zu zählen. Hätte er sie nicht rechtzeitig bitten können, ihn zu heiraten? Hätte sie möglicherweise nicht zugestimmt? In mancher Hinsicht hatte sie ihn enttäuscht; Zweifellos hatte ihre geistige Enge das Wachstum einer Leidenschaft gehemmt, die er in sich selbst eifrig gehegt und gepflegt hatte. Dennoch übten ihre weibliche Anmut und ihre weibliche Vertrauenswürdigkeit immer noch einen starken und zarten Charme aus. Sie war eine Frau und er war ein Mann, und jeder war der einzige Freund des anderen; und jetzt ging sie weg. Allein die Tatsache, dass sie eine Zukunft bei ihren Onkeln in Amerika attraktiver fand als das Leben, das sie damals führte, verletzte seine Selbstliebe auf grausame Weise. Er bedeutete ihr schließlich nichts; er hatte keinen Eindruck hinterlassen; sie konnte ihn ohne Reue aufgeben! In diesem Moment schien sie ihm überlegen zu sein. Er war der arme Erdenmensch; Sie, das geflügelte Geschöpf, das mal hier, mal dort in Freiheit schwebte, ihre Gunst leichtfertig gewährte und sie ebenso leichtfertig zurückzog.

Eines wurde klar: Er war ein Pechvogel.

Er dachte in Gedanken an die Menschen, die nach ihrem Weggang in London für ihn bleiben würden. Jenkins, Miss Roberts – Bah! wie erschreckend alltäglich waren sie! *Sie* wurde ausgezeichnet. Sie hatte eine Ausstrahlung, ein *gewisses Etwas* , das er noch nie zuvor bei einer Frau beobachtet hatte . Er erinnerte sich an ihre Roben, ihre Gesten, ihre Redewendungen – all die instinktiven Berührungen, mit denen sie ihre Überlegenheit bewies.

Ihm kam der fantasievolle Gedanke, dass es einen Zusammenhang zwischen ihrem scheinbar plötzlichen Entschluss, England zu verlassen, und ihrem Besuch im Crabtree und der Begegnung mit Miss Roberts gab. Er versuchte, in diesem Vorfall eine Vorahnung des Unglücks zu sehen. Was für eine krankhafte Dummheit!

Abend schlafen ging, beschloss er, dass er bei ihrem nächsten Treffen das Gespräch zu einer offenen Diskussion über ihre Beziehungen führen und „die Sache mit ihr austragen" würde. Doch als er zwei Tage später in der Carteret Street vorsprach, stellte er fest, dass es ihm völlig unmöglich war, so etwas zu tun. Sie war unbeschwert und fröhlich und freute sich offenbar mit

Freude auf die Veränderung im Leben. Sie nannte den Tag der Abreise und erwähnte, dass sie vereinbart hatte, Lottie mitzunehmen. Sie konsultierte ihn wegen eines bereits erzielten Kompromisses mit ihrem Vermieter hinsichtlich der Restlaufzeit des Mietverhältnisses und sagte, sie habe die Möbel in ihrem jetzigen Zustand für einen sehr geringen Betrag an einen Händler verkauft. Der Gedanke, dass sie ihm keine Gelegenheit gegeben hatte, ihr bei den hundert kleinen Geschäftsangelegenheiten, die ein Hemisphärenwechsel mit sich brachte, aktiv zu helfen, tat ihm weh. Was war aus ihrem weiblichen Vertrauen in ihn geworden?

Er hatte das Gefühl, als würde sich ein Gegenstand schnell nähern, um mit ihm zusammenzustoßen und ihn zu zerquetschen, und er war nicht in der Lage, dies zu verhindern.

Drei Tage, zwei Tage, noch ein Tag!

KAPITEL XXV

Der Sonderzug nach Southampton, der am Hauptbahnsteig in Waterloo stand, schien sich mit fast animalischer Passivität mit dem Ansturm der Menge gut gekleideter Männer und Frauen abgefunden zu haben, die ihn bestiegen. Vom Motor stieg eine dünne Dampfsäule träge zum kantigen Dach auf, wo ein paar Spatzen mit plötzlichen Sturzflügen und kurzen Flügen flatterten. Der Lokführer lehnte an der Seite des Führerhauses und strich sich über den Bart. Der Heizer schnitt Kohle auf dem Tender. Diese beiden kannten das Spektakel auswendig: die verstreuten Stapel von Dampfkoffern, zwischen denen Passagiere ohne erkennbaren Gegenstand hin und her eilten; das ständige sinnlose Öffnen und Schließen von Wagentüren; die ehrerbietigen Gesten des glitzernden Wächters, als er den Damen zuhörte, deren Lakaien respektvoll hinter ihnen standen; die schnellen Bewegungen des Buchhändlers, der Zeitungen verkaufte, und der meditative Blick des Buchstandmanagers, als er mit der Hand über das Regal mit neuen Romanen strich und einen Band auswählte, den er dem Kunden im Pelzmantel durchaus empfehlen konnte; die langen Gespräche zwischen Ehemännern und Ehefrauen, Söhnen und Müttern, Töchtern und Vätern, Vätern und Söhnen, Liebenden und Liebhabern, manchmal unterbrochen durch das Flattern eines Taschentuchs oder das Auflegen einer Hand auf eine Schulter; die unverhohlene Aufregung der meisten und die sorgfältig durchdachte Ruhe einiger weniger; die Grimassen der Träger, wenn sich Passagiere abgewendet hatten; die langsame Aufnahme des gesamten Gepäcks und fast aller Menschen durch *ihren Zug;* das Kriechen der Uhr zur vollen Stunde; die Küsse; die Tränen; das Absenken des Signals – für sie war es nicht mehr als eine gewöhnliche Straßenszene.

Nachdem Richard sich vom Büro freigestellt hatte, kam er um Viertel vor zwölf an. Er spähte von oben bis unten. Konnte es sein, dass sie wirklich ging? Er hatte sich noch nicht einmal an den Gedanken gewöhnt, und manchmal sagte er sich immer noch: „Das ist nicht wirklich wahr, da muss ein Irrtum vorliegen." Der Moment der Trennung, der nun nahe war, warf ihm vor, er habe sich heimlich genähert und ihn überrascht. Er war sich keiner großen Emotion bewusst, wie ihn sein ästhetisches Fitnessgefühl hätte erwarten lassen – nichts als eine dumpfe Freudlosigkeit, die tristen, negativen Empfindungen eines Sträflings, der eine jahrelange Haftstrafe vorhersah.

Dort stand sie am Bücherstand und unterhielt sich lebhaft mit dem Verkäufer, während andere Kunden warteten. Lottie war neben ihr und hielt eine Tasche. Die Nacht zuvor hatten sie im Morley's Hotel geschlafen.

„Alles ist in Ordnung, hoffe ich?" sagte er, musterte sie aufmerksam und fühlte sich äußerst sentimental.

„Ja, danke... Lottie, du musst gehen und auf unsere Plätze aufpassen... Nun ja", fuhr sie forsch fort, als sie allein gelassen wurden, „ich gehe tatsächlich. Irgendwie kommt es mir so vor." kann nicht wahr sein.

„Ja, genau so geht es mir schon seit Tagen!" antwortete er, ließ seine Stimme erlahmen und verfiel dann in Schweigen. Er brachte sich eifrig in eine Stimmung resignierter Melancholie. Mit Seitenblicken, während sie leise den Bahnsteig hinuntergingen, musterte er ihr Gesicht, kam zu dem Schluss, dass es göttlich war, und verweilte liebevoll bei dem Gedanken: „Ich werde es nie wieder sehen."

„Ein langweiliger Tag für dich!" murmelte er in einem Tonfall sanfter Besorgnis.

„Ja, und wissen Sie, ein Herr im Hotel sagte mir, wir müssten mit Sicherheit schlechtes Wetter haben, und das machte mir so schreckliche Angst, dass ich fast beschlossen hätte, in England zu bleiben." Sie lachte.

„Ah, wenn du würdest!" er hätte fast Lust auszurufen, doch in diesem Moment wurde ihm seine Affektiertheit bewusst und er trat darauf herum. Das Gespräch ging natürlich zum Thema Seekrankheit und den kleinen Freuden und Gefahren der Reise über. Seltsame Themen für einen Mann und eine Frau, die kurz vor der Trennung stehen, wahrscheinlich für immer ! Und doch fiel Richard seinerseits nichts Dringenderes ein.

„Ich sollte jetzt besser einsteigen, nicht wahr?" Sie sagte. Die Uhr stand fünf Minuten vor Mittag. Ihr Gesicht war süß ernst, als sie es zu seinem hob und ihm die Hand entgegenstreckte.

„Pass auf dich auf", war seine alberne Abschiedsermahnung.

Ihre Hand ruhte in seiner eigenen und er spürte, wie sie sich festigte. Unter dem Schleier wurde die Farbe in ihren rosigen Wangen etwas dunkler.

„Ich habe dir nicht gesagt " , sagte sie abrupt, „dass meine Onkel mich schon vor Wochen angefleht hatten, zu ihnen zu gehen. Ich habe es dir nicht gesagt – und ich habe sie aufgeschoben –, weil ich dachte, ich würde abwarten und sehen." wenn du und ich uns umeinander kümmern würden.

Sie war gekommen, die Erklärung! Er errötete rot und klebte an ihrer Hand. Die Atmosphäre war plötzlich elektrisierend. Der Bahnhof und die Menschenmenge waren ausgelöscht.

"Du verstehst?" fragte sie und lächelte tapfer.

"Ja."

Er war sich schwach bewusst, dass er Lottie die Hand geschüttelt hatte, wie viele Türen zugeschlagen hatten und wie Adelines Gesicht in einem zurückweichenden Fenster eingerahmt war. Dann waren die Schienen neben dem Bahnsteig sichtbar, und er erhaschte flüchtige Blicke auf Menschen, die am gegenüberliegenden Bahnsteig hastig aus dem Zug stiegen. In der Ferne klapperte das Signal bis zur Horizontalen. Er drehte sich um und sah nur Träger und ein paar verlassene Freunde der Reisenden; eine Frau weinte.

Anstatt vom Büro nach Hause zu gehen, bummelte er durch die Hauptstraßen, die am Piccadilly Circus zusammenlaufen, und sonnte sich im nächtlichen Glanz der Stadt des Vergnügens. Er hatte vier Pfund in seiner Tasche. Die Straßen waren voller schnell rollender Fahrzeuge. Abends boten Restaurants, Theater und Musikhallen ihre prächtigen Verlockungen an, und schließlich betrat er das Café Royal, bestellte ein reichhaltiges Abendessen und aß es langsam und mit nachdenklichem Genuss. Als er fertig war, bat er den Kellner, einen „Figaro“ zu bringen. Aber an dem „Figaro“ dieses Tages schien nichts Interessantes zu sein, und er legte es nieder ... Das Schiff war zu diesem Zeitpunkt bereits abgefahren. Hatte Adeline ihm gegenüber wirklich dieses Geständnis gemacht, kurz bevor der Zug losfuhr, oder war es eine Einbildung von ihm? Ihre beunruhigende Offenheit hatte etwas Schönes ... gut, gut ... Und ihre Einfachheit! Er hatte einen Schatz verloren. Weil es ihr an künstlerischen Sympathien mangelte, hatte er sie verachtet oder bestenfalls unterschätzt. Und einmal – wenn ich daran dachte ! – hätte er sie beinahe geliebt ... Mit welcher erstaunlichen Geschwindigkeit war ihre Vertrautheit gewachsen, schwächer geworden und hatte einen plötzlichen Tod gefunden! ... Liebe, was *war* Liebe? Vielleicht liebte er sie jetzt doch ...

"Kellner!" Er winkte mit einer kuriosen Bewegung seines Zeigefingers, die dem Mann ein Lächeln ins Gesicht zauberte – ein Lächeln, das Richard jovial beantwortete.

"Herr?"

„Eine Schilling-Zigarre, bitte, und einen Kaffee und Cognac.“

Gegen neun Uhr ging er wieder hinaus in die kühle Luft, und die Zigarre brannte hell zwischen seinen Lippen. Er hatte das allzu aufdringliche Bild von Adeline kurzerhand abgetan und war sich einer gewissen unbekümmerten Hochstimmung bewusst.

Überall auf den Gehwegen waren Frauen. Sie hoben ihre Seidenröcke aus dem Schlamm und enthüllten Knöchel und Spitzenunterröcke. Sie lächelten ihn an. Sie lockten ihn in fremden Sprachen und in gebrochenem Englisch. Er zwinkerte einigen der Jüngeren breit zu, und sie folgten ihm aufdringlich, nur um mit einem Lachen abgeschüttelt zu werden. Während er ging, pfiff oder sang er ständig. Er wurde in die Irre geführt, erklärte er sich, und das ohne eigenes Verschulden. Sein einziger Freund hatte ihn verlassen (was ihr sehr am Herzen lag!), und es gab niemanden, dem er auch nur die geringste Rücksicht schuldete. Es stand ihm frei, zu tun, was er wollte, ohne vorher darüber nachdenken zu müssen: „Was würde *sie* davon halten?" Außerdem muss er Trost finden, armes, verdorbenes Geschöpf! Als er in eine Seitenstraße blickte, sah er einen Mann, der mit einer Frau sprach. Er ging an ihnen vorbei und hörte, was sie sagten. Dann war er in der Shaftesbury Avenue. Neugierige Gefühle durchströmten seinen Körper. Mit einem unbedeutenden Eid brachte er sich zu einem Entschluss.

Mehrmals war er kurz davor, es auszuführen, als ihm der Mut fehlte. Er durchquerte den Zirkus, gelangte bis zur St. James's Hall und kehrte auf seinen Stufen zurück. Eine Minute später befand er sich auf der Nordseite der Coventry Street. Er schaute in die Gesichter aller Frauen, aber in jeder fand er etwas Abstoßendes, etwas Furchtbares.

Würde es damit enden, dass er ruhig nach Hause ging? Er ging in die Abgeschiedenheit der Whitcomb Street, um die Angelegenheit zu besprechen. Als er am Eingang eines Gerichts vorbeikam, kam eine Frau heraus und beide mussten zurückweichen, um einen Zusammenstoß zu vermeiden.

„ *Chéri* !" sie murmelte. Sie war nicht mehr jung, aber ihr breites flämisches Gesicht zeigte in jeder Hinsicht Freundlichkeit und gute Laune , und ihre Stimme war sanft. Er antwortete nicht und sie sprach erneut mit ihm. Sein Rückgrat nahm die Konsistenz von Butter an; ein schaudernder Schauer durchfuhr ihn. Sie legte ihren Arm sanft in seinen und drückte ihn. Er hatte keinen Widerstand....

KAPITEL XXVI

Es war der Morgen des zweiten Weihnachtsfeiertags, frostig, mit einem stahlgrauen Himmel; Die Straßen hallten unter dem Verkehr wider.

Richard hatte den Beginn des neuen Jahres schon lange erwartet, wenn neue Vorsätze in Kraft treten würden. Ein Satz aus einer Predigt, die er in Bursley hörte , blieb ihm im Gedächtnis: „ *Jeder Tag beginnt ein neues Jahr* . " Aber er konnte nicht die schnelle, mutige Entscheidung treffen, die nötig war, um diesem Sprichwort Taten folgen zu lassen. Ein ganzes Jahr lang war er langsam in einen Sumpf der Lethargie versunken, und um sich daraus zu befreien, war seiner Meinung nach eine Menge Anstrengung nötig, die er nicht aufbringen konnte, wenn er nicht durch alle Assoziationen der Jahreszeit für solche Leistungen und durch die Kraft gestärkt wurde das Wissen, dass Mitgeschöpfe sich auf eine ähnlich schwierige Aufgabe vorbereiteten.

erstaunlicher Geschwindigkeit aufeinanderfolgen zu müssen . Zuerst hatte er sich über den Verlust von ihr geärgert, und dann hatte er sich allmählich und ganz natürlich an ihre Abwesenheit gewöhnt. Sie schrieb ihm einen ziemlich langen Brief voller Einzelheiten über die Reise und die Zugfahrt und das Zuhause ihres Onkels; er hatte den Umschlag halb geöffnet, in der Erwartung, dass der Brief ihn tief berühren würde; aber das tat es nicht; es kam ihm wie eine ausgesprochen mittelmäßige Kommunikation vor. Er schickte eine Antwort und die Korrespondenz endete. Er liebte sie nicht, hatte sie wahrscheinlich nie geliebt. Ein kleiner Sentimentalismus: Das war alles. Die Affäre war endgültig vorbei. Wenn es vielleicht unbefriedigend gewesen wäre, lag die Schuld nicht bei ihm. Ein Mann, überlegte er, kann sich nicht auf einfache Weise verlieben (und doch hatte er genau das versucht!), und Adeline hätte ihm sowieso nicht gepasst. Dennoch wurde er in Momenten, in denen er sich an ihr Gesicht und ihre Gesten, ihre exquisite Weiblichkeit und insbesondere an ihre feine Offenheit beim Abschied erinnerte, melancholisch und übermütig.

Zu Beginn des Jahres, das nun zu Ende ging, hatte er die Kunst der Literatur erneut in Angriff genommen und mehrere Artikel verfasst; Doch als einer nach dem anderen abgelehnt wurde, hatte seine Energie nachgelassen, und nach kurzer Zeit hatte er wieder ganz aufgehört zu schreiben. Er absolvierte auch kein geordnetes Studium. Er begann mit einer Reihe englischer Klassiker, beendete einige davon und las weiterhin eifrig französische Romane. Manchmal weckte das französische Werk aufgrund seiner sauberen, strengen Wirksamkeit in ihm den vagen Wunsch, es ihm gleichzutun, aber es wurden keine ernsthaften, nachhaltigen Anstrengungen unternommen.

Im Frühjahr, wenn die Einsamkeit besonders ermüdend ist, war er einer literarischen und wissenschaftlichen Anstalt nur für junge Männer beigetreten, in deren Räumlichkeiten weder der Konsum von Rauschmitteln noch das Rauchen von Tabak verboten war. Er bezahlte ein Jahresabonnement und verabscheute in weniger als zwei Wochen nicht nur die Institution, sondern jedes einzelne Mitglied und jeden einzelnen Beamten. Dann dachte er darüber nach, in die Vororte zu ziehen, doch die Mühe, die Bücherbibliothek, die er inzwischen angesammelt hatte, mit sich zu bringen, schreckte ihn ab, ebenso wie eine träge Abneigung gegen die Unannehmlichkeiten, die ein Wechsel mit Sicherheit mit sich bringen würde.

Und so war er in eine Art Koma gefallen. Seine Hauptaufgabe bestand darin, die Zeit totzuschlagen. Acht Stunden waren für das Büro und acht für Schlaf vorgesehen, und acht weitere mussten täglich erledigt werden. Am Morgen stand er spät auf, verzögerte seine Frühstücksstunde, las fleißig die Zeitung und machte sich im Park auf den Weg zur Arbeit. Am Abend, als es sechs Uhr war, beeilte er sich nicht mehr mit seiner Arbeit, um bereit zu sein, das Büro sofort zu verlassen, als die Uhr schlug. Im Gegenteil, er blieb oft nach Feierabend, wenn keine Notwendigkeit bestand, zu bleiben, entweder um in aller Ruhe seine Konten zu prüfen oder mit Jenkins oder einem der älteren Angestellten zu plaudern. Er überwachte das Wohlergehen der Firma mit einem eifersüchtigen Auge, unterbreitete Herrn Curpet Vorschläge , die nicht selten angenommen wurden, und galt als außerordentlich fähig und vertrauenswürdig. Hin und wieder konnte er im Tonfall oder im Blick der Direktoren (die mit Lob geizig waren) ein bedingungsloses Vertrauen erahnen, vermischt mit – jedenfalls im Fall des Seniorpartners – einer gewissen Achtung. Sein Verhalten wurde immer ruhiger, und den Bürojungen, die er betreute, verbot er sich sogar; Sie mochten ihn nicht und hielten ihn für einen strengeren und weniger höflichen Martinet als Mr. Curpet selbst. Manchmal hielt er sie ohne ausreichenden Grund bis spät in die Nacht fest, und wenn sie sich unzufrieden zeigten, sagte er ihnen sentimental, dass Jungen, die so verzweifelt darauf bedacht seien, so wenig wie möglich zu tun, niemals in der Welt zurechtkommen würden.

Beim Verlassen des Büros schlenderte er langsam durch die Booksellers' Row und den Strand hinauf, mit dem Gang eines Mannes, dessen Zeit ganz ihm gehört. Ein- oder zweimal in der Woche speiste er in einem der ausländischen Restaurants in Soho, wobei er die Mahlzeit unverhältnismäßig in die Länge zog und sich anschließend in eine Lounge begab, um eine Zigarre und einen Likör zu trinken. Er achtete besonders auf seine Kleidung, genoss das Gefühl, gute Kleidung zu tragen, und gewöhnte sich an, sein persönliches Aussehen mit dem der Männer zu vergleichen, mit denen er in angesagten Cafés und Bars in Kontakt kam. Sein Gehalt reichte für diese kleinen Extravaganzen aus, da er immer noch billig in einem Zimmer in der

Raphael Street lebte; aber neben dem, was er verdiente, umfasste sein Vermögen auch die Summe, die er aus dem Nachlass von William Vernon erhielt. Davon waren siebzig Pfund bei Feierlichkeiten mit Adeline geschmolzen, zweihundert Pfund wurden unter Mr. Curpets Führung als Hypothek verliehen, und die anderen fünfzig behielt man in der Hand und wurde eingebrochen, wenn es seltener Anlass erforderte. Die Hypothekeninvestition trug wesentlich dazu bei, seinen Status nicht nur bei den Mitarbeitern, sondern auch bei seinen Auftraggebern zu stärken.

Während er in einer Weinstube oder einem Lagerbiersaal saß, gedankenverloren an einem Glas oder Humpen nippte und eine duftende Zigarre genoss , gelang es ihm , der Betrachtung seiner Gleichberechtigung mit den Männern um ihn herum eine gewisse Freude zu bereiten . Viele von ihnen, so vermutete er zufrieden, befanden sich in einer schlechteren oder weniger sicheren Lage als er. Er studierte Gesichter und machte es sich zur Gewohnheit, mit Fremden ins Gespräch zu kommen, und diese zufälligen Begegnungen hinterließen fast immer den Eindruck, er sei einem geistig Minderwertigen begegnet. Indem er sich sozusagen in all die frivolen, lusterlichen Aktivitäten des West End vertiefte, begann er sich jene undefinierbare, unverkennbare Aura des *Savoir-faire* anzueignen, die für den wohlhabenden Angestellten charakteristisch ist, der seine Freizeit an öffentlichen Orten verbringt. Leute vom Land verwechselten ihn häufig mit dem jungen Stadtmenschen der Gesellschaftszeitungen, der mit allen Formen großstädtischer Schikanen, Luxus und Laster vertraut war.

Nach dem Frühstück ging er mit seinen Schlittschuhen in den Park . Die Serpentine war seit mehr als einer Woche hart zugefroren, und gestern hatte er, eine einsame Einheit von Zehntausenden, Weihnachten auf dem Eis gefeiert und war von Mittag bis fast Mitternacht Schlittschuh gelaufen, mit kurzen Pausen zum Essen. Die Bewegung und die frische Luft hatten ihn gestärkt und belebt, und als er sich heute Morgen erneut in die lockere Menge der Skater stürzte, war seine Stimmung gut. Es war seine Absicht gewesen, noch einen weiteren Tag auf der Serpentine zu verbringen; Doch eine plötzliche, überraschende Idee kam ihm in den Sinn, verschwand und kehrte immer wieder mit einer so zunehmenden Verlockung zurück, dass er sich darin verliebte: Warum nicht jetzt anfangen zu schreiben? Warum sollte man den Neuanfang schließlich auf das neue Jahr verschieben? Stimmte es – was er vor einem Monat und erst vor einer Stunde traurigerweise für selbstverständlich gehalten hatte –, dass ihm die moralische Kraft fehlte, jederzeit einen guten Vorsatz in die Tat umzusetzen? Er hatte geschworen, vier Stunden vor dem Schlafengehen in dieser Nacht zu arbeiten.

die Entscheidung getroffen war, wurde sein Humor eindeutig fröhlich. Er schoss mit längeren, kühneren Schlägen vorwärts und genoss die schnelle Bewegung und die seltsame schwarz-weiße, waldige Stadtszene um ihn herum mit größerer Begeisterung. Er vergaß das Jahr des Müßiggangs, das unmittelbar hinter ihm lag, vergaß jeden früheren Misserfolg in der leidenschaftlichen Freude über seinen neuen Entschluss. Er pfiff. Er sang. Er versuchte sich an unmöglichen Figuren und lachte nur, als sie mit einem Sturz endeten. Eine Frau, die alleine Schlittschuh lief, stolperte auf die Knie; er glitt auf sie zu, hob sie leicht hoch, lüftete seinen Hut und war weg, bevor sie ihm danken konnte: es war ordentlich gemacht; er war stolz auf sich. Als es zwölf Uhr schlug, zog er seine Schlittschuhe aus und ging in eine stille Ecke des Parks, wo er intensiv über die Handlung einer Geschichte nachdachte, die ihm glücklicherweise schon seit mehreren Monaten im Kopf herumschwirrte.

Als er zum Abendessen hereinkam, gab er Lily fast ohne nachzudenken fünf Schilling für eine Weihnachtsschachtel, und obwohl er vorher nicht die Absicht hatte, dies zu tun; und erkundigte sich, wann sie heiraten würde. Er bestellte Tee für vier Uhr, damit der Abend lang würde. Am Nachmittag las er und döste. Um Viertel vor fünf war das Teegeschirr abgeräumt, die Lampe brannte hell, die Jalousien waren heruntergezogen und seine Schreibutensilien auf dem Tisch angeordnet. Er zündete eine Pfeife an und setzte sich ans Feuer. Endlich, endlich konnten die alten, lange aufgegebenen Unternehmungen wieder aufgenommen werden!

Die Geschichte, die er schreiben wollte, hieß „ Tiddy - fol -lol". Die Hauptfigur war ein alter Schmied namens Downs, der in der Schmiede einer großen Eisengießerei in Bursley beschäftigt war . Downs war ein primitiver Methodist der engsten Sorte, und als seine Tochter sich in einen Szenenschieber im örtlichen Theater verliebte und ihn heiratete, erhielt sie als Mitgift den Fluch eines Vaters. Als Downs einmal in der Gießerei über die Angelegenheit sprach, hatte er seine Tochter als nichts Besseres als „ Tiddy - fol -lol" bezeichnet, und noch Jahre später bestand eine Lieblingsbeschäftigung der Lehrjungen darin, ihm an einem Safe hinterherzulaufen Entfernung und ruft „ Tiddy – fol -lol, Tiddy – fol –lol." Die Tochter, die sich von ihren Eltern völlig entfremdet hatte, starb bei der Geburt eines Sohnes, der körperlich stark und gesund aufwuchs, aber ein halber Idiot war. Im Alter von zwölf Jahren, ohne die Identität seines Großvaters zu kennen, wurde er von seinem Vater zur Arbeit in die Gießerei geschickt. Die anderen Jungs sahen eine Chance für Spaß. Sie zeigten ihm in der Schmiede Downs und sagten ihm, er solle zu dem Mann gehen und „ Tiddy – fol -lol" sagen. „Was willst du?" fragte Downs schroff, als der Junge mit einem leeren Grinsen im Gesicht vor ihm stand. „ Tiddy – fol -lol", kam die Antwort in dem ärgerlichen, unflektierten Tonfall, der einem Idioten eigen ist. In einem Anflug von Wut hob Downs seinen gewaltigen Arm und schlug den Jungen mit einem Schlag seitlich auf den Kopf zu Boden. Dann forderte er ihn auf, aufzustehen. Aber das Kind war knapp unter dem Ohr eingeklemmt und tot erschlagen worden. Downs wurde wegen Totschlags angeklagt, für verrückt erklärt und anschließend als harmloser Wahnsinniger freigelassen. Die Heilsarmee übernahm seine Obhut, und er lebte davon, „Kriegsschreie" auf der Straße zu verkaufen, immer noch verfolgt von Jungen, die „ Tiddy – fol -lol" riefen.

Richtig ausgearbeitet, meinte Richard, würde eine solche Handlung eine kraftvolle Geschichte ergeben. In seinem Gehirn war die Sache bereits fertig. Die einzige Schwierigkeit lag in der Auswahl einer starken Eröffnungsszene; Nachdem dies erledigt war, war er sicher, dass sich die Ereignisse der Geschichte von selbst ergeben würden. Er fing an zu grübeln, aber seine Gedanken verliefen äußerst hartnäckig, obwohl er sie immer wieder mit zusammengezogenen Augenbrauen dazu zwang, zum eigentlichen Thema zurückzukehren. Er leerte seine Pfeife und lud sie wieder auf. Das Feuer brannte herunter, und er legte mehr Kohle nach. Es bot sich noch immer keine passende Eröffnungsszene. Seine Stimmung sank langsam. Was hat ihn geplagt?

Endlich eine Idee! Er würde schließlich nicht scheitern. Die Geschichte muss natürlich mit einem Streit zwischen dem alten Downs und seiner Tochter beginnen. Er trat an den Tisch, nahm einen Stift und schrieb den Titel; dann ein paar Sätze, hastig, und dann eine Seite. Dann las er, was geschrieben stand, erklärte es für wenig überzeugenden Unsinn und zerriss es. Worte waren unbändig und außerdem konnte er die Szene nicht *sehen* . Er verließ den Tisch und begann, nachdem er eine Erzählung von de Maupassant studiert hatte, ein neues Blatt zu lesen, wobei er sorgfältig die Art dieses Schriftstellers nachahmte. Aber er konnte sich keineswegs damit zufrieden geben. Mrs. Rowbotham erschien mit dem Abendessentablett und legte seine Schreibutensilien auf das Bett. Während des Abendessens griff er de Maupassant noch einmal auf und unternahm um zehn Uhr einen dritten Versuch, wohlwissend, dass er keinen Erfolg haben würde. Die Handlung scheiterte völlig; Vor allem der Schluss war undramatisch; aber wie kann man es ändern?...

Er war von sich selbst angewidert. Er fragte sich, was mit ihm passieren würde, wenn er seine Situation verlieren würde. Angenommen, die Firma Curpet und Smythe wäre gescheitert! Smythe war ein nachlässiger Kerl, der in der Lage war, das Geschäft innerhalb eines Monats zu ruinieren, wenn Curpet aus irgendeinem Grund sein bremsender Einfluss entzogen wurde. Diese und ähnliche krankhafte Fantasien überkamen ihn, und er ging krank vor Elend zu Bett und wünschte sich von ganzem Herzen, dass er in seinem

Versuch, fleißig zu sein, weniger überstürzt gewesen wäre. Er hatte den Aberglauben, dass das Abenteuer vielleicht glücklicher verlaufen wäre, wenn er auf das neue Jahr gewartet hätte.

In der Nacht erwachte er und beklagte sich über seine Einsamkeit. Warum hatte er keine sympathischen Freunde? Wie konnte er es schaffen, mitfühlende Kameradschaft zu erlangen? Er brauchte insbesondere eine kultivierte weibliche Gesellschaft. Angesichts dessen konnte er arbeiten; ohne sie würde er nichts erreichen. Er überlegte, dass es in London wahrscheinlich Tausende von „netten Mädchen" gab, die sich nach solchen Männern wie ihm sehnten. Was für eine lächerliche Zivilisation es war, die ihn daran hinderte, sie zu treffen! Als er in einem Bus ein vielversprechendes Mädchen sah, warum um Himmels willen sollte er dann nicht die Freiheit haben, zu ihr zu sagen: „Schau mal, ich kann dich davon überzeugen, dass ich es gut meine; lass uns einander kennenlernen"? . Aber Konvention, Konvention! Er hatte das Gefühl, von einer unerbittlichen, unüberwindlichen Mauer gefangen zu sein ... Dann träumte er, dass er sich in einem Salon voller junger Männer und Frauen befände und dass alle lebhaft und klug plauderten. Er selbst stand mit dem Rücken zum Feuer und sprach mit einer Gruppe Mädchen. Sie sahen ihm ins Gesicht, so wie Adeline immer aussah. Sie erfassten seine Ideale und Ziele ohne langwierige Erklärungen; Ein halbes Wort genügte, um sie aufzuklären; er sah das Leuchten anerkennenden Verständnisses in ihren Augen, lange bevor seine Sätze zu Ende waren ...

KAPITEL XXVII

Der nächste Morgen war strahlend hell; Der Frost war gebrochen und die Straßen begannen schlammig zu werden. Richard ging hinaus, sein Geist war leer und dumpf niedergeschlagen. In der Sloane Street stieg er in einen Bus und nahm den einen freien Vordersitz ganz oben ein. Eine Weile starrte er geistesabwesend auf den Griff seines Stocks. Plötzlich machte ihm eine zufällige Bewegung des Kopfes bewusst, dass jemand ihn ansah. Er sah sich um. In der hinteren Ecke des Sitzes gegenüber saß Miss Roberts. Sie zögerte, errötete, verbeugte sich dann, und er antwortete. In diesem Moment war keine weitere Kommunikation möglich (und dafür war er im Moment dankbar), weil sie von zwei jungen Herren getrennt wurden, die Tweedmützen und Kragen trugen, die einmal sauber gewesen sein könnten, und die sich lebhaft über ein Exemplar des Buches stritten der „Sportler".

Aus irgendeinem seltsamen Grund der Zurückhaltung war Richard seit seinem Besuch bei Adeline nicht mehr im Crabtree gewesen. Er war hämisch auf der Suche nach dem Motiv für sein Fernbleiben, als die jungen Herren mit dem „Sportsman" den Bus verließen. Miss Roberts wurde rosig, als er aufstand, ihr die Hand reichte und sich gleichzeitig an ihre Seite setzte. Sie trug eine schwarze Jacke und einen Rock, abgetragen, aber gut erhalten, eine Mütze mit roten Blumen und graue Wollhandschuhe ; und jeder Mensch mit normalem Urteilsvermögen hätte ihren Beruf ohne große Schwierigkeiten erraten. Im letzten Jahr war sie kräftiger geworden, und ihre Figur war jetzt eher üppig als schlank; Ihre Gesichtszüge, besonders die Nasenlöcher, der Mund und das Kinn, waren etwas schwerfällig, aber sie hatte hübsch geformte Ohren, und ihre Augen, die keine erkennbare Farbe hatten, waren weich und zart; Ihr rotbraunes Haar war so auffällig und prächtig wie eh und je, mit strenger Präzision am Hinterkopf aufgerollt und hing hier und da in winzigen fliegenden Strähnen über ihren Ohren hervor. Ihr Gesichtsausdruck war größtenteils liebenswürdig, aber passiv, tierhaft, träge; sie schien voller Gutmütigkeit zu sein.

„Wir haben dich in letzter Zeit nicht im Crabtree gesehen", sagte sie.

„Du bist also immer noch am alten Ort?"

„Oh ja; und das wird auch so sein, nehme ich an. Sie haben jetzt eine weitere Etage bezogen und wir sind das größte vegetarische Restaurant in London."

In ihrer Stimme lag ein Hauch schüchterner Erregung, und er bemerkte außerdem, dass ihre Wangen rot waren und ihre Augen leuchteten. Konnte es sein, dass diese Begegnung ihr Freude bereitet hatte? Der Gedanke an eine solche Möglichkeit erfüllte ihn insgeheim mit Freude ... Sie, eine atmende Frau, freute sich, ihn zu sehen! Er fragte sich, was die anderen Leute im Bus von ihnen dachten und vor allem, was der Fahrer dachte; Der Fahrer hatte sie zufällig gesehen, als sie sich die Hände schüttelten, und als Richard die Umrisse des roten Gesichts des Mannes untersuchte, meinte er, darin den Schimmer eines Lächelns zu sehen. Dies geschah während einer kleinen Gesprächspause.

„Und wie hast du Weihnachten verbracht?" Es war Richards Frage.

„Zu Hause", antwortete sie schlicht, „bei Vater und Mutter. Meine verheiratete Schwester und ihr Mann kamen für diesen Tag vorbei."

„Und ich habe meins ganz alleine verbracht", sagte er reumütig. „Keine Freunde, kein Pudding, nichts."

Sie sah ihn mitfühlend an.

„Ich nehme an, du lebst in Zimmern? Es muss sehr einsam sein."

"Oh!" erwiderte er leichthin, nahm jedoch mit eifriger Befriedigung das Mitgefühl auf, das sie ihm entgegenbrachte: „Es ist nichts, wenn man es gewohnt ist. Dies ist mein drittes Weihnachtsfest in London, und keines davon war besonders ausgelassen. Glücklicherweise gab es dieses Jahr das Schlittschuhlaufen . Ich war fast den ganzen Tag auf der Serpentine.

Dann fragte sie ihn, ob Skaten leicht zu erlernen sei, denn sie wollte es schon seit Jahren versuchen, hatte aber nie die Gelegenheit gehabt. Er antwortete, dass es ganz einfach sei, wenn man keine Angst hätte.

„Ich gehe deinen Weg", sagte er, als sie beide am Piccadilly Circus ausstiegen und gemeinsam die Coventry Street entlang gingen. Das Gespräch stockte; Um sie zu wecken, befragte Richard sie über den Alltag im Restaurant – ein Thema, über das sie bereitwillig und mit einem gewissen Sinn für Humor sprach . Als sie den Crabtree erreichten , –

„Warum, es wurde gemalt!" rief Richard aus. „Es sieht jetzt tatsächlich sehr anmaßend aus."

„Ja, mein Gott! Nicht wahr? Und auch drinnen ist es wunderschön. Irgendwann musst du doch mal reinkommen."

„Das werde ich", sagte er mit Nachdruck.

Sie schüttelte ihm ganz energisch die Hand und ihre Blicke begegneten einem neugierigen, fragenden Blick. Er lächelte vor sich hin, als er die Chandos Street entlangging ; seine Niedergeschlagenheit war auf mysteriöse Weise verschwunden, und er erlebte sogar eine gewisse Aufmunterung seiner Stimmung. Ihm fiel auf, dass er Miss Roberts noch nie zuvor verstanden hatte. Wie anders war sie außerhalb des Restaurants! Sollte er an diesem Tag zum Mittagessen ins Crabtree gehen oder sollte er ein oder zwei Tage verstreichen lassen? Er war entschlossen zu warten.

Er überlegte, ob er das Treffen gegenüber Jenkins erwähnen sollte, sagte aber im Großen und Ganzen, dass er dies nicht tun würde. Aber er fand Jenkins überraschend kultiviert, und ohne bewussten Willen sagte er bald:

„Ratet mal, mit wem ich heute Morgen im Bus zusammengekommen bin."

Jenkins gab es auf.

„Laura Roberts;" und dann, als er keinen verständnisvollen Gesichtsausdruck von Jenkins sah: „Weißt du, die Kassiererin im Crabtree."

„Oh – *sie* !"

Der Stress war etwas nervig.

„ *Ich* habe sie vor etwa zwei Wochen gesehen", sagte Jenkins.

„Am Crabtree?"

„Ja. Hat sie dir etwas über mich gesagt?" Der Junge lächelte.

"Nein, warum?"

„Nichts. Wir haben uns unterhalten und ich habe sie ein bisschen zerdrückt – das ist alles."

„Ah, mein Junge, mit ihr wirst du nicht weit kommen."

„Oh, nicht wahr ? Ich könnte dir ein oder zwei Dinge *über* Laura Roberts erzählen, wenn ich wollte."

Obwohl Jenkins' Bemerkung charakteristisch war und Richard genau wusste, dass hinter seinen Worten nichts steckte, kehrten seine Gedanken doch sofort zu den Geschichten zurück, die Miss Roberts mit Mr. Aked in Verbindung brachten .

„Nicht tanken", sagte er knapp. „Sie betrachtet dich als einen Jungen."

„Mann genug für jede Frau", sagte Jenkins und ließ die Ansätze eines Schnurrbarts zwirbeln.

Die Diskussion wäre vielleicht noch weiter gegangen, wenn sie nicht von Mr. Smythe unterbrochen worden wäre, der, wie es seine Gewohnheit war, plötzlich ins Zimmer stürmte.

„Larch, kommen Sie mit mir in Mr. Curpets Zimmer." Sein Ton war schroff. Er hatte nichts von Mr. Curpets natürlicher Höflichkeit, obwohl er in seltenen Fällen, zu denen das Geschenk nicht gehörte, ungeschickt versuchte, sie nachzuahmen. Richard verspürte eine vage Beunruhigung.

Mit einem Schalldämpfer um den Hals saß Mr. Curpet vor dem Feuer, putzte sich die Nase und atmete laut. Mr. Smythe ging zum Fenster und spielte mit der Quaste der Jalousieschnur.

„Wir denken darüber nach, einige Änderungen vorzunehmen, Larch", begann Herr Curpet.

"Jawohl." Sein Herz sank. Sollte er entlassen werden? Der nächste Satz war beruhigend.

„Künftig werden alle Kosten im Büro abgerechnet und abgerechnet, statt verschickt zu werden. Fühlen Sie sich bereit, die Leitung dieser Abteilung zu übernehmen?"

Richard hatte viele Male bei der Erstellung von Kostenrechnungen mitgeholfen und verfügte über angemessene Kenntnisse dieses komplizierten und spannenden Themas. Er antwortete ganz entschieden mit „Ja".

„Wir schlagen vor", unterbrach Mr. Smythe, „dass Sie einen Assistenten haben sollten und dass Sie beide sich sowohl um die Bücher als auch um die Kosten kümmern sollten."

„ Selbstverständlich wird Ihr Gehalt erhöht", fügte Herr Curpet hinzu.

„Lass mich sehen, was bekommst du jetzt?" Dies von Mr. Smythe, dessen Gedächtnis unvollständig war.

„Drei Pfund zehn, Sir."

„Angenommen, wir sagen vier Pfund zehn", sagte Mr. Smythe zu Mr. Curpet und wandte sich dann an Larch: „Das ist in der Tat sehr gut, wissen Sie, junger Mann; das bekommen Sie nicht überall. Bei Gott, nein, Sie." würde nicht!" Richard war sich dieser Tatsache voll bewusst. Er konnte sein eigenes Glück kaum glauben. „Und wir erwarten von Ihnen, dass Sie die Dinge auf dem neuesten Stand halten."

Mr. Curpet lächelte freundlich über sein Taschentuch hinweg, als wollte er damit andeuten, dass Mr. Smythe auf diesem Punkt nicht hätte bestehen müssen.

„Und manchmal müssen Sie vielleicht lange bleiben", fuhr Mr. Smythe fort.

"Jawohl."

Als das Gespräch zu Ende war, ließ er seine Laufbahn im Büro Revue passieren und wunderte sich darüber , dass er etwas Ungewöhnliches hätte tun sollen, um seine Vorgesetzten zu einer solchen Wertschätzung zu bewegen, und er erkannte bald, dass er im Vergleich zu anderen Mitarbeitern tatsächlich ein ... gewesen war Musterkaufmann. Eine köstliche Selbstgefälligkeit umgab ihn. Mr. Smythe hatte den Anschein erweckt, als würde er ihm einen Gefallen tun ; Aber Mr. Curpet stand an der Spitze der Angelegenheiten am Serjeant's Court Nr. 2, und Mr. Curpets Haltung war ausgesprochen schmeichelhaft gewesen. Anfangs hatte er Schwierigkeiten, sein Glück zu begreifen, er hielt es für zu schön, um wahr zu sein ; aber am Ende glaubte er sehr an sich selbst. Was das Gehalt anging, lag er jetzt nur noch hinter Mr. Alder, einem jungen Mann, der noch keine drei Jahre aus der Provinz kam. Vor drei Jahren wäre ein Jahreseinkommen von 234 Pfund fast sagenhaft gewesen. Seine Vorstellungen darüber, was Opulenz ausmachte, hatten sich seitdem geändert, aber dennoch waren 234 Pfund eine hervorragende Einnahmequelle voller Möglichkeiten. Ein Mann könnte damit heiraten und bequem leben; Viele Männer wagten es, für die Hälfte zu heiraten. Im Beamtentum war er zweifellos mit Leichtigkeit in die oberen Ränge aufgestiegen. Immerhin gab es in Richard Larch gute Sachen aus dem Norden! Als er nach Hause ging, beschäftigte sich sein Gehirn mit Plänen, schönen Plänen für das neue Jahr – wie er Geld sparen und seine Nächte in Schutt und Asche verbringen würde.

KAPITEL XXVIII

Zufällig gab es auf derselben Etage wie Richard ein Zimmer zu vermieten. Die Miete betrug nur fünf Schilling pro Woche, und er arrangierte, es als Schlafzimmer zu nutzen und das andere, größere Zimmer in ein Arbeitszimmer umzuwandeln. Mrs. Rowbotham wurde gebeten, alle ihre Tische, Stühle, Teppiche, Bilder, Ornamente und Accessoires aus beiden Zimmern zu entfernen, da er vorschlug, sie auf eigene Kosten völlig neu einzurichten. Dies deutete nicht darauf hin, dass ein plötzlicher Anstieg der Einnahmen, wie schon einmal bei einer früheren Gelegenheit, bei ihm eine Neigung zur Verschwendung hervorgerufen hatte. Im Gegenteil, sein Entschluss, wirtschaftlich zu leben, war fest verankert, und er hoffte, problemlos hundert Pfund pro Jahr sparen zu können. Aber der Einfluss eines ästhetischen Umfelds auf sein literarisches Werk sei, so argumentierte er, wahrscheinlich wertvoll genug, um die damit verbundenen moderaten Ausgaben zu rechtfertigen, und so wurde die gesamte Muße der letzten Tage des Jahres der Verwirklichung bestimmter Theorien in Bezug darauf gewidmet die Einrichtung eines Arbeitszimmers und eines Schlafzimmers. Leider war die Zeit, die ihm zur Verfügung stand, sehr begrenzt − war es nicht unbedingt erforderlich, dass der Ort bis zum 31. Dezember in Ordnung gebracht wurde, damit die Arbeiten am 1. Januar beginnen konnten? −, aber er schonte sich und das Ergebnis nicht , als er am Silvesterabend darüber nachdachte, erfüllte ihn mit Freude und Stolz. Er hatte das Gefühl, dass er in diesem Arbeitszimmer würdig schreiben konnte, mit seinen vier Autotypie-Reproduktionen berühmter Bilder an den einfarbigen Wänden, seinem quadratischen indischen Teppich über indischen Matten, seinen langen, niedrigen Bücherregalen, seinem urigen Tisch mit Ulmenplatte, … schlichte Stühle mit Binsenboden und ein breiter, luxuriöser Diwan. Er wunderte sich darüber, dass er es geschafft hatte, so lange in dem Raum zu bleiben, wie er zuvor war, und führte seinen schlechten Erfolg als Schriftsteller selbstzufrieden auf das Fehlen einer harmonischen Umgebung zurück. Mit der letzten Post kam eine Neujahrskarte von Mrs. Clayton Vernon. Vor zwölf Monaten hatte sie ein ähnliches Erinnerungszeichen geschickt, und er hatte es ignoriert; Im Sommer hatte sie ihn schriftlich eingeladen, ein paar Tage in Bursley zu verbringen , und er hatte etwas zu kurz um Entschuldigung gebeten. Heute Abend jedoch ging er hinaus, kaufte eine Neujahrskarte und schickte sie ihr sofort. Er strömte über vor Wohlwollen und betrachtete die Welt durch die rosige Brille hoher Entschlossenheit. Mrs. Clayton Vernon war eine ausgezeichnete Frau, und er würde ihr und Bursley beweisen, dass sie die Möglichkeiten von Richard Larch nicht zu hoch eingeschätzt hatten. Er war tatsächlich außerordentlich erhoben. Das alte Gefühl der absoluten Macht über sich selbst im Guten wie im Bösen kehrte zurück. Er war sich seiner außergewöhnlichen Fähigkeiten bewusst. Die Zukunft, voller prachtvoller Träume, gehörte ganz ihm; und noch einmal – vielleicht gründlicher als je zuvor – wurde die wirkungslose Vergangenheit ausgelöscht. Morgen war das neue Jahr, und morgen sollten der neue Himmel und die neue Erde beginnen.

Er hatte beschlossen, einen Roman zu schreiben. Nachdem er mit Kurzgeschichten und Essays gescheitert war, schien es ihm wahrscheinlich, dass der Roman, eine Form, die er bisher noch nicht ernsthaft ausprobiert hatte, besser zu seiner Eigenart passen würde. Er hatte einmal die Handlung eines kurzen Romans skizziert, einer Abenteuergeschichte im modernen London, und bei näherer Betrachtung kam ihm diese als genial und vielversprechend vor. Darüber hinaus würde es – wie Stevensons „New Arabian Nights", dem es in Richards Augen entfernt ähnelte – sowohl die breite Öffentlichkeit als auch das literarische Publikum ansprechen. Er beschloss, täglich fünfhundert Wörter davon zu schreiben, fünf Tage die Woche; Bei diesem Tempo rechnete er damit, dass das Buch in vier Monaten fertig sein würde; Wenn man noch zwei Monate Zeit für die Überarbeitung einräumt, dürfte es Ende Juni für den Verlag fertig sein.

Er stellte seinen Stuhl an das lodernde Feuer und blickte auf die Aussicht auf die langen, von Lampen erleuchteten Abende, an denen der Roman unter seinen Händen wachsen sollte. Wie sehr unterschied er sich von dem durchschnittlichen Angestellten, der bei ähnlichen Möglichkeiten damit zufrieden war, die Stunden zu vergeuden, die ihn vielleicht zum Ruhm führen würden! Er dachte an Adeline und lächelte. Was wollte derjenige schließlich mit Frauen? Er war in der Lage zu heiraten, und wenn er ein kluges Mädchen mit sympathischem Temperament traf, würde er mit Nachdruck heiraten (es kam ihm nicht in den Sinn, die Klausel hinzuzufügen: „Vorausgesetzt, sie will mich haben"); aber sonst würde er warten. Er konnte es sich leisten zu warten – bis er sich einen Namen gemacht hatte und ein halbes Dutzend Frauen, elegant und kultiviert, nur allzu gerne bereit waren, ihn in eine Atmosphäre der Verehrung zu hüllen.

Es gehörte zu seinem sparsamen Plan, immer im Crabtree zu speisen, wo ein Schilling der Preis für ein reichhaltiges Mahl war, und er ging am Neujahrstag dorthin. Als er die Charing Cross Road hinaufging, wandten sich seine Gedanken ganz natürlich Miss Roberts zu. Würde sie so herzlich sein wie damals, als er sie im Omnibus getroffen hatte, oder würde sie die höfliche Maske des Kassierers tragen und ihn lediglich wie einen Stammgast des Lokals behandeln? Sie war verlobt, als er das Esszimmer betrat, aber sie bemerkte ihn und nickte. Während des Essens blickte er mehrere Male zu ihr, und als sie ihn einmal ansah, lächelte sie und zog es einige Augenblicke lang nicht zurück; dann beugte sie sich über ihr Kontobuch.

Seine Mitgäste schienen merkwürdigerweise degeneriert zu sein, noch enger in ihren Mitgefühlen, noch nachlässiger in ihrem Essen, noch eigenartiger oder schäbiger in ihrer Kleidung. Die jungen Frauen mit maskulinem Aussehen stützten ihre Ellbogen kompromissloser denn je auf den Tisch, und die jungen Männer mit schmutzigen oder gar keinen Armbändern waren in ihren gemurmelten Gesprächen langweiliger denn je. Es war tatsächlich eine bizarre Gesellschaft, die ihn umgab! Dann überlegte er, dass sich diese Leute nicht verändert hatten. Die Veränderung war in ihm selbst. Er war ihnen entwachsen; Er musterte sie jetzt wie von einem Turm aus. Er war ein Mann mit Zukunft, der dieses Restaurant nutzte, weil es vorübergehend zu ihm passte, während sie es bis zum Ende nutzen würden, ohne abzuweichen, nie aus dem Trott auszubrechen.

„ Endlich bist du also gekommen!“ sagte Miss Roberts zu ihm, als er seinen Scheck vorlegte. „Ich dachte schon, du hättest uns im Stich gelassen.“

„Aber es ist kaum eine Woche her, seit ich dich gesehen habe“, protestierte er. „Lass mich dir ein frohes neues Jahr wünschen.“

"Das gleiche für dich." Sie errötete ein wenig und dann: „Was haltet ihr von unserer neuen Dekoration? Sind sie nicht hübsch?“

Er lobte sie oberflächlich, ohne sich umzudrehen. Sein Blick war auf ihr Gesicht gerichtet. Er erinnerte sich an die wiederholten Andeutungen von Jenkins und fragte sich, ob sie irgendeine Grundlage für Tatsachen hatten.

„Übrigens, war Jenkins heute hier?“ erkundigte er sich, um den Namen vorzustellen.

„Ist das der junge Mann, der dich manchmal begleitet hat? Nein.“

In ihrer Haltung war keine Spur von Befangenheit zu erkennen, und Richard beschloss, Jenkins mit Strenge zu behandeln. Ein anderer Kunde trat an die Kasse.

„Na, guten Tag.“ Er blieb.

"Guten Tag." Ihr Blick ruhte sanft auf ihm. „Ich nehme an, dass du *irgendwann* wieder hier sein wirst .“ Sie sprach leise, damit der andere Kunde es nicht hören konnte.

„Ich glaube, ich komme jetzt jeden Tag“, antwortete er im gleichen Tonfall und mit einem unterdrückten Lachen. „Ta-ta.“

An diesem Abend begann er um halb sieben mit seinem Roman. Das Eröffnungskapitel war eine Einleitung, und die Worte kamen ohne große

Mühe zustande. Da es sich hier nur um einen Entwurf handelte, war keine Feinarbeit erforderlich; Wenn also ein Satz beim ersten Versuch nicht reibungslos ablief, begnügte er sich damit, ihn grammatikalisch zu formulieren und dabei zu belassen. Er schien stundenlang gearbeitet zu haben, als ihn der Wunsch verspürte, das bereits Geschriebene zusammenzuzählen. Sechshundert Wörter! Er seufzte zufrieden und schaute auf seine Uhr, um festzustellen, dass es genau halb neun war. Die Entdeckung trübte seine Freude etwas. Er begann zu zweifeln, ob etwas, das mit einer Geschwindigkeit von zehn Wörtern pro Minute verfasst wurde, einen wirklichen Wert haben könnte. Puh! Manchmal schrieb man schnell, manchmal langsam. Die Anzahl der belegten Minuten war kein Indikator für die Qualität. Sollte er weiterschreiben? Ja, er würde... Nein... Warum sollte er? Er hatte die Aufgabe erledigt, die er sich für den Tag selbst gestellt hatte, und noch mehr; und nun hatte er Anspruch auf Ruhe. Zwar war die tatsächliche Wehenzeit sehr kurz gewesen; Aber an einem anderen Tag könnte die gleiche Menge an Arbeit drei oder vier Stunden in Anspruch nehmen. Er legte seine Schreibutensilien weg und suchte nach etwas zum Lesen, bis er schließlich „Paradise Lost" fand. Aber „Paradise Lost" wollte Wirklichkeit werden. Er legte es beiseite. Gab es einen triftigen Grund, warum er den Abend nicht im Theater ausklingen lassen sollte? Keiner. Der Frost war mit Macht zurückgekehrt, und der Widerhall der Straßen klang einladend durch seine vorgehängten Fenster. Er ging hinaus und ging zügig die Park Side entlang. Am Hyde Park Corner sprang er auf einen Omnibus.

Es war der erste Abend eines neuen Balletts im Ottoman. „Nur Stehplätze", sagte der Mann an der Kasse. „In Ordnung", sagte Richard, und als er eintrat, wurde er mit sanfter Musik begrüßt, die zu ihm kam wie ein unruhiger Zephyr über einem Meer von Köpfen.

KAPITEL XXIX

An einem Samstagnachmittag Ende Februar beschloss er plötzlich, so viel von dem Romanentwurf durchzulesen, wie geschrieben war; Bisher hatte er jegliche Revision vermieden. Der Vorsatz, fünfhundert Wörter am Tag zu lernen, war einigermaßen gut eingehalten worden, und die Gesamtzahl belief sich auf etwa vierzehntausend. Da er mit sehr kühner Handschrift schrieb, bildeten die abgedeckten Blätter einen recht ansehnlichen Stapel. Die bloße Masse davon überredete ihn, trotz gewisser Bedenken, zu einer optimistischen Vermutung hinsichtlich ihrer literarischen Qualität. Nie zuvor hatte er so viel über ein Thema geschrieben, und ob der Text gut oder schlecht war, er war für einige Momente stolz auf seine Leistung. Das Schlimme lag darin, dass er sich von Woche zu Woche immer weniger um die Arbeit gekümmert hatte. Der Satz „Alles reicht für einen Entwurf" wurde immer häufiger als Entschuldigung für Stil- und Konstruktionsmängel geäußert. „Das werde ich in der Überarbeitung richtig machen", hatte er sich selbst beruhigt und war fahrlässig vorgegangen, wobei er unzählige Grobheiten im Kielwasser seiner eiligen Feder hinterlassen hatte. In den letzten Tagen hatte er kaum etwas geschrieben, und vielleicht war es die Hoffnung, durch den selbstgefälligen Überblick über die tatsächlich geleistete Arbeit eine nachlassende Inspiration anzuregen, die ihn zu dieser gewagten Lektüre verführte.

Er pfiff, als er das Manuskript in die Hand nahm, wie ein Junge pfeift, wenn er in einen dunklen Keller geht. Die ersten drei Seiten wurden sorgfältig gelesen, jedes einzelne Wort, aber bald wurde er hastig und eilte zum nächsten Absatz, bevor er den vorherigen verstanden hatte; dann begann er schamlos zu hüpfen; und dann blieb er stehen, und sein Herz schien ebenfalls stehen zu bleiben. Der Mangel an Homogenität, an Abfolge, an dramatischer Qualität, an menschlichem Interesse; die lockere Syntax; und die unerträgliche Mittelmäßigkeit des Ganzen entsetzte ihn. Die Sache war trocken, ein Fiasko. Die Gewissheit, dass er wieder einmal gescheitert war, überkam ihn wie eine kalte, grüne Meereswelle, und er hatte ein körperliches Gefühl der Übelkeit im Magen ... Mit großer Mühe verzichtete er darauf, das ganze Manuskript weiterzugeben das Feuer und zerschmettert es mit einem Schürhaken giftig in die Flammen. Dann beruhigte er sich. Sein Selbstvertrauen schwand, fast war es verschwunden; er musste es schaffen, es wiederzugewinnen, und er suchte nach einem Weg. (Wo blieben nun die vorschnellen Jubelrufe des neuen Jahres?) Es war unmöglich, dass seine Arbeit unwiederbringlich schlecht sein sollte. Er erinnerte sich, irgendwo gelesen zu haben, dass der Unterschied zwischen einem guten und einem wertlosen Roman oft einfach auf den Unterschied in der Ausarbeitung zurückzuführen sei. Ein gewissenhaftes Umschreiben könnte daher wahrscheinlich zu einer überraschenden Verbesserung führen. Er muss das Experiment sofort durchführen. Aber er hatte schon vor langer Zeit feierlich geschworen, mit dem zweiten Schreiben erst dann zu beginnen, wenn der Entwurf fertig sei; Der moralische Wert, selbst den Entwurf fertigzustellen, war ihm damals unbezahlbar erschienen. Egal! Unter dem Druck der schmerzlichen Notwendigkeit muss dieser Eid geschworen werden. Kein anderer Weg konnte ihn vor dem Zusammenbruch bewahren.

Er ging auf die Straße. Das schöne und strahlende Wetter deutete darauf hin, dass der Frühling bereits in den Kinderschuhen steckte, und Piccadilly war voll von Frauen aller Schichten und jeden Alters. Es gab auch Regimenter von Männern, aber der fröhliche und endlose Strom von Frauen war besessen von ihm. Er sah sie in Hansoms und Privatkutschen und auf den Dächern von Omnibussen sitzen, in Nischen in hohen Fenstern sitzen, im Dunkel der Geschäfte leuchten und mit feenhaftem Schritt über die Bürgersteige schreiten, entweder unbeaufsichtigt oder neben törichten, undankbaren Männern. Jeder Mann in London schien das Recht auf einen Anteil an der Gesellschaft einer Frau zu haben, außer ihm selbst. Was die Männer betrifft, die allein gingen, hatten sie irgendwo eine Geliebte oder Mütter und Schwestern, oder sie waren verheiratet und gerade jetzt auf dem Weg zu Frau und Herd. Nur er wurde abgesondert.

An diesem Nachmittag kam ein Licht auf ihn herab. Da der durchschnittliche Mann und die durchschnittliche Frau ständig in die Gesellschaft des anderen hineingeworfen werden, hat ihnen die Sitte das exquisite Privileg eines solchen Verkehrs verwehrt . Der Rustikale kann die Begeisterung des Städters für ländliche Landschaften nicht teilen; er sieht in der Aussicht von seiner Haustür aus keinen Anlass zur Ekstase; und auf die gleiche Weise speisen der durchschnittliche Mann und die durchschnittliche Frau zusammen, reden miteinander, gehen gemeinsam spazieren und wissen nicht, wie reich sie dadurch gesegnet sind. Aber bei Einzelgängern wie Richard ist das anders. Da sie aufgrund der Umstände und einer angeborenen Scheu, die die Kontrolle über die Umstände unmöglich macht, von der Gemeinschaft mit dem anderen Geschlecht ausgeschlossen sind, entwickeln ihre ausgehungerten Sensibilitäten eine gewisse krankhafte Zärtlichkeit. (Zweifellos erkennt der Bauer Morbidität in der Haltung des Stadtbewohners gegenüber dem Ausblick, den er von seiner Haustür aus sieht.) Richard begriff dies. In einem leuchtenden Moment der Selbstoffenbarung konnte er das Wachstum der Krankheit verfolgen. Von den ersten vagen und flüchtigen Symptomen an hatte es sich so weit entwickelt, dass er sich nun, als er eine attraktive Frau sah, nicht damit zufrieden geben konnte zu sagen: „Was für eine attraktive Frau!" und damit fertig, aber er muss ein Haus bauen, ein Zimmer im Haus einrichten, ein Feuer im Zimmer anzünden, einen niedrigen Stuhl an das Feuer stellen, die Frau auf den Stuhl setzen, mit einem einladenden Lächeln nach oben Lippen – und stellen Sie sich vor, sie wäre seine Frau. Und es waren nicht nur attraktive Frauen, die ihn in ihren Bann zogen. Der Anblick eines Lebewesens in Unterröcken konnte seine hysterische Fantasie in Gang setzen. Jede Frau, die er traf, war eine Frau ... Warum durfte er von den Millionen Frauen in London nicht einige kennen? Warum wurde er völlig abgeschnitten? Da waren sie: Ihre Seidenröcke streiften ihn, als sie vorbeigingen; sie dankten ihm für kleine Dienste in öffentlichen Fahrzeugen; sie dienten ihm in Restaurants; sie sangen ihm bei Konzerten vor, tanzten für ihn im Theater; berührten seine Existenz von allen Seiten – und doch waren sie weiter entfernt als die Sterne, unerreichbar wie der Mond ... Er rebellierte. Er versank in Verzweiflung und steigerte sich in rasende Wut. Dann war er eine erbärmliche Figur, und er drückte sein eigenes Mitleid aus und lächelte sardonisch über das Schicksal. Das Schicksal war umso schwerer zu ertragen, als er davon überzeugt war, dass er im Grunde genommen ein Mann einer Frau war. Niemand konnte die weibliche Atmosphäre intensiver und künstlerischer genießen als er. Andere Männer, die diese köstlichen Rechte hatten, nach denen er sich vergeblich sehnte, schätzten sie gering ein oder verachteten sie sogar ... Er blickte mit tiefem Bedauern auf seine Freundschaft mit Adeline zurück. Er träumte, dass sie zurückgekehrt sei, dass er sich in sie verliebt und sie geheiratet habe, dass ihre Ambitionen ihn zum Erfolg führen würden. Ah! Zu welchen gewaltigen Anstrengungen ist ein kluger Mann unter der Anziehungskraft der Augen einer Frau nicht fähig, und ohne sie wird er nicht in welch tiefe Stagnation hinabsteigen! Dann wurde ihm erneut klar, dass er in London keine Frau kannte.

Ja, er kannte eine, und seine Gedanken begannen sie liebkosend zu umspielen, sie zu idealisieren und zu veredeln. Sie gab ihm im Crabtree nur täglich sein Wechselgeld, aber er kannte sie; Zwischen ihnen herrschte eine Art Intimität. Sie war ein unscheinbares Mädchen, das nur wenige Reize besaß, außer dem größten Reiz, eine Frau zu sein. Sie war in ihrer Stellung unter ihm; aber hatte sie nicht ihre Feinheiten? Obwohl sie nicht in sein geistiges oder emotionales Leben eintreten konnte, strahlte sie nicht einen gewissen gnädigen Einfluss auf ihn aus? Sein Herz war bei ihr. Ihre Flirts mit Mr. Aked , ihre angebliche Affäre mit Jenkins? Kleinigkeiten, nichts! Sie hatte ihm erzählt, dass sie mit ihrer Mutter, ihrem Vater und einem jüngeren Bruder zusammenlebte, und mehr als einmal hatte sie die Wesleyan-Kapelle erwähnt; er hatte herausgefunden, dass die ganze Familie religiös war. Theoretisch verabscheute er religiöse Frauen, und doch – Religion in einer Frau ... was war das? Er beantwortete die Frage mit dem unbeschwerten Lachen eines Mannes. Und wenn ihr Temperament etwas lymphatisch war, ahnte er, dass sie, sobald sie erregt war, zu den leidenschaftlichsten Gefühlen

fähig war. Er hatte schon immer eine Vorliebe für die schlafende Vulkanfrau
gehabt.

KAPITEL XXX

Richard musste bald zu dem Schluss kommen, dass die zweite Niederschrift seines Romans zum Scheitern verurteilt war. Ein paar Tage lang hielt er beharrlich an der Aufgabe fest und schrieb Dinge, von denen er, als er sie schrieb, wusste, dass sie letztendlich verurteilt werden würden. Dann hielt er eines Abends plötzlich mitten im Wort inne, biss einen Moment lang auf den Federhalter und warf ihn mit einem „Verdammt!" hin. So etwas konnte nicht weitergehen.

„Kommen Sie besser heute Abend vorbei und sehen Sie sich meine neuen Arrangements in der Raphael Street an", sagte er am nächsten Tag zu Jenkins. Er wollte eine Ablenkung.

„Gibt es Whisky?"

"Sicherlich."

„Ich bin sicher erfreut", sagte Jenkins mit einer seiner lächerlichen höflichen Verbeugungen. Er betrachtete diese seltenen Einladungen als eine Ehre ; seit dem letzten sind mehr als sechs Monate vergangen.

Sie tranken Whiskey und rauchten Zigarren, die Jenkins nachdenklich mitgebracht hatte, und plauderten lange über Büroangelegenheiten. Und je mehr sich die Zigarrenasche ansammelte, desto persönlicher und intimer wurden die Themen. In dieser Nacht ging es Jenkins zweifellos ernst; Darüber hinaus zeigte er sein bestes Benehmen und bemühte sich, mitfühlend und Gentleman zu sein. Er vertraute Richard seine Ambitionen an. Er wollte Französisch lernen und schlug vor, sich zu diesem Zweck einem Polytechnischen Institut anzuschließen. Außerdem dachte er darüber nach, sein Zuhause zu verlassen und wie Richard in Zimmern zu leben. Er verdiente jetzt achtundzwanzig Schilling pro Woche; Er wollte Geld sparen und auf alle Rauschmittel verzichten, die über ein halbes Pint Bitter pro Tag hinausgingen. Richard reagierte bereitwillig auf seine Stimmung und gab fundierte Ratschläge, denen mit Respekt zugehört wurde. Dann wandte sich das Gespräch, wie schon so oft, dem Thema Frauen zu. Es schien, dass Jenkins den Wunsch verspürte, „sesshaft zu werden" (er war einundzwanzig). Er kannte mehrere Leute in der Walworth Road, die mit weniger Geld geheiratet hatten, als er verdiente.

„Was ist mit Miss Roberts?" Richard befragte.

„Oh! Sie ist weg. Sie ist ein bisschen zu alt für mich, wissen Sie. Sie muss sechsundzwanzig sein."

„Schau her, mein Junge", sagte Richard gut gelaunt . „Ich glaube nicht, dass du jemals etwas mit ihr zu tun hattest. Es war nichts als Prahlerei."

„Wetten Sie, dass ich es Ihnen nicht beweisen kann?" Erwiderte Jenkins und streckte sein Kinn vor, eine bedrohliche Geste für ihn.

„Ich wette mit dir um eine halbe Krone – nein, um einen Schilling."

"Erledigt."

Jenkins holte eine Ledertasche aus der Tasche und reichte Richard ein Miniaturfoto von Miss Roberts. Darunter stand ihre Unterschrift: „Mit freundlichen Grüßen Laura Roberts."

Seltsamerweise beunruhigte der Vorfall Richard überhaupt nicht.

Er ging gegen Mitternacht mit Jenkins nach Victoria hinunter, und als er zu seiner Unterkunft zurückkehrte, dachte er zum hundertsten Mal, wie sinnlos seine gegenwärtige Existenzweise war, wie dürftig von allem, was das Leben lebenswert macht. Was nützt es, hübsche Zimmer zu bewohnen, wenn man sie allein bewohnt, nachts hineinkommt und sie leer vorfindet und sie am Morgen ohne ein Wort des Abschieds verlässt? In der Wüste Londons hat Laura Roberts den einzigen grünen Fleck geschaffen. Er hatte das Interesse an seinem Roman verloren. Andererseits wuchs sein Interesse am täglichen Besuch im Crabtree.

Als der Tag folgte, verfiel er in die Gewohnheit, bewusst die feineren Eigenschaften in ihrer Natur aufzuspüren und zu verherrlichen, während er diejenigen ignorierte, die ihn wahrscheinlich beleidigen würden; Tatsächlich weigerte er sich, sich beleidigen zu lassen. Er ging sogar so weit, seine Mittagspause dauerhaft hinauszuzögern, damit er nach dem Ansturm der Kunden bessere Gelegenheit hatte, ungestört mit ihr zu reden. Dann probierte er schüchtern die ersten Akzente des Werbens, und als er merkte, dass seine Annäherungsversuche angenommen wurden, wurde er mutiger. Eines Sonntagmorgens traf er sie, als sie aus der Wesleyan-Kapelle im Munster Park kam; Er sagte, die Begegnung sei auf einen Unfall zurückzuführen. Sie stellte ihn ihren Verwandten vor, die bei ihr waren. Ihr Vater war ein großer, kräftiger, dunkler Mann, gekleidet in ein schwarzes Tuch, mit dickem Bart, riesigen, pausbäckigen Fingern und gezackten grauen Fingernägeln. Ihre Mutter war eine hagere Frau von traurigem Aussehen, deren dünne Lippen sich selten bewegten; sie hielt ihre Hände vor sich, eine über der anderen. Ihr Bruder war ein schlaksiger Schuljunge, der einen beschädigten Doktorhut trug.

Kurz darauf besuchte er sie in der Carteret Street. Der Schuljunge öffnete die Tür und nachdem er ihn in die Lobby eingeladen hatte, verschwand er in ein Hinterzimmer, tauchte dann wieder auf und rannte nach oben. Richard hörte sein lautes, aufgeregtes Flüstern: „Laura, Laura, hier ist Mr. Larch, der Sie besuchen kommt."

Sie schlenderten an diesem Abend zum Wimbledon Common.

Sein Wesen schien dual geworden zu sein. Ein Teil von ihm war bereitwillig einer herrischen, eigensinnigen Leidenschaft versklavt; der andere stand ruhig, zynisch abseits und sah zu. Es gab Stunden, in denen er sein gesamtes zukünftiges Leben vorhersehen und das bittere, wirkungslose Bedauern ermessen konnte, das er hegte; Stunden, in denen er zugab, dass seine Leidenschaft sozusagen künstlich geschürt worden sei und dass es keine Hoffnung auf eine dauerhafte Liebe geben könne. Er mochte Laura; Sie war eine Frau, ein Balsam , ein Trost. Vor allem anderen verschloss er hartnäckig die Augen und beeilte sich, sich immer tiefer zu engagieren, indem er jeden Gedanken an Klugheit beiseite drückte. Schnell, schnell näherte sich der Höhepunkt. Er begrüßte es mit einer seltsamen, ängstlichen Freude.

KAPITEL XXXI

Sie befanden sich in der späten Abenddämmerung eines Samstagabends im Mai am Chelsea Embankment. Ein warmer und sanfter Wind bewegte die knospenden Bäume zu magischen Äußerungen. Die lange, gerade Reihe aufgereihter Lampen erstreckte sich bis zu einer verzauberten Brücke, die mit funkelnden Lichtern schwebend über dem nebligen Fluss hing. Das Plätschern eines Ruders erklang träge aus dem Wasser und die Stimmen von Jungen, die riefen. Von Zeit zu Zeit kamen Paare wie sie vorbei, entweder schweigend oder in leisem Gespräch, das scheinbar innere, unartikulierte Bedeutungen hatte. Sie aber schwiegen; er hatte ihren Arm nicht, aber sie gingen dicht beieinander. Er war tief und unbeschreiblich bewegt; sein Herz schlug heftig, und als er in der Dunkelheit ihr Gesicht betrachtete und sah, dass ihre Augen feucht waren, schlug es noch heftiger; dann liege still.

„Lasst uns hinsetzen – sollen wir?" sagte er schließlich und sie wandten sich einer leeren Bank unter einem Baum zu. „Was denkt sie?" fragte er sich, und dann eroberte ihn das vorherrschende Gefühl des Augenblicks völlig. Seine Ambitionen verschwanden außer Sichtweite und gerieten in Vergessenheit. Er erinnerte sich an nichts außer an das Mädchen an seiner Seite, dessen rasanter Busen sich unter seinem bloßen Blick hob und senkte. In diesem Moment gehörte sie keiner Klasse an; hatte keine Tugenden, keine Fehler. Alle Unwesentlichkeiten ihres Wesens wurden entfernt, und sie war nur noch eine Frau, göttlich, begehrt, notwendig, die darauf wartete, gefangen genommen zu werden. Sie saß passiv und erwartungsvoll da, die Inkarnation des Weiblichen.

Er nahm ihre Hand und spürte, wie sie zitterte. Bei der Berührung überkam ihn ein Schauer, und für eine Sekunde raubte ihm eine köstliche Ohnmacht alle Kraft. Dann kehrten seine Gedanken mit unerklärlicher Schnelligkeit zielsicher zu der Zugfahrt zu Williams Beerdigung zurück. Er sah das Häuschen auf den Feldern und die junge Mutter, halb bekleidet und mit Schlaf in den Augen, an der Tür stehen. Exquisite Vision!

Er hörte sich selbst sprechen:
„Laura…"
Die kleine Hand ermutigte ihn schüchtern.
„Laura … du wirst mich heiraten."
Der berauschende Druck ihrer Lippen auf seine war die Antwort. Ohne Rücksicht auf die öffentliche Aufmerksamkeit drückte er sie an seine Brust, dieses zitternde Wesen mit dem ernsten Gesicht. Ah, sie könnte lieben!
Es war erledigt. Der große, unwiederbringliche Moment hatte sich zu einer Million anderer Momente ohne Bedeutung gesellt. Er fühlte sich

triumphierend, grimmig triumphierend. Seine schreckliche Einsamkeit hatte
ein Ende. Eine Frau gehörte ihm. Eine Frau ... seine, seine eigene!
Sehen! Eine Träne zitterte in ihren Augen.

KAPITEL XXXII

Der Sonntag war drückend heiß. In der Sloane Street war das Dach jedes Putney-Omnibusses bereits mit Passagieren beladen, und als Richard auf dem Weg zur Carteret Street war, um Lauras verheiratete Schwester Milly Powell, ihren Ehemann und ihr kleines Kind kennenzulernen, musste er sich schließlich mit einem zufrieden geben Sitz innen. Die Gaststätten waren gerade für den Nachmittag geschlossen, und die Fußwege waren voller Urlauber, und hier und da trugen ein Mädchen oder ein Mann mittleren Alters eine Bibel. Außer den Omnibussen und gelegentlich einer gemieteten Kutsche, die mit einer lässigen, trägen Miene vorbeifuhr, befanden sich keine Fahrzeuge im Ausland.

Im Redcliffe Arms traf sich eine kleine Familiengesellschaft, bestehend aus einem beleibten, scheinbar wohlhabenden Mann mit schroffem Humor , seiner Frau und einem etwa dreijährigen Jungen, dessen geschwollenes Gesicht durch die große Brille entstellt war.

„Setz dich hierher, Milly, weg von der Sonne", sagte der Mann knapp.

Richard blickte auf, als er den Namen hörte. Die Ähnlichkeit der Frau mit Laura war unverkennbar; Zweifellos musste sie die Schwester seiner Verlobten sein. Er musterte sie neugierig. Sie war vielleicht etwas unter dreißig, von guter Größe und gut gebaut, mit einem großen Kopf und einem großen, schlichten Gesicht. Ihre Bewegungen waren ungeschickt. Sie schien sich gerade auf der Grenze zu befinden, die die Oberin von der jungen Mutter trennt. Sowohl in ihren Gesichtszügen als auch in ihrer Kleidung erinnerten sie leicht an mädchenhafte Anmut oder zumindest an den Charme der schüchternen Frau, die ihren Erstgeborenen stillt. Ihr Teint war klar und frisch, ihre Ohren klein und zart rosa, ihre Augen kühl grau. Aber ohne sorgfältige Betrachtung fielen diese Schönheiten nicht auf, während die schweren Kiefer, die schlaffen Augenlider, die abgeflachte Nase, deren Neigung die Nasenlöcher unangenehm freigab, auffällig und abstoßend waren. Sie trug ein schwarzes Kleid, das schlecht passte und ihr eine Unbeholfenheit verlieh, die ihrer eigentlichen Figur vermutlich fremd war. Ihr breiter Hut aus schwarzem Stroh, besetzt mit Mohn- und Kornblumen, war auffallend modisch, und der Schleier, der schräg vom äußersten Ende der Krempe bis zum Kinn verlief, verlieh ihrem Gesicht einen klösterlichen Ausdruck, der seine eigene Verführung hatte . Ihre kleinen Hände waren ordentlich behandschuht und hielten einen billigen, effektiven Sonnenschirm. Der normale Gesichtsausdruck der Frau war von einer kuhähnlichen Leere, aber ab und zu leuchteten ihre Augen auf, während sie mit dem Kind sprach, es sanft zurückhielt, es beruhigte und es mit einfachem Scherz wieder zusammenbrachte. Sie war immer noch in ihren Mann verliebt; oft blickte sie ihn mit verstohlener Wehmut an. Sie konnte das Sommerwetter genießen. Sie war den alltäglichen Erscheinungen am Straßenrand nicht ganz fremd. Aber die letzten Widerstände der schwindenden Jugendlichkeit und Lebhaftigkeit gegen die Betäubung einer langweiligen, unschönen Häuslichkeit begannen. In ein oder zwei Jahren würde sie die typische Matrone der unteren Mittelschicht sein.

Als Richard diese Beobachtungen gemacht hatte, dachte er: „Laura wird so sein – bald." Im Geiste verglich er die beiden Gesichter und konnte sozusagen sehen, wie sich Laura veränderte ...

Dann folgte eine Träumerei, die sein gesamtes vergangenes Leben umfasste. Er erkannte, dass er, obwohl er den ganzen Aspekt des Wohlstands in sich trug, versagt hatte. Warum hatte ihm die Natur die Zielstrebigkeit genommen? Warum konnte er nicht wie andere Männer die Umstände zu seinen eigenen Zwecken nutzen? Er suchte nach einem Grund und fand ihn in seinem Vater, diesem geheimnisvollen, toten Übermittler von Eigenschaften, von dem er so wenig wusste und auf dessen Namen ein Schandfleck lag, der ihm verborgen blieb. Er war im Schatten geboren worden, und nach einem unruhigen Kampf um das Auftauchen musste er sich wieder in den Schatten zurückziehen. Das Schicksal war sein Feind. Maria war gestorben; Maria hätte ihm geholfen, stark zu sein. Herr Aked war gestorben; Der inspirierende Einfluss von Herrn Aked hätte seine Bemühungen angeregt und geleitet. Adeline hatte ihn einer tödlichen Einsamkeit überlassen.

Er wusste, dass er keinen weiteren Versuch unternehmen würde, zu schreiben. Laura war sich nicht einmal bewusst, dass er Ambitionen in diese Richtung gehabt hatte. Er hatte es ihr nie gesagt, weil sie es nicht verstanden hätte. Sie verehrte ihn, da war er sich sicher, und manchmal hatte er eine große Zärtlichkeit für sie; aber es wäre unmöglich, in dem vorstädtischen Puppenhaus zu schreiben, das ihnen gehören sollte. NEIN! In Zukunft würde er nur noch der Vorstadt-Ehemann sein – pflichtbewusst gegenüber seinen Arbeitgebern, von deren Gnade er doppelt abhängig sein würde; sein Haus instand halten; Töpfern im Garten; mit seiner Frau spazieren gehen oder gelegentlich ins Theater gehen; und so viel wie möglich sparen. Er würde gut zu seiner Frau sein – sie gehörte ihm. Er wollte sofort heiraten. Er wollte Herr seiner eigenen Wohnung sein. Er wollte Lauras Kuss haben, wenn er morgens ausging, um Brot und Käse zu verdienen. Er wollte ihre Gestalt an der Tür sehen, wenn er nachts zurückkam. Er wollte den ruhigen, häuslichen Abend mit ihr teilen. Er wollte sie necken, sich eine Ohrfeige holen und dafür beschimpft werden, dass sie ein großer Dummkopf sei. Er wollte in die Küche schleichen und sie mit einem Kneifen in die Wange überraschen, während sie sich über den Herd beugte. Er wollte sie in seine Arme nehmen, sie von einem Zimmer zum anderen tragen und sie atemlos auf einen Stuhl setzen ... Ah! Lass es bald sein. Und was die fernere Zukunft angeht, darauf würde er keinen Blick werfen. Er würde seinen Blick auf den unmittelbaren Vordergrund richten und glücklich sein, solange er konnte. Schließlich waren die Dinge vielleicht zum Besten bestellt; vielleicht hatte er kein echtes Talent zum Schreiben. Und doch war er sich in diesem Moment bewusst, dass er über die nicht mitteilbaren fantasievollen Einsichten des Autors verfügte ... Aber jetzt war es vorbei.

Der Schaffner rief ihr Ziel, und als Lauras Schwester das Kind in ihre Arme nahm, sprang es hinaus und eilte die Carteret Street hinunter, um zuerst das Haus zu erreichen und so einer Begegnung vor der Haustür zu entgehen. Er hörte den Trab des Kindes hinter sich. Kinder... Vielleicht könnte ein Kind von ihm ein Zeichen literarischer Begabung sein. Wenn dem so wäre – und diese Instinkte wären gewiss nicht verloren gegangen –, wie würde er sie dann fördern und fördern!

DAS ENDE